MARCEL PROUST

A LA RECHERCHE DU TEMPS PERDU

TOME VIII

LE TEMPS RETROUVÉ

* *

86ᵉ édition

PARIS

Librairie Gallimard

ÉDITIONS DE LA NOUVELLE REVUE FRANÇAISE

3, rue de Grenelle (VIᵐᵉ)

ÉDITIONS DE LA NOUVELLE REVUE FRANÇAISE

LES CAHIERS
MARCEL PROUST

publiés sous la direction de
RAMON FERNANDEZ

1

HOMMAGE
A
MARCEL PROUST

Avec un portrait et des textes inédits

2

RÉPERTOIRE
DES PERSONNAGES

de " *A LA RECHERCHE DU TEMPS PERDU* "
par CHARLES DAUDET

précédé de *LA VIE SOCIALE DANS L'ŒUVRE DE MARCEL PROUST*
par RAMON FERNANDEZ

3

MORCEAUX CHOISIS
par MARCEL PROUST

4

AU BAL AVEC MARCEL PROUST
par LA PRINCESSE BIBESCO

5

AUTOUR DE SOIXANTE LETTRES
DE MARCEL PROUST
par LUCIEN DAUDET

6

BIBLIOGRAPHIE PROUSTIENNE
par G. DE SILVA RAMOS

LE TEMPS RETROUVÉ

ÉDITIONS DE LA NOUVELLE REVUE FRANÇAISE

ŒUVRES DE MARCEL PROUST

MARCEL PROUST

A LA RECHERCHE DU
TEMPS PERDU

TOME VIII

LE
TEMPS RETROUVÉ

★ ★

36e édition

nrf

PARIS

Librairie Gallimard

ÉDITIONS DE LA NOUVELLE REVUE FRANÇAISE

3, rue de Grenelle (vime)

L'ÉDITION ORIGINALE DE CET OUVRAGE A ÉTÉ TIRÉE A MILLE
TROIS CENT SOIXANTE-QUATORZE EXEMPLAIRES ET COMPREND :
CENT VINGT-NEUF EXEMPLAIRES RÉIMPOSÉS DANS LE FORMAT
IN-QUARTO TELLIÈRE, SUR PAPIER VERGÉ PUR FIL LAFUMA-
NAVARRE AU FILIGRANE n. r. f., DONT DOUZE HORS COM-
MERCE MARQUÉS D E A A L ET QUATRE EXEMPLAIRES NOMI-
NATIFS TIRÉS SPÉCIALEMENT POUR LA FAMILLE DE MARCEL
PROUST, ET CENT TREIZE EXEMPLAIRES DESTINÉS AUX BIBLIO-
PHILES DE LA NOUVELLE REVUE FRANÇAISE, NUMÉROTÉS DE I A
CXIII, MILLE DEUX CENT QUARANTE-CINQ EXEMPLAIRES IN-OCTAVO
COURONNE SUR PAPIER VÉLIN PUR FIL LAFUMA-NAVARRE DONT
QUINZE HORS COMMERCE MARQUÉS DE a A o, MILLE DEUX CENTS
DESTINÉS AUX AMIS DE L'ÉDITION ORIGINALE NUMÉROTÉS DE 1 A
1200, ET TRENTE EXEMPLAIRES D'AUTEUR, HORS COMMERCE,
NUMÉROTÉS DE 1201 A 1230.
IL A ÉTÉ TIRÉ EN OUTRE TRENTE EXEMPLAIRES IN-OCTAVO COU-
RONNE, SUR PAPIER VÉLIN PUR FIL LAFUMA-NAVARRE, DONT UN
EXEMPLAIRE NOMINATIF ET VINGT-NEUF EXEMPLAIRES NUMÉROTÉS
DE I A XXIX. CES EXEMPLAIRES SONT DESTINÉS AUX SOUSCRIP-
TEURS DE LA '' COLLECTION DE M. DE NORPOIS ''.

CHAPITRE III

(suite)

En roulant les tristes pensées que je disais il y a un instant j'étais entré dans la cour de l'hôtel de Guermantes et dans ma distraction je n'avais pas vu une voiture qui s'avançait ; au cri du wattman je n'eus que le temps de me ranger vivement de côté, et je reculai assez pour buter malgré moi contre des pavés assez mal équarris derrière lesquels était une remise. Mais au moment où me remettant d'aplomb, je posai mon pied sur un pavé qui était un peu moins élevé que le précédent, tout mon découragement s'évanouit devant la même félicité qu'à diverses époques de ma vie m'avaient donnée la vue d'arbres que j'avais cru reconnaître dans une promenade en voiture autour de Balbec, la vue des clochers de Martinville, la saveur d'une madeleine trempée dans une infusion, tant d'autres sensations dont j'ai parlé et que les dernières œuvres de Vinteuil m'avaient paru synthétiser. Comme au moment où je goûtais la madeleine, toute inquiétude sur l'avenir, tout doute intellectuel étaient dissipés.

Ceux qui m'assaillaient tout à l'heure au sujet de la réalité de mes dons littéraires et même de la réalité de la littérature se trouvaient levés comme par enchantement. Cette fois je me promettais bien de ne pas me résigner à ignorer pourquoi, sans que j'eusse fait aucun raisonnement nouveau, trouvé aucun argument décisif, les difficultés insolubles tout à l'heure avaient perdu toute importance, comme je l'avais fait le jour où j'avais goûté d'une madeleine trempée dans une infusion. La félicité que je venais d'éprouver était bien en effet la même que celle que j'avais éprouvée en mangeant la madeleine et dont j'avais alors ajourné de rechercher les causes profondes. La différence purement matérielle était dans les images évoquées. Un azur profond enivrait mes yeux, des impressions de fraîcheur, d'éblouissante lumière tournoyaient près de moi et dans mon désir de les saisir, sans oser plus bouger que quand je goûtais la saveur de la madeleine en tâchant de faire parvenir jusqu'à moi ce qu'elle me rappelait, je restais, quitte à faire rire la foule innombrable des wattmen, à tituber comme j'avais fait tout à l'heure, un pied sur le pavé plus élevé, l'autre pied sur le pavé le plus bas. Chaque fois que je refaisais rien que matériellement ce même pas, il me restait inutile ; mais si je réussissais, oubliant la matinée Guermantes, à retrouver ce que j'avais senti en posant ainsi mes pieds, de nouveau la vision éblouissante et indistincte me frôlait comme si elle m'avait dit : « Saisis-moi au passage si tu en as la force et tâche à résoudre l'énigme du bonheur que je te propose ». Et presque tout de suite, je le reconnus, c'était Venise dont mes efforts pour la décrire et les prétendus instantanés pris par ma mémoire ne m'avaient jamais rien dit et que la sensation que j'avais ressentie jadis sur deux dalles inégales du baptistère de Saint-Marc, m'avait rendue avec toutes les autres sensations jointes ce jour-là à cette sensations-là, et qui étaient restées dans l'attente, à leur rang, d'où un brusque hasard les avait impérieusement fait sortir, dans la série des jours oubliés. De même le goût de la petite madeleine m'avait rappelé Combray. Mais pourquoi les images de Combray et de Venise m'avaient-elles à l'un et à l'autre moments donné une joie pareille à une certitude et suffisante sans autres preuves à me rendre la mort indifférente. Tout en me le demandant et en étant résolu aujourd'hui à trouver la réponse, j'entrai dans l'hôtel de Guermantes, parce que nous faisons toujours passer avant la besogne intérieure que nous avons à faire le rôle apparent que nous jouons et qui ce jour là était celui d'un invité. Mais arrivé au premier étage, un maître d'hôtel me demanda d'entrer un instant dans un petit salon-bibliothèque attenant au buffet, jusqu'à ce que le morceau qu'on jouait fût achevé, la princesse ayant défendu qu'on ouvrît les portes pendant son exécution. Or, à ce moment même, un second avertissement vint renforcer celui que m'avaient donné les pavés inégaux et m'exhorter à persévérer dans ma tâche. Un domestique en effet venait dans ses efforts infructueux pour ne pas faire de bruit, de cogner une cuiller contre une assiette. Le même genre de félicité que m'avaient donné les dalles inégales m'envahit ; les sensations étaient de grande chaleur encore mais toutes différentes, mêlée d'une odeur de fumée apaisée par la fraîche odeur d'un cadre forestier ; et je reconnus

9

que ce qui me paraissait si agréable était la **même**
rangée d'arbres que j'avais trouvée ennuyeuse
à observer et à décrire, et devant laquelle, débou-
chant la canette de bière que j'avais dans le wagon,
je venais de croire un instant, dans une sorte d'étourdissement, que je me trouvais, tant le bruit identique
de la cuiller contre l'assiette m'avait donné, avant
que j'eusse eu le temps de me ressaisir, l'illusion
du bruit du marteau d'un employé qui avait ar-
rangé quelque chose à une roue de train pendant
que nous étions arrêtés devant ce petit bois. Alors
on eût dit que les signes qui devaient ce jour-là
me tirer de mon découragement et me rendre la foi
dans les lettres, avaient à cœur de se multiplier,
car un maître d'hôtel depuis longtemps au service
du prince de Guermantes m'ayant reconnu, et
m'ayant apporté dans la bibliothèque où j'étais
pour m'éviter d'aller au buffet, un choix de petits
fours, un verre d'orangeade, je m'essuyai la bouche
avec la serviette qu'il m'avait donnée ; mais aussitôt, comme le personnage des Mille et une Nuits
qui sans le savoir accomplit précisément le rite
qui fait apparaître, visible pour lui seul, un docile
génie prêt à le transporter au loin, une nouvelle
vision d'azur passa devant mes yeux ; mais il était
pur et salin, il se gonfla en mamelles bleuâtres ;
l'impression fut si forte que le moment que je vivais
me sembla être le moment actuel, plus hébété
que le jour où je me demandais si j'allais vraiment
être accueilli par la princesse de Guermantes ou
si tout n'allait pas s'effondrer, je croyais que le
domestique venait d'ouvrir la fenêtre sur la plage
et que tout m'invitait à descendre me promener
le long de la digue à marée haute ; la serviette que

10

j'avais prise pour m'essuyer la bouche avait précisément le genre de raideur et d'empesé de celle avec laquelle j'avais eu tant de peine à me sécher devant la fenêtre le premier jour de mon arrivée à Balbec, et maintenant devant cette bibliothèque de l'hôtel de Guermantes, elle déployait, réparti dans ses plis et dans ses cassures, le plumage d'un océan vert et bleu comme la queue d'un paon. Et je ne jouissais pas que de ces couleurs, mais de tout un instant de ma vie qui les soulevait, qui avait été sans doute aspiration vers elle, dont quelque sentiment de fatigue ou de tristesse m'avait peut-être empêché de jouir à Balbec, et qui maintenant, débarrassé de ce qu'il y a d'imparfait dans la perception extérieure, pur et désincarné me gonflait d'allégresse. Le morceau qu'on jouait pouvait finir d'un moment à l'autre et je pouvais être obligé d'entrer au salon. Aussi je m'efforçais de tâcher de voir clair le plus vite possible dans la nature des plaisirs identiques que je venais par trois fois en quelques minutes de ressentir, et ensuite de dégager l'enseignement que je devais en tirer. Sur l'extrême différence qu'il y a entre l'impression vraie que nous avons eue d'une chose et l'impression factice que nous nous en donnons quand volontairement nous essayons de nous la représenter, je ne m'arrêtais pas ; me rappelant trop avec quelle indifférence relative Swann avait pu parler autrefois des jours où il était aimé, parce que sous cette phrase il voyait autre chose qu'eux, et de la douleur subite que lui avait causée la petite phrase de Vinteuil en lui rendant ces jours eux-mêmes, tels qu'il les avait jadis sentis, je comprenais trop ce que la sensation des dalles inégales, la raideur de la serviette, le goût de la madeleine avaient réveillé en moi n'avait aucun rapport avec ce que je cherchais souvent à me rappeler de Venise, de Balbec, de Combray, à l'aide d'une mémoire uniforme ; et je comprenais que la vie pût être jugée médiocre bien qu'à certains moments elle parût si belle, parce que dans le premier cas c'est sur tout autre chose qu'elle-même, sur des images qui ne gardent rien d'elle qu'on la juge et qu'on la déprécie. Tout au plus notais-je accessoirement que la différence qu'il y a entre chacune des impressions réelles — différences qui expliquent qu'une peinture uniforme de la vie ne puisse être ressemblante — tenait probablement à cette cause : que la moindre parole que nous avons dite à une époque de notre vie, le geste le plus insignifiant que nous avons fait était entouré, portait sur lui le reflet, des choses qui logiquement ne tenaient pas à lui, en ont été séparées par l'intelligence qui n'avait rien à faire d'elles pour les besoins du raisonnement, mais au milieu desquelles — ici reflet rose du soir sur le mur fleuri d'un restaurant champêtre, sensation de faim, désir des femmes, plaisir du luxe — là volutes bleues de la mer matinale enveloppant des phrases musicales qui en émergent partiellement comme les épaules des ondines — le geste, l'acte le plus simple reste enfermé comme dans mille vases enclos dont chacun serait rempli de choses d'une couleur, d'une odeur, d'une température absolument différentes ; sans compter que ces vases disposés sur toute la hauteur de nos années pendant lesquelles nous n'avons cessé de changer, fût-ce seulement de rêve et de pensée, sont situés à des altitudes bien diverses, et nous donnent la sensation d'atmosphères singulièrement variées. Il est vrai que ces changements nous les avons accomplis insensiblement ; mais entre le souvenir qui nous revient brusquement et notre état actuel, de même qu'entre deux souvenirs d'années, de lieux, d'heures différentes, la distance est telle que cela suffirait, en dehors même d'une originalité spécifique à les rendre incomparables les uns aux autres. Oui, si le souvenir grâce à l'oubli, n'a pu contracter aucun lien, jeter aucun chaînon entre lui et la minute présente, s'il est resté à sa place, à sa date, s'il a gardé ses distances, son isolement dans le creux d'une vallée, où à la pointe d'un sommet, il nous fait tout à coup respirer un air nouveau, précisément parce que c'est un air qu'on a respiré autrefois, cet air plus pur que les poètes ont vainement essayé de faire régner dans le Paradis et qui ne pourrait donner cette sensation profonde de renouvellement que s'il avait été respiré déjà, car les vrais paradis sont les paradis qu'on a perdus. Et au passage, je remarquais qu'il y aurait dans l'œuvre d'art que je me sentais prêt déjà sans m'y être consciemment résolu, à entreprendre, de grandes difficultés. Car j'en devrais exécuter les parties successives dans une matière en quelque sorte différente. Elle serait bien différente, celle qui conviendrait aux souvenirs de matins au bord de la mer, de celle d'après-midis à Venise, une matière distincte, nouvelle, d'une transparence, d'une sonorité spéciale, compacte, fraîchissante et rose, et différente encore si je voulais décrire les soirs de Rivebelle où dans la salle à manger ouverte sur le jardin, la chaleur commençait à se décomposer, à retomber, à se déposer, où une dernière lueur éclairait encore les roses sur les murs du restaurant

13

tandis que les dernières aquarelles du jour étaient encore visibles au ciel. Je glissais rapidement sur tout cela, plus impérieusement sollicité que j'étais de chercher la cause de cette félicité, du caractère de certitude avec lequel elle s'imposait, recherche ajournée autrefois. Or cette cause, je la devinais en comparant entre elles ces diverses impressions bienheureuses et qui avaient entre elles ceci de commun que je les éprouvais à la fois dans le moment actuel et dans un moment éloigné où le bruit de la cuiller sur l'assiette, l'inégalité des dalles, le goût de la madeleine allaient jusqu'à faire empiéter le passé sur le présent, à me faire hésiter à savoir dans lequel des deux je me trouvais ; au vrai, l'être qui alors goûtait en moi cette impression la goûtait en ce qu'elle avait de commun dans un jour ancien et maintenant, dans ce qu'elle avait d'extra-temporel, un être qui n'apparaissait que quand par une de ces identités entre le présent et le passé, il pouvait se trouver dans le seul milieu où il put vivre, jouir de l'essence, des choses, c'est-à-dire en dehors du temps. Cela expliquait que mes inquiétudes au sujet de ma mort eussent cessé au moment où j'avais reconnu, inconsciemment, le goût de la petite madeleine puisqu'à ce moment-là l'être que j'avais été était un être extra-temporel, par conséquent insoucieux des vicissitudes de l'avenir. Cet être-là n'était jamais venu à moi, ne s'était jamais manifesté, qu'en dehors de l'action, de la jouissance immédiate, chaque fois que le miracle d'une analogie m'avait fait échapper au présent. Seul il avait le pouvoir de me faire retrouver les jours anciens, le Temps Perdu, devant quoi les efforts de ma mémoire et de mon intelligence échouaient toujours.

LE TEMPS RETROUVÉ

Et peut-être, si tout à l'heure je trouvais que Bergotte avait jadis dit faux en parlant des joies de la vie spirituelle, c'était parce que j'appelais vie spirituelle à ce moment-là des raisonnements logiques qui étaient sans rapport avec elle, avec ce qui existait en moi à ce moment — exactement comme j'avais pu trouver le monde et la vie ennuyeux parce que je les jugeais d'après des souvenirs sans vérité, alors que j'avais un tel appétit de vivre maintenant que venaient de renaître en moi, à trois reprises, un véritable moment du passé.

Rien qu'un moment du passé ? Beaucoup plus, peut-être ; quelque chose qui commun à la fois au passé et au présent, est beaucoup plus essentiel qu'eux deux.

Tant de fois, au cours de ma vie, la réalité m'avait déçu parce que au moment où je la percevais, mon imagination qui était mon seul organe pour jouir de la beauté, ne pouvait s'appliquer à elle en vertu de la loi inévitable qui veut qu'on ne puisse imaginer que ce qui est absent. Et voici que soudain l'effet de cette dure loi, s'était trouvé neutralisé, suspendu, par un expédient merveilleux de la nature, qui avait fait miroiter une sensation — bruit de la fourchette et du marteau, même inégalité de pavés — à la fois dans le passé ce qui permettait à mon imagination de la goûter, et dans le présent où l'ébranlement effectif de mes sens par le bruit, le contact avait ajouté aux rêves de l'imagination ce dont ils sont habituellement dépourvus, l'idée d'existence — et grâce à ce subterfuge avait permis à mon être d'obtenir, d'isoler, d'immobiliser — la durée d'un éclair — ce qu'il n'appréhende jamais : un peu de temps à l'état pur. L'être qui était rené en moi quand avec un tel frémissement de bonheur j'avais entendu le bruit commun à la fois à la cuiller qui touche l'assiette et au marteau qui frappe sur la roue, à l'inégalité pour les pas des pavés de la cour Guermantes et du baptistère de Saint-Marc, cet être-là ne se nourrit que de l'essence des choses, en elles seulement il trouve sa subsistance, ses délices. Il languit dans l'observation du présent où les sens ne peuvent la lui apporter, dans la considération d'un passé que l'intelligence lui dessèche, dans l'attente d'un avenir que la volonté construit avec des fragments du présent et du passé auxquels elle retire encore de leur réalité ne conservant d'eux que ce qui convient à la fin utilitaire, étroitement humaine qu'elle leur assigne. Mais qu'un bruit, qu'une odeur, déjà entendu et respirée jadis le soient de nouveau, à la fois dans le présent et dans le passé, réels sans être actuels, idéaux sans être abstraits, aussitôt l'essence permanente et, habituellement cachée des choses se trouve libérée et notre vrai moi qui parfois depuis longtemps, semblait mort, mais ne l'était pas autrement, s'éveille, s'anime en recevant la céleste nourriture qui lui est apportée. Une minute affranchie de l'ordre du temps a recréé en nous pour la sentir l'homme affranchi de l'ordre du temps. Et celui-là on comprend qu'il soit confiant dans sa joie, même si le simple goût d'une madeleine ne semble pas contenir logiquement les raisons de cette joie, on comprend que le mot de mort n'ait pas de sens pour lui ; situé hors du temps, que pourrait-il craindre de l'avenir ? Mais ce trompe-l'œil qui mettait près de moi un moment du passé, incompatible avec le présent, ce trompe-l'œil ne durait pas. Certes, on peut

16

prolonger les spectacles de la mémoire volontaire qui n'engage pas plus de forces de nous-mêmes que feuilleter un livre d'images. Ainsi jadis par exemple, le jour où je devais aller pour la première fois chez la princesse de Guermantes, de la cour ensoleillée de notre maison de Paris, j'avais paresseusement regardé à mon choix, tantôt la place de l'Église à Combray, ou la plage de Balbec, comme j'aurais illustré le jour qu'il faisait en feuilletant un cahier d'aquarelles prises dans les divers lieux où j'avais été et où avec un plaisir égoïste de collectionneur je m'étais dit en cataloguant ainsi les illustrations de ma mémoire : « J'ai tout de même vu de belles choses dans ma vie ». Alors ma mémoire affirmait sans doute la différence des sensations, mais elle ne faisait que combiner entre eux des éléments homogènes. Il n'en avait plus été de même dans les trois souvenirs que je venais d'avoir et où, au lieu de me faire une idée plus flatteuse de mon moi, j'avais au contraire, presque douté de la réalité actuelle de ce moi. De même que le jour où j'avais trempé la madeleine dans l'infusion chaude, au sein de l'endroit où je me trouvais (que cet endroit fût comme ce jour-là ma chambre de Paris, ou comme aujourd'hui en ce moment, la bibliothèque du prince de Guermantes, un peu avant la cour de son hôtel) il y avait eu en moi irradiant d'une petite zone, autour de moi, une sensation (goût de la madeleine trempée, bruit métallique, sensation de pas inégaux qui était commune à cet endroit (où je me trouvais) et aussi à un autre endroit (chambre de ma tante Léonie, wagon de chemin de fer, baptistère de Saint-Marc). Et au moment où je raisonnais ainsi le bruit stri-

dent d'un conduit d'eau tout à fait pareil à ces
longs cris que parfois l'été les navires de plaisance
faisaient entendre le soir au large de Balbec, me
fit éprouver (comme me l'avait déjà fait une fois
à Paris, dans un grand restaurant la vue d'une
luxueuse salle à manger à demi vide, estivale et
chaude) bien plus qu'une sensation simplement
analogue à celle que j'avais à la fin de l'après-midi
à Balbec quand toutes les tables étant déjà cou-
vertes de leur nappe et de leur argenterie, les vastes
baies vitrées restant ouvertes tout en grand sur la
digue, sans un seul intervalle, un seul « plein »
de verre ou de pierre, tandis que le soleil descendait
lentement sur la mer où commençaient à errer les
navires, je n'avais pour rejoindre Albertine et ses
amies qui se promenaient sur la digue, qu'à enjam-
ber le cadre de bois à peine plus haut que ma cheville, dans la charnière duquel on avait fait pour
l'aération de l'hôtel glisser toutes ensemble les vitres
qui se continuaient. Ce n'était d'ailleurs pas seulement un écho, un double d'une sensation passée
que venait de me faire éprouver le bruit de la conduite d'eau, mais cette sensation elle-même. Dans
ce cas-là comme dans tous les précédents la sensation commune avait cherché à recréer autour
d'elle le lieu ancien, cependant que le lieu actuel
qui en tenait la place, s'opposait de toute la résistance de sa masse à cette immigration dans un
hôtel de Paris, d'une plage normande ou d'un talus
d'une voie de chemin de fer. La salle à manger
marine de Balbec avec son linge damassé préparé
comme des nappes d'autel pour recevoir le coucher
du soleil, avait cherché à ébranler la solidité de
l'hôtel de Guermantes, d'en forcer les portes et

avait fait vaciller un instant les canapés autour de moi, comme elle avait fait un autre jour pour les tables d'un restaurant de Paris. Toujours dans ces résurrections-là, le lieu lointain engendré autour de la sensation commune, s'était accouplé un instant comme un lutteur au lieu actuel. Toujours le lieu actuel avait été vainqueur ; toujours c'était le vaincu qui m'avait paru le plus beau, si bien que j'étais resté en extase sur le pavé inégal comme devant la tasse de thé, cherchant à maintenir aux moments où ils apparaissaient, à faire réapparaître dès qu'ils m'avaient échappé, ce Combray, ce Venise, ce Balbec envahissants et refoulés qui s'élevaient pour m'abandonner ensuite au sein de ces lieux nouveaux, mais perméables pour le passé. Et si le lieu actuel n'avait pas été aussitôt vainqueur, je crois que j'aurais perdu connaissance ; car ces résurrections du passé, dans la seconde qu'elles durent, sont si totales qu'elles n'obligent pas seulement nos yeux à cesser de voir la chambre qui est près d'eux, pour regarder la voie bordée d'arbres ou la marée montante. Elles forcent nos narines à respirer l'air de lieux pourtant si lointains, notre volonté à choisir entre les divers projets qu'ils nous proposent, notre personne toute entière à se croire entourée par eux, ou du moins à trébucher entre eux et les lieux présents dans l'étourdissement d'une incertitude pareille à celle qu'on éprouve parfois devant une vision ineffable, au moment de s'endormir.

De sorte que ce que l'être par trois et quatre fois ressuscité en moi venait de goûter, c'était peut-être bien des fragments d'existence soustraits au temps, mais cette contemplation, quoique d'éternité, était fugitive. Et pourtant je sentais que le plaisir qu'elle m'avait donné à de rares intervalles dans ma vie, était le seul qui fût fécond et véritable. Le signe de l'irréalité des autres ne se montre-t-il pas assez, soit dans leur impossibilité à nous satisfaire comme par exemple les plaisirs mondains qui causent tout au plus le malaise provoqué par l'ingestion d'une nourriture abjecte, ou l'amitié qui est une simulation puisque pour quelques raisons morales qu'il le fasse l'artiste qui renonce à une heure de travail pour une heure de causerie avec un ami sait qu'il sacrifie une réalité pour quelque chose qui n'existe pas (les amis n'étant des amis que dans cette douce folie que nous avons au cours de la vie, à laquelle nous nous prêtons, mais que du fond de notre intelligence nous savons l'erreur d'un fou qui croirait que les meubles vivent et causerait avec eux), soit dans la tristesse qui suit leur satisfaction, comme celle que j'avais eue le jour où j'avais été présenté à Albertine de m'être donné un mal pourtant bien petit afin d'obtenir une chose — connaître cette jeune fille — qui ne me semblait petite que parce que je l'avais obtenue. Même un plaisir plus profond comme celui que j'aurais pu éprouver quand j'aimais Albertine, n'était en réalité perçu qu'inversement par l'angoisse que j'avais quand elle n'était pas là, car quand j'étais sûr qu'elle allait arriver comme le jour où elle était revenue du Trocadéro, je n'avais pas cru éprouver plus qu'un vague ennui tandis que je m'exaltais de plus en plus au fur et à mesure que j'approfondissais le bruit du couteau ou le goût de l'infusion avec une joie croissante pour moi qui avait fait entrer dans ma chambre, la chambre de ma tante

LE TEMPS RETROUVÉ

Léonie et à sa suite tout Combray et ses deux côtés.
Aussi cette contemplation de l'essence des choses
j'étais maintenant décidé à m'attacher à elle, à la
fixer, mais comment, par quel moyen ? Sans doute,
au moment où la raideur de la serviette m'avait
rendu Balbec et pendant un instant avait caressé
mon imagination, non pas seulement de la vue de la
mer telle qu'elle était ce matin-là, mais de l'odeur
de la chambre, de la vitesse du vent, du désir de
déjeuner, de l'incertitude entre les diverses promenades, tout cela attaché à la sensation du large
commes les ailes des roues à auges dans leur course
vertigineuse, sans doute au moment où l'inégalité
des deux pavés avait prolongé les images dessé-
chées et nues que j'avais de Venise et de Saint-
Marc, dans tous les sens et toutes les dimensions,
de toutes les sensations que j'y avais éprouvées,
raccordant la place à l'église, l'embarcadère à la
place, le canal à l'embarcadère, et à tout ce que les
yeux voient, le monde de désirs qui n'est vu que de
l'esprit, j'avais été tenté sinon à cause de la saison,
d'aller me promener sur les eaux pour moi surtout
printanières de Venise, du moins de retourner à
Balbec. Mais je ne m'arrêtai pas un instant à cette
pensée ; non seulement je savais que les pays
n'étaient pas tels que leur nom me les peignait, et
qui avait été le leur quand je me les représentais.
Il n'y avait plus guère que dans mes rêves, en dor-
mant, qu'un lieu s'étendait devant moi, fait de la
pure matière, entièrement distincte des choses
communes qu'on voit, qu'on touche. Mais même
en ce qui concernait ces images d'un autre genre
encore, celles du souvenir, je savais que la beauté de
Balbec je ne l'avais pas trouvée quand j'y étais allé,

et celle même qu'il m'avait laissée, celle du souvenir, ce n'était plus celle que j'avais retrouvée
à mon second séjour. J'avais trop expérimenté
l'impossibilité d'atteindre dans la réalité ce qui
était au fond de moi-même. Ce n'était pas plus sur
la place Saint-Marc, ce que n'avait été à mon second
voyage à Balbec, ou à mon retour à Tansonville,
pour voir Gilberte, que je retrouverais le Temps
perdu, et le voyage que ne faisait que me proposer
une fois de plus l'illusion que ces impressions anciennes existaient hors de moi-même, au coin d'une
certaine place, ne pouvait être le moyen que je
cherchais. Je ne voulais pas me laisser leurrer une
fois de plus, car il s'agissait pour moi de savoir
enfin s'il était vraiment possible d'atteindre ce que,
toujours déçu comme je l'avais été en présence des
lieux et des êtres, j'avais (bien qu'une fois la pièce
pour concert de Vinteuil eût semblé me dire le
contraire) cru irréalisable. Je n'allais donc pas tenter
une expérience de plus dans la voie que je savais
depuis longtemps ne mener à rien. Des impressions
telles que celles que je cherchais à fixer ne pouvaient
que s'évanouir au contact d'une jouissance directe
qui a été impuissante à les faire naître. La seule
manière de les goûter davantage c'était de tâcher
de les connaître plus complètement, là où elles se
trouvaient, c'est-à-dire en moi-même, de les rendre
claires jusque dans leurs profondeurs. Je n'avais
pu connaître le plaisir à Balbec, pas plus que celui
de vivre avec Albertine, lequel ne m'avait été
perceptible qu'après coup. Et si je faisais la réca-
pitulation des déceptions de ma vie, en tant que
vécue, qui me faisaient croire que sa réalité devait
résider ailleurs qu'en l'action, et ne rapprochait

pas d'une manière purement fortuite et en suivant les vicissitudes de mon existence, des désap-
pointements différents, je sentais bien que la
déception du voyage, la déception de l'amour
n'étaient pas des déceptions différentes, mais l'aspect varié que prend selon le fait auquel il s'applique,
l'impuissance que nous avons à nous réaliser dans
la jouissance matérielle, dans l'action effective.
Et repensant à cette joie extra temporelle causée,
soit par le bruit de la cuiller, soit par le goût de la
madeleine, je me disais : « Était-ce cela ce bonheur
proposé par la petite phrase de la sonate à Swann
qui s'était trompé en l'assimilant au plaisir de
l'amour et n'avait pas su le trouver dans la création artistique ; ce bonheur que m'avait fait pres-
sentir comme plus supra-terrestre encore que n'avait
fait la petite phrase de la sonate, l'appel rouge et
mystérieux de ce septuor que Swann n'avait pu
connaître, étant mort comme tant d'autres avant
que la vérité faite pour eux eût été révélée. D'ailleurs elle n'eût pu lui servir car cette phrase pouvait
bien symboliser un appel mais non créer des forces
et faire de Swann l'écrivain qu'il n'était pas. Cependant, je m'avisai au bout d'un moment et après
avoir pensé à ces résurrections de la mémoire que,
d'une autre façon, des impressions obscures avaient
quelquefois et déjà à Combray, du côté de Guermantes, sollicité ma pensée, à la façon de ces réminiscences, mais qui cachaient non une sensation
d'autrefois, mais une vérité nouvelle, une image
précieuse que je cherchais à découvrir par des
efforts du même genre que ceux qu'on fait pour se
rappeler quelque chose comme si nos plus belles
idées étaient comme des airs de musique qui nous

reviendraient sans que nous les eussions jamais
entendus, et que nous nous efforcerions d'écouter,
de transcrire. Je me souvins avec plaisir parce que
cela me montrait que j'étais déjà le même alors
et que cela recouvrait un trait fondamental de ma
nature, avec tristesse aussi en pensant que depuis
lors je n'avais jamais progressé, que déjà à Combray je fixais avec attention devant mon esprit
quelque image qui m'avait forcé à la regarder,
un nuage, un triangle, un clocher, une fleur, un
caillou, en sentant qu'il y avait peut-être sous ces
signes quelque chose de tout autre que je devais
tâcher de découvrir, une pensée qu'ils traduisaient
à la façon de ces caractères hiéroglyphes qu'on croirait représenter seulement des objets matériels.
Sans doute, ce déchiffrage était difficile, mais seul
il donnait quelque vérité à lire. Car les vérités
que l'intelligence saisit directement à claire-voie
dans le monde de la pleine lumière ont quelque
chose de moins profond, de moins nécessaire que
celles que la vie nous a malgré nous communi-
quées en une impression, matérielle parce qu'elle
est entrée par nos sens, mais dont nous pouvons
dégager l'esprit. En somme, dans ce cas comme dans
l'autre, qu'il s'agisse d'impressions comme celles
que m'avait données la vue des clochers de Martinville, ou de réminiscences comme celle de l'inégalité des deux marches ou le goût de la madeleine,
il fallait tâcher d'interpréter les sensations comme
les signes d'autant de lois et d'idées, en essayant
de penser, c'est-à-dire de faire sortir de la pénombre
ce que j'avais senti, de le convertir en un équivalent
spirituel. Or, ce moyen qui me paraissait le seul,
qu'était-ce autre chose que faire une œuvre d'art ?

LE TEMPS RETROUVÉ

Et déjà les conséquences se pressaient dans mon esprit ; car qu'il s'agît de réminiscences dans le genre du bruit de la fourchette, ou du goût de la madeleine, ou de ces vérités écrites à l'aide de figures dont j'essayais de chercher le sens dans ma tête, où, clochers. herbes folles, elles composaient un grimoire compliqué et fleuri, leur premier caractère était que je n'étais pas libre de les choisir, qu'elles m'étaient données telles quelles. Et je sentais que ce devait être la griffe de leur authenticité. Je n'avais pas été chercher les deux pavés de la cour où j'avais buté. Mais justement la façon fortuite, inévitable, dont la sensation avait été rencontrée, contrôlait la vérité d'un passé qu'elle ressuscitait, des images qu'elle déclanchait, puisque nous sentons son effort pour remonter vers la lumière, que nous sentons la joie du réel retrouvé. Elle est le contrôle de la vérité de tout le tableau fait d'impressions contemporaines qu'elle ramène à sa suite, avec cette infaillible proportion de lumière et d'ombre, de relief et d'omission, de souvenir et d'oubli, que la mémoire ou l'observation conscientes ignoreront toujours.

Le livre intérieur de ces signes inconnus (de signes en relief, semblait-il, que mon attention explorant mon inconscient allait chercher, heurtait, contournait, comme un plongeur qui sonde), pour sa lecture, personne ne pouvait m'aider d'aucune règle, cette lecture consistant en un acte de création où nul ne peut nous suppléer, ni même collaborer avec nous. Aussi combien se détournent de l'écrire, que de tâches n'assume-t-on pas pour éviter celle-là. Chaque événement, que ce fût l'affaire Dreyfus, que ce fût la guerre, avait fourni d'autres excuses aux écrivains pour ne pas déchiffrer ce livre-là ; ils voulaient assurer le triomphe du droit, refaire l'unité morale de la nation, n'avaient pas le temps de penser à la littérature. Mais ce n'étaient que des excuses parce qu'ils n'avaient pas ou plus, de génie, c'est-à-dire d'instinct. Car l'instinct dicte le devoir et l'intelligence fournit les prétextes pour l'éluder. Seulement les excuses ne figurent point dans l'art, les intentions n'y sont pas comptées, à tout moment l'artiste doit écouter son instinct, ce qui fait que l'art est ce qu'il y a de plus réel, la plus austère école de la vie, et le vrai Jugement dernier. Ce livre, le plus pénible de tous à déchiffrer, est aussi le seul que nous ait dicté la réalité, le seul dont « l'impression » ait été faite en nous par la réalité même. De quelque idée laissée en nous par la vie qu'il s'agisse, sa figure matérielle, trace de l'impression qu'elle nous a faite, est encore le gage de sa vérité nécessaire. Les idées formées par l'intelligence pure n'ont qu'une vérité logique, une vérité possible, leur élection est arbitraire. Le livre aux caractères figurés, non tracés par nous est notre seul livre. Non que les idées que nous formons ne puissent être justes logiquement, mais nous ne savons pas si elles sont vraies. Seule l'impression, si chétive qu'en semble la matière, si invraisemblable la trace, est un critérium de vérité et à cause de cela mérite seule d'être appréhendée par l'esprit car elle est seule capable, s'il sait en dégager cette vérité, de l'amener à une plus grande perfection et de lui donner une pure joie. L'impression est pour l'écrivain ce qu'est l'expérimentation pour le savant avec cette différence que chez le savant, le travail de l'intelligence précède et chez l'écrivain vient après. Ce que nous n'avons pas eu à déchiffrer, à éclaircir par notre effort personnel, ce qui était clair avant nous, n'est pas à nous. Ne vient de nous-même que ce que nous tirons de l'obscurité qui est en nous et que ne connaissent pas les autres. Et comme l'art recompose exactement la vie, autour de ces vérités qu'on a atteintes en soi-même flotte une atmosphère de poésie, la douceur d'un mystère qui n'est que la pénombre que nous avons traversée. Un rayon oblique du couchant me rappelle instantanément un temps auquel je n'avais jamais repensé et où dans ma petite enfance, comme ma tante Léonie avait une fièvre que le Dr Percepied avait craint typhoïde, on m'avait fait habiter une semaine la petite chambre qu'Eulalie avait sur la place de l'Église, où il n'y avait qu'une sparterie par terre et à la fenêtre un rideau de percale, bourdonnant toujours d'un soleil auquel je n'étais pas habitué. Et en voyant comme le souvenir de cette petite chambre d'ancienne domestique ajoutait tout d'un coup à ma vie passée, une longue étendue si différente du reste et si délicieuse, je pensai par contraste au néant d'impressions qu'avaient apporté dans ma vie les fêtes les plus somptueuses dans les hôtels les plus princiers. La seule chose un peu triste dans cette chambre d'Eulalie était qu'on y entendait le soir à cause de la proximité du viaduc les hululements des trains. Mais comme je savais que ces beuglements émanaient de machines réglées, ils ne m'épouvantaient pas comme aurait pu faire à une époque de la préhistoire, les cris poussés par un mammouth voisin dans sa promenade libre et désordonnée.

Ainsi j'étais déjà arrivé à cette conclusion que nous

ne sommes nullement libres devant l'œuvre d'art, que
nous ne la faisons pas à notre gré, mais que, préexis-
tant à nous, nous devons, à la fois parce qu'elle est
nécessaire et cachée, et comme nous ferions pour une
loi de la nature, la découvrir. Mais cette découverte
que l'art pouvait nous faire faire n'était-elle pas au
fond celle de ce qui devrait nous être le plus précieux,
et de ce qui nous reste d'habitude à jamais inconnu,
notre vraie vie, la réalité telle que nous l'avons
sentie et qui diffère tellement de ce que nous croyons
que nous sommes emplis d'un tel bonheur, quand le
hasard nous en apporte le souvenir véritable. Je
m'en assurais, par la fausseté même de l'art prétendu
réaliste et qui ne serait pas si mensonger si nous
n'avions pris dans la vie l'habitude de donner à
ce que nous sentons une expression qui en diffère
tellement et que nous prenons au bout de peu de
temps pour la réalité même. Je sentais que je
n'aurais pas à m'embarrasser des diverses théories
littéraires qui m'avaient un moment troublé —
notamment celles que la critique avait développées
au moment de l'Affaire Dreyfus et avait reprises
pendant la guerre et qui tendaient à « faire sortir
l'artiste de sa tour d'ivoire », à traiter de sujets
non frivoles ni sentimentaux, à peindre de grands
mouvements ouvriers, et à défaut de foules à tout le
moins non plus d'insignifiants oisifs — « j'avoue que
la peinture de ces inutiles m'indiffère assez » disait
Bloch — mais de nobles intellectuels ou des héros.
D'ailleurs même avant de discuter leur contenu
logique, ces théories me paraissaient dénoter chez
ceux qui les soutenaient une preuve d'infériorité,
comme un enfant vraiment bien élevé qui entend
des gens chez qui on l'a envoyé déjeuner dire : « nous

avouons tout, nous sommes francs », sent que cela dénote une qualité morale inférieure à la bonne action pure et simple qui ne dit rien. L'art véritable n'a que faire de tant de proclamations et s'accomplit dans le silence. D'ailleurs ceux qui théorisaient ainsi employaient des expressions toutes faites qui ressemblaient singulièrement à celles d'imbéciles qu'ils flétrissaient. Et peut-être est-ce plutôt à la qualité du langage qu'au genre d'esthétique qu'on peut juger du degré auquel a été porté le travail intellectuel et moral. Mais inversement cette qualité du langage (et même pour étudier les lois du caractère on le peut aussi bien en prenant un sujet sérieux ou frivole, comme un prosecteur peut aussi bien étudier celles de l'anatomie sur le corps d'un imbécile que sur celui d'un homme de talent : les grandes lois morales, aussi bien que celles de la circulation du sang ou de l'élimination rénale diffèrent peu selon la valeur intellectuelle des individus) dont croient pouvoir se passer les théoriciens, ceux qui admirent les théoriciens, croient facilement qu'elle ne prouve pas une grande valeur intellectuelle, valeur qu'ils ont besoin pour la discerner de voir exprimer directement et qu'ils n'induisent pas de la beauté d'une image. D'où la grossière tentation pour l'écrivain d'écrire des œuvres intellectuelles. Grande indélicatesse. Une œuvre où il y a des théories est comme un objet sur lequel on laisse la marque du prix. Encore cette dernière ne fait-elle qu'exprimer une valeur qu'au contraire en littérature le raisonnement logique diminue. On raisonne, c'est-à-dire on vagabonde chaque fois qu'on n'a pas la force de s'astreindre à faire passer une impression par tous les états successifs qui aboutiront à sa fixation, à l'ex-

29

pression de sa réalité. La réalité à exprimer résidait,
je le comprenais maintenant non dans l'apparence
du sujet mais dans le degré de pénétration de cette
impression à une profondeur où cette apparence
importait peu, comme le symbolisaient ce bruit
de cuiller sur une assiette, cette raideur empesée
de la serviette qui m'avaient été plus précieux pour
mon renouvellement spirituel que tant de conversations humanitaires, patriotiques, internationa-
listes. Plus de style avais-je entendu dire alors, plus
de littérature, de la vie. On peut penser combien
même les simples théories de M. de Norpois « contre
les joueurs de flûtes » avaient refleuri depuis la
guerre. Car tous ceux qui n'ayant pas le sens artistique, c'est-à-dire la soumission à la réalité intérieure, peuvent être pourvus de la faculté de raison-
ner à perte de vue sur l'art, pour peu qu'ils soient
par surcroît diplomates ou financiers, mêlés aux
« réalités » du temps présent, croient volontiers que
la littérature est un jeu de l'esprit destiné à être
éliminé de plus en plus dans l'avenir. Quelques-uns
voulaient que le roman fût une sorte de défilé cinématographique des choses. Cette conception était
absurde. Rien ne s'éloigne plus de ce que nous avons
perçu en réalité qu'une telle vue cinématographique.
Justement, comme en entrant dans cette bibliothèque, je m'étais souvenu de ce que les Goncourt
disent des belles éditions originales qu'elle contient,
je m'étais promis de les regarder, tant que j'étais
enfermé ici. Et tout en poursuivant mon raisonnement, je tirais un à un, sans trop y faire attention
du reste, les précieux volumes, quand au moment
où j'ouvrais distraitement l'un d'eux : *François le
Champi* de George Sand, je me sentis désagréable-

ment frappé comme par quelque impression trop
en désaccord avec mes pensées actuelles, jusqu'au
moment où, avec une émotion qui alla jusqu'à me
faire pleurer, je reconnus combien cette impression
était d'accord avec elles. Tel à l'instant que dans la
chambre mortuaire les employés des pompes funèbres se préparent à descendre la bière, le fils d'un
homme qui a rendu des services à la patrie serrant
la main aux derniers amis qui défilent, si tout à
coup retentit sous les fenêtres une fanfare, se révolte,
croyant à quelque moquerie dont on insulte son
chagrin, puis lui qui est resté maître de soi jusque-là
ne peut plus retenir ses larmes, lorsqu'il vient à
comprendre que ce qu'il entend c'est la musique
d'un régiment qui s'associe à son deuil et rend honneur à la dépouille de son père. Tel, je venais de
reconnaître la douloureuse impression que j'avais
éprouvée en lisant le titre d'un livre dans la bibliothèque du Prince de Guermantes, titre qui m'avait
donné l'idée que la littérature nous offrait vraiment
ce monde du mystère que je ne trouvais plus en
elle. Et pourtant ce n'était pas un livre bien extraordinaire, c'était *François le Champi*, mais ce nom-là
comme le nom des Guermantes n'était pas pour moi
comme ceux que j'avais connus depuis. Le souvenir
de ce qui m'avait semblé inexplicable dans le sujet
de *François le Champi*, tandis que maman me lisait
le livre de George Sand, était réveillé par ce titre,
aussi bien que le nom de Guermantes (quand je
n'avais pas vu les Guermantes depuis longtemps),
contenait pour moi tant de féodalité — comme
François le Champi l'essence du roman — et se substituait pour un instant à l'idée fort commune de
ce que sont les romans berrichons de George Sand.

Dans un dîner quand la pensée reste toujours à la surface, j'aurais pu sans doute parler de *François le Champi* et des Guermantes, sans que ni l'un ni l'autre fussent ceux de Combray. Mais quand j'étais seul, comme en ce moment, c'est à une profondeur plus grande que j'avais plongé. A ce moment-là l'idée que telle personne dont j'avais fait la connaissance dans le monde était la cousine de Mme de Guermantes, c'est-à-dire d'un personnage de lanterne magique me semblait incompréhensible, et tout autant que les plus beaux livres que j'avais lus fussent — je ne dis pas même supérieurs ce qu'ils étaient pourtant — mais égaux à cet extraordinaire *François le Champi*. C'était une impression d'enfance bien ancienne où mes souvenirs d'enfance et de famille étaient tendrement mêlés et que je n'avais pas reconnue tout de suite. Je m'étais au premier instant demandé avec colère quel était l'étranger qui venait me faire mal et l'étranger c'était moi-même, c'était l'enfant que j'étais alors, que le livre venait de susciter en moi, car de moi ne connaissant que cet enfant, c'est cet enfant que le livre avait appelé tout de suite, ne voulant être regardé que par ses yeux, aimé que par son cœur et ne parler qu'à lui. Aussi ce livre que ma mère m'avait lu haut à Combray presque jusqu'au matin avait-il gardé pour moi tout le charme de cette nuit-là. Certes la « plume » de George Sand, pour prendre une expression de Brichot qui aimait tant dire qu'un livre était écrit d'une plume alerte, ne me semblait pas du tout comme elle avait paru si longtemps à ma mère avant qu'elle modelât lentement ses goûts littéraires sur les miens, une plume magique. Mais c'était une plume que sans le vouloir j'avais élec-

trisée comme s'amusent souvent à faire les collé-
giens, et voici que mille riens de Combray, et que
je n'apercevais plus depuis longtemps, sautaient
légèrement d'eux-mêmes et venaient à la queue-leu
leu se suspendre au bec aimanté, en une chaîne
interminable et tremblante de souvenirs. Certains
esprits qui aiment le mystère veulent croire que les
objets conservent quelque chose des yeux qui les
regardèrent, que les monuments et les tableaux
ne nous apparaissent que sous le voile sensible que
leur ont tissé l'amour et la contemplation de tant
d'adorateurs, pendant des siècles. Cette chimère
deviendrait vraie s'ils la transposaient dans le domaine de la seule réalité pour chacun, dans le
domaine de sa propre sensibilité.

Oui, en ce sens-là, en ce sens-là seulement ; mais
il est bien plus grand, une chose que nous avons
regardée autrefois, si nous la revoyons, nous rapporte
avec le regard que nous y avons posé, toutes les
images qui le remplissaient alors. C'est que les
choses — un livre sous sa couverture rouge comme
les autres — sitôt qu'elles sont perçues par nous,
deviennent en nous quelque chose d'immatériel, de
même nature que toutes nos préoccupations ou
nos sensations de ce temps-là et se mêlent indisso-
lublement à elles. Tel nom lu dans un livre autrefois,
contient entre ses syllabes le vent rapide et le soleil
brillant qu'il faisait quand nous le lisions. Dans la
moindre sensation apportée par le plus humble
aliment, l'odeur du café au lait, nous retrouvons
cette vague espérance d'un beau temps qui, si
souvent, nous sourit, quand la journée était encore
intacte et pleine, dans l'incertitude du ciel matinal ;
une lueur est un vase rempli de parfum, de sons, de

moments, d'humeurs variées, de climats. De sorte que la littérature qui se contente de « décimer les choses », d'en donner seulement un misérable relevé de lignes et de surfaces, est celle qui tout en s'appelant réaliste est la plus éloignée de la réalité, celle qui nous appauvrit et nous attriste le plus, car elle coupe brusquement toute communication de notre moi présent avec le passé dont les choses gardaient l'essence et l'avenir, où elles nous incitent à le goûter de nouveau. C'est elle que l'art digne de ce nom doit exprimer et s'il y échoue, on peut encore tirer de son impuissance un enseignement (tandis qu'on n'en tire aucun des réussites du réalisme) à savoir que cette essence est en partie subjective et incommunicable.

Bien plus, une chose que nous vîmes à une certaine époque, un livre que nous lûmes ne restent pas unis à jamais seulement à ce qu'il y avait autour de nous ; il le reste aussi fidèlement à ce que nous étions alors, il ne peut plus être repassé que par la sensibilité, par la personne que nous étions alors ; si je reprends même par la pensée, dans la bibliothèque *François le Champi*, immédiatement en moi un enfant se lève qui prend ma place, qui seul a le droit de lire ce titre : *François le Champi*, et qui le lit comme il le lut alors, avec la même impression du temps qu'il faisait dans le jardin, les mêmes rêves qu'il formait alors sur les pays et sur la vie, la même angoisse du lendemain. Que je revoie une chose d'un autre temps, c'est un autre jeune homme qui se lèvera. Et ma personne d'aujourd'hui n'est qu'une carrière abandonnée qui croit que tout ce qu'elle contient est pareil et monotone mais d'où chaque souvenir, comme un sculpteur de Grèce, tire des

34

statues innombrables. Je dis chaque chose que nous revoyons, car les livres, se comportant en cela comme ces choses, la manière dont leur dos s'ouvrait, le grain du papier peut avoir gardé en lui un souvenir aussi vif, de la façon dont j'imaginais alors Venise et du désir que j'avais d'y aller que les phrases mêmes des livres. Plus vif même car celles-ci gênent parfois comme ces photographies d'un être devant lesquelles on se le rappelle moins bien qu'en se contentant de penser à lui. Certes, pour bien des livres de mon enfance, et hélas pour certains livres de Bergotte lui-même, quand un soir de fatigue il m'arrivait de les prendre, ce n'était pourtant que comme j'aurais pris un train dans l'espoir de me reposer par la vision de choses différentes et en respirant l'atmosphère d'autrefois. Mais il arrive que cette évocation recherchée se trouve entravée au contraire par la lecture prolongée du livre. Il en est un de Bergotte (qui dans la bibliothèque du Prince portait une dédicace d'une flagornerie et d'une platitude extrêmes), lu jadis en entier un jour d'hiver où je ne pouvais voir Gilberte, et où je ne peux réussir à retrouver les pages que j'aimais tant. Certains mots me feraient croire que ce sont elles, mais c'est impossible. Où serait donc la beauté que je leur trouvais ? Mais du volume lui-même, la neige qui couvrait les Champs-Elysées, le jour où je le lus, n'a pas été enlevée. Je la vois toujours. Et c'est pour cela que si j'avais été tenté d'être bibliophile, comme l'était le prince de Guermantes, je ne l'aurais été que d'une façon, mais de façon particulière, comme celle qui recherche cette beauté indépendante de la valeur propre d'un livre et qui lui vient pour les amateurs de connaître les biblio-

thèques par où il a passé, de savoir qu'il fut donné
à l'occasion de tel événement, par tel souverain à
tel homme célèbre, de l'avoir suivi, de vente en vente,
à travers sa vie ; cette beauté historique en quelque
sorte d'un livre ne serait pas perdue pour moi.
Mais c'est plus volontiers de l'histoire de ma propre
vie, c'est-à-dire non pas en simple curieux, que je
la dégagerais ; et ce serait souvent non pas à l'exemplaire matériel que je l'attacherais, mais à l'ouvrage
comme à ce *François de Champi* contemplé pour la
première fois dans ma petite chambre de Combray,
pendant la nuit peut-être la plus douce et la plus
triste de ma vie — où j'avais hélas (dans un temps
où me paraissaient bien inaccessibles les mystérieux
Guermante) obtenu de mes parents une première
abdication d'où je pouvais faire dater le déclin de
ma santé et de mon vouloir, mon renoncement
chaque jour aggravé à une tâche difficile — et re-
retrouvé aujourd'hui dans la bibliothèque des Guermantes précisément, par le jour de plus beau et
dont s'éclairaient soudain non seulement les tâtonne-
ments anciens de ma pensée, mais même le but de
ma vie et peut-être de l'art. Pour les exemplaires
eux-mêmes des livres, j'eusse été d'ailleurs capable
de m'y intéresser, dans une acception vivante. La
première édition d'un ouvrage m'eût été plus précieuse que les autres, mais j'aurais entendu par elle
l'édition où je le lus pour la première fois. Je recher-
cherais les éditions originales, je veux dire celles
où j'eus de ce livre une impression originale. Car
les impressions suivantes ne le sont plus. Je collec-
tionnerais pour les romans les reliures d'autrefois,
celles du temps où je lus mes premiers romans et
qui entendaient tant de fois papa me dire : « tiens-

toi droit ». Comme la robe où nous vîmes pour la première fois une femme, elles m'aideraient à retrouver l'amour que j'avais alors, la beauté sur laquelle j'ai superposé tant d'images, de moins en moins aimées, pour pouvoir retrouver la première, moi qui ne suis pas le moi qui l'ai vu et qui dois céder la place au moi que j'étais alors afin qu'il appelle la chose qu'il connut et que mon moi d'aujourd'hui ne connaît point. La bibliothèque que je composerais ainsi serait même d'une valeur plus grande encore, car les livres que je lus jadis à Combray, à Venise, enrichis maintenant par mémoire de vastes enluminures représentant l'église Saint-Hilaire, la gondole amarrée au pied de Saint-Georges-le-majeur sur le Grand Canal incrusté de scintillants saphirs, seraient devenus dignes de ces « livres à images ». bibles historiées, que l'amateur n'ouvre jamais pour lire le texte mais pour s'enchanter une fois de plus des couleurs qu'y a ajoutées quelque émule de Fouquet et qui fait tout le prix de l'ouvrage. Et pourtant même n'ouvrir ces livres lus autrefois que pour regarder les images qui ne les ornaient pas alors me semblerait encore si dangereux que même en ce sens, le seul que je pusse comprendre, je ne serais pas tenté d'être bibliophile. Je sais trop combien ces images laissées par l'esprit sont aisément effacées par l'esprit. Aux anciennes il en substitue de nouvelles qui n'ont plus le même pouvoir de résurrection. Et si j'avais encore le *François le Champi* que maman sortit un soir du paquet de livres que ma grand'mère devait me donner pour ma fête, je ne le regarderais jamais ; j'aurais trop peur d'y insérer peu à peu de mes impressions d'aujourd'hui couvrant complètement celles d'autrefois, j'aurais trop peur de le voir devenir à ce point une chose du présent que quand je lui demanderais de susciter une fois encore l'enfant qui déchiffra son titre dans la petite chambre de Combray, l'enfant ne reconnaissant pas son accent, ne répondît plus à son appel et restât pour toujours enterré dans l'oubli.

* *
*

L'idée d'un art populaire comme d'un art patriotique si même elle n'avait pas été dangereuse me semblait ridicule. S'il s'agissait de le rendre accessible au peuple, on sacrifiait les raffinements de la forme « bons pour des oisifs » ; or, j'avais assez fréquenté de gens du monde pour savoir que ce sont eux les véritables illettrés et non les ouvriers électriciens. A cet égard un art populaire par la forme eût été destiné plutôt aux membres du Jockey qu'à ceux de la Confédération générale du travail ; quant aux sujets, les romans populaires enivrent autant les gens du peuple que les enfants ces livres qui sont écrits pour eux. On cherche à se dépayser en lisant et les ouvriers sont aussi curieux des princes, que les princes des ouvriers. Dès le début de la guerre, M. Barrès avait dit que l'artiste (en l'espèce le Titien), doit avant tout servir la gloire de sa patrie. Mais il ne peut la servir qu'en étant artiste, c'est-à-dire qu'à condition au moment où il étudie les lois de l'Art, institue ses expériences et fait ses découvertes, aussi délicates que celles de la Science, de ne pas penser à autre chose — fût-ce à la patrie — qu'à la vérité qui est devant lui. N'imitons pas les révolutionnaires qui par « civisme » méprisaient s'ils ne les détruisaient pas les œuvres de Watteau et de La Tour, peintres qui honoraient davantage la France que

tous ceux de la Révolution. L'anatomie n'est peut-
être pas ce que choisirait un cœur tendre, si l'on
avait le choix. Ce n'est pas la bonté de son cœur
vertueux, laquelle était fort grande qui a fait écrire
à Choderlos de Laclos les Liaisons Dangereuses,
ni son goût pour la petite bourgeoisie petite ou grande
qui a fait choisir à Flaubert comme sujets ceux de
Mme Bovary et de l'Education Sentimentale. Certains disaient que l'art d'une époque de hâte serait
bref, comme ceux qui prédisaient avant la guerre
qu'elle serait courte. Le chemin de fer devait ainsi
tuer la contemplation, il était vain de regretter le
temps des diligences, mais l'automobile remplit
leur fonction et arrête à nouveau les touristes vers
les églises abandonnées.

Une image offerte par la vie, nous apporte en
réalité à ce moment-là des sensations multiples et
différentes. La vue par exemple de la couverture
d'un livre déjà lu a tissé dans les caractères de son
titre les rayons de lune d'une lointaine nuit d'été.
Le goût du café au lait matinal nous apporte cette
vague espérance d'un beau temps qui jadis si souvent pendant que nous le buvions dans un bol de
porcelaine blanche, crémeuse et plissée qui semblait
du lait durci, se mit à nous sourire dans la claire
incertitude du petit jour. Une heure n'est pas qu'une
heure, c'est un vase rempli de parfums, de sons,
de projets et de climats. Ce que nous appelons la
réalité est un certain rapport entre ces sensations
et ces souvenirs qui nous entourent simultanément
— rapport que supprime une simple vision cinématographique, laquelle s'éloigne par là d'autant plus
du vrai qu'elle prétend se borner à lui — rapport
unique que l'écrivain doit retrouver pour en enchaî-

ner à jamais dans sa phrase les deux termes différents On peut faire se succéder indéfiniment dans
une description les objets qui figuraient dans le lieu
décrit, la vérité ne commencera qu'au moment où
l'écrivain prendra deux objets différents, posera leur
rapport, analogue dans le monde de l'art à celui
qu'est le rapport unique, de la loi causale, dans le
monde de la science et les enfermera dans les anneaux
nécessaires d'un beau style, ou même, ainsi que la vie,
quand en rapprochant une qualité commune à deux
sensations, il dégagera leur essence en les réunissant
l'une et l'autre pour les soustraire aux contingences
du temps, dans une métaphore, et les enchaînera
par le lien indescriptible d'une alliance de mots.
La nature elle-même, à ce point de vue sur la voie
de l'art, n'était elle pas commencement d'art,
elle qui souvent ne m'avait permis de connaître
la beauté d'une chose que longtemps après dans
une autre, midi à Combray que dans le bruit
de ses cloches, les matinées de Doncières que dans
les hoquets de notre calorifère à eau. Le rapport
peut être peu intéressant, les objets médiocres, le
style mauvais, mais tant qu'il n'y a pas eu cela
il n'y a rien eu. La littérature qui se contente de
« décrire les choses », de donner un misérable relevé
de leurs lignes et de leur surface est malgré sa pré-
tention réaliste la plus éloignée de la réalité, celle
qui nous appauvrit et nous attriste le plus ne parla-
t-elle que de gloire et de grandeurs, car elle coupe
brusquement toute communication de notre moi
présent avec le passé dont les choses gardent l'essence,
et l'avenir où elles nous incitent à le goûter encore.
Mais il y avait plus. Si la réalité était cette espèce
de déchet de l'expérience, à peu près identique pour

chacun, parce que quand nous disons : un mauvais temps, une guerre, une station de voiture, un restaurant éclairé, un jardin en fleurs, tout le monde sait ce que nous voulons dire ; si la réalité était cela, sans doute une sorte de film cinématographique de ces choses suffirait et le « style », la « littérature » qui s'écarteraient de leur simple donnée seraient un hors d'œuvre artificiel. Mais était-ce bien cela la réalité. Si j'essayais de me rendre compte de ce qui se passe en effet en nous au moment où une chose nous fait une certaine impression, soit que comme ce jour où en passant sur le pont de la Vivonne, l'ombre d'un nuage sur l'eau m'eût fait crier « zut alors » en sautant de joie, soit qu'écoutant une phrase de Bergotte tout ce que j'eusse vu de mon impression c'est ceci qui ne lui convenait pas spécialement : « c'est admirable », soit qu'irrité d'un mauvais procédé, Bloch prononcât ces mots qui ne convenaient pas du tout à une aventure si vulgaire : « Qu'on agisse ainsi, je trouve cela même fantastique », soit quand flatté d'être bien reçu chez les Guermantes, et d'ailleurs un peu grisé par leurs vins je n'aie pu m'empêcher de dire à mi-voix, seul, en les quittant : « ce sont tout de même des êtres exquis avec qui il serait doux de passer la vie », je m'apercevais que pour exprimer ces impressions pour écrire ce livre essentiel, le seul livre vrai, un grand écrivain n'a pas dans le sens courant à l'inventer puisque il existe déjà en chacun de nous, mais à le traduire. Le devoir et la tâche d'un écrivain sont ceux d'un traducteur.

Or si quand il s'agit du langage inexact de l'amour propre par exemple, le redressement de l'oblique discours intérieur (qui va s'éloignant de plus en plus de l'impression première et cérébrale) jusqu'à ce qu'il se confonde avec la droite qui aurait dû partir de l'impression, si ce redressement est chose malaisée contre quoi boude notre paresse, il est d'autres cas, celui où il s'agit de l'amour par exemple, où ce même redressement devient douloureux. Toutes nos feintes indifférences, toute notre indignation contre ses mensonges si naturels, si semblables à ceux que nous pratiquons nous-mêmes, en un mot tout ce que nous n'avons cessé, chaque fois que nous étions malheureux ou trahis, non seulement de dire à l'être aimé, mais même en attendant de le voir, de nous dire sans fin à nous-même, quelquefois à haute voix dans le silence de notre chambre troublé par quelques : « non, vraiment, de tels procédés sont intolérables » et « j'ai voulu te recevoir une dernière fois et ne nierai pas que cela me fasse de la peine », ramener tout cela à la vérité ressentie dont cela s'était tant écarté, c'est abolir tout ce à quoi nous tenions le plus, ce qui seul à seul avec nous-mêmes, dans des projets fiévreux de lettres et de démarches fut notre entretien passionné avec nous-mêmes.

Même dans les joies artistiques qu'on recherche pourtant en vue de l'impression qu'elles donnent, nous nous arrangeons le plus vite possible à laisser de côté comme inexprimable ce qui est précisément cette impression même et à nous attacher à ce qui nous permet d'en éprouver le plaisir sans le connaître jusqu'au fond et de croire le communiquer à d'autres amateurs avec qui la conversation sera possible, parce que nous leur parlerons d'une chose qui est

la même pour eux et pour nous, la racine personnelle de notre propre impression étant supprimée.
Dans les moments mêmes où nous sommes les spectateurs les plus désintéressés de la nature, de la
société, de l'amour, de l'art lui-même — comme toute
impression est double, à demi engainée dans l'objet,
prolongée en nous-même par une autre moitié que
seuls nous pourrions connaître, nous nous empres-
sons de négliger celle-là, c'est-à-dire la seule à laquelle
nous devrions nous attacher et nous ne tenons compte
que de l'autre moitié qui ne pouvant pas être appro-
fondie parce qu'elle est extérieure, ne sera cause
pour nous d'aucune fatigue : le petit sillon qu'une
phrase musicale ou la vue d'une église, a creusé en nous,
nous trouvons trop difficile de tâcher de l'apercevoir.
Mais nous rejouons la symphonie, nous retournons
voir l'église jusqu'à ce que — dans cette fuite, loin
de notre propre vie que nous n'avons pas le courage
de regarder, et qui s'appelle l'érudition — nous les
connaissions aussi bien, de la même manière, que le
plus savant amateur de musique ou d'archéologie.
Aussi combien s'en tiennent là qui n'extraient rien
de leur impression, vieillissent inutiles et insatis-
faits, comme des célibataires de l'art. Ils ont les chagrins qu'ont les vierges et les paresseux, et que la
fécondité dans le travail guérirait. Ils sont plus
exaltés à propos des œuvres d'art que les véritables
artistes, car leur exaltation n'étant pas pour eux
l'objet d'un dur labeur d'approfondissement, elle se
répand au dehors, échauffe leurs conversations,
empourpre leur visage ; ils croient accomplir un
acte, en hurlant à se casser la voix : « Bravo, bravo »,
après l'exécution d'une œuvre qu'ils aiment. Mais
ces manifestations ne les forcent pas à éclaircir la

nature de leur amour, ils ne la connaissent pas. Cependant celui-ci inutilisé, reflue même sur leurs conversations les plus calmes, leur fait faire de grands gestes, des grimaces, des hochements de tête quand ils parlent d'art. « J'ai été à un concert où on jouait une musique qui, je vous avouerai, ne m'emballait pas. On commence alors le quator. Ah ! mais non d'une pipe ça change (la figure de l'amateur à ce moment-là exprime une inquiétude anxieuse comme s'il pensait : « mais je vois des étincelles, ça sent le roussi, il y a le feu »). Tonnerre de Dieu, ce que j'entends là c'est exaspérant, c'est mal écrit, mais c'est epastrouillant, ce n'est pas l'œuvre de tout le monde » Encore si risibles que soient ces amateurs, ils ne sont pas tout à fait à dédaigner. Ils sont les premiers essais de la nature qui veut créer l'artiste, aussi informes, aussi peu viables que ces premiers animaux qui précédèrent les espèces actuelles et qui n'étaient pas constitués pour durer. Ces amateurs velleitaires et stériles doivent nous toucher comme ces premiers appareils qui ne purent quitter la terre mais où résidait non encore le moyen secret et qui restait à découvrir, mais le désir du vol. « Et mon vieux, ajoute l'amateur en vous prenant par le bras, moi c'est la huitième fois que je l'entends et je vous jure bien que ce n'est pas la dernière ». Et en effet comme ils n'assimilent pas ce qui dans l'art est vraiment nourricier, ils ont tout le temps besoin de joies artistiques, en proie à une boulimie qui ne les rassasie jamais. Ils vont donc applaudir longtemps de suite la même œuvre, croyant de plus que leur présence réalise un devoir, un acte, comme d'autres personnes la leur à une séance d'un Conseil d'Administration, à un enterrement. Puis viennent des œu-

vres autres même opposées que ce soit en littérature, en peinture ou en musique. Car la faculté
de lancer des idées, des systèmes et surtout de se
les assimiler, a toujours été beaucoup plus fréquente, même chez ceux qui produisent, que le
véritable goût, mais prend une extension plus considérable depuis que les revues, les journaux littéraires se sont multipliés (et avec eux les vocations
factices d'écrivains et d'artistes). Ainsi la meilleure
partie de la jeunesse, la plus intelligente, la plus
intéressée, n'aimait-elle plus que les œuvres ayant
une haute portée morale et sociologique, même reli-
gieuse. Elle s'imaginait que c'était là le critérium
de la valeur d'une œuvre, renouvelant ainsi l'erreur
des David, des Chenavard, des Brunetière, etc.
On préférait à Bergotte dont les plus jolies phrases
avaient exigé en réalité un bien plus profond repli
sur soi-même des écrivains qui semblaient plus
profonds simplement parce qu'ils écrivaient moins
bien. La complication de son écriture n'était faite
que pour des gens du monde, disaient des démocrates
qui faisaient ainsi aux gens du monde un honneur
immérité. Mais dès que l'intelligence raisonneuse
veut se mettre à juger des œuvres d'art, il n'y a
plus rien de fixe, de certain : on peut démontrer
tout ce qu'on veut. Alors que la réalité du talent
est un bien, une acquisition universelle, dont on
doit avant tout constater la présence sous les modes
apparentes de la pensée et du style, c'est sur ces
dernières que la critique s'arrête pour classer les
auteurs. Elle sacre prophète à cause de son ton
péremptoire, de son mépris affiché pour l'école qui
l'a précédé, un écrivain qui n'apporte nul message
nouveau. Cette constante aberration de la critique

est telle qu'un écrivain devrait presque préférer être jugé par le grand public (si celui-ci n'était incapable de se rendre compte même de ce qu'un artiste a tenté dans un ordre de recherches qui lui est inconnu). Car il y a plus d'analogie entre la vie instinctive du public et le talent d'un grand écrivain qui n'est qu'un instinct religieusement écouté au milieu du silence, imposé à tout le reste, un instinct perfectionné et compris, qu'avec le verbiage superficiel et les critères changeants des juges attitrés. Leur logomachie se renouvelle de dix ans en dix ans (car le kaléidoscope n'est pas composé seulement par les groupes mondains, mais par les idées sociales, politiques, religieuses, qui prennent une ampleur momentanée grâce à leur réfraction dans les masses étendues, mais restant limitées malgré cela à la courte vie des idées dont la nouveauté n'a pu séduire que des esprits peu exigeants en fait de preuves. Aussi s'étaient succédés les partis et les écoles, faisant se prendre à eux toujours les mêmes esprits, hommes d'une intelligence relative, toujours voués aux engouements dont s'abstiennent des esprits plus scrupuleux et plus difficiles en fait de preuves. Malheureusement justement parce que les autres ne sont que de demi esprits, ils ont besoin de se compléter dans l'action, ils agissent ainsi plus que les esprits supérieurs, attirent à eux la foule et créent autour d'eux non seulement les réputations surfaites et les dédains injustifiés mais les guerres civiles et les guerres extérieures, dont un peu de critique point royaliste sur soi-même devrait préserver. Et quant à la jouissance que donne à un esprit parfaitement juste, à un cœur vraiment vivant, la belle pensée d'un maître, elle est sans doute entièrement saine, mais si précieux que soient les hommes qui la goûtent vraiment (combien y en a-t-il en vingt ans) elle les réduit tout de même à n'être que la pleine conscience d'un autre. Qu'un homme ait tout fait pour être aimé d'une femme qui n'eût pu que le rendre malheureux, mais n'ait même pas réussi, malgré ses efforts redoublés pendant des années à obtenir un rendez-vous de cette femme, au lieu de chercher à exprimer ses souffrances et le péril auquel il a échappé, il relit sans cesse en mettant sous elle « un million de mots » et les souvenirs les plus émouvants de sa propre vie, cette pensée de Labruyère : « Les hommes souvent veulent aimer et ne sauraient y réussir, ils cherchent leur défaite sans pouvoir la rencontrer, et si j'ose ainsi parler, ils sont contraints de demeurer libres ». Que ce soit ce sens ou non qu'ait eu cette pensée pour celui qui l'écrivit (pour qu'elle l'eût et ce serait plus beau, il faudrait « être aimés » au lieu d' « aimer ») il est certain qu'en lui ce lettré sensible la vivifie, la gonfle de signification jusqu'à la faire éclater, il ne peut la redire qu'en débordant de joie tant il la trouve vraie et belle, mais il n'y a malgré tout rein ajouté, et il reste seulement la pensée de Labruyère.

Comment la littérature de notations aurait-elle une valeur quelconque puisque c'est sous de petites choses comme celles qu'elle note, que la réalité est contenue (la grandeur dans le bruit lointain d'un aéroplane, dans la ligne du clocher de Saint-Hilaire, le passé dans la saveur d'une madeleine, etc.) et qu'elles sont sans signification par elles-mêmes si on ne l'en dégage pas.

Peu à peu conservée par la mémoire, c'est la chaîne de toutes les impressions inexactes, où ne reste rien de ce que nous avons réellement éprouvé, qui constitue pour nous notre pensée, notre vie, la réalité, et c'est ce mensonge-là que ne ferait que reproduire un art soi-disant « vécu », simple comme la vie, sans beauté, double emploi si ennuyeux et si vain de ce que nos yeux voient et de ce que notre intelligence constate qu'on se demande où celui qui s'y livre, trouve l'étincelle joyeuse et motrice, capable de le mettre entrain et de le faire avancer dans sa besogne. La grandeur de l'art véritable, au contraire, de celui que M. de Norpois eût appelé un jeu de dilettante, c'était de retrouver, de ressaisir, de nous faire connaître cette réalité loin de laquelle nous vivons, de laquelle nous nous écartons de plus en plus au fur et à mesure que prend plus d'épaisseur et d'imperméabilité la connaissance conventionnelle que nous lui substituons, cette réalité que nous risquerions fort de mourir sans l'avoir connue, et qui est tout simplement notre vie, la vraie vie, la vie enfin découverte et éclaircie, la seule vie par conséquent réellement vécue, cette vie qui en un sens, habite à chaque instant chez tous les hommes aussi bien que chez l'artiste. Mais ils ne la voient pas, parce qu'ils ne cherchent pas à l'éclaircir. Et ainsi leur passé est encombré d'innombrables clichés qui restent inutiles parce que l'intelligence ne les a pas « développés ». Ressaisir notre vie ; et aussi la vie des autres ; car le style pour l'écrivain aussi bien que pour le peintre est une question non de technique, mais de vision. Il est la révélation, qui serait impossible par des moyens directs et conscients de la différence qualitative qu'il y a dans la façon dont nous apparaît le monde, différence qui s'il n'y avait pas l'art, resterait le secret éternel de chacun. Par l'art seulement, nous pouvons sortir de nous, savoir ce que voit un autre de cet univers qui n'est pas le même que le nôtre et dont les paysages nous seraient restés aussi inconnus que ceux qu'il peut y avoir dans la lune. Grâce à l'art au lieu de voir un seul monde, le nôtre, nous le voyons se multiplier et autant qu'il y a des artistes originaux, autant nous avons de mondes à notre disposition, plus différents les uns des autres que ceux qui roulent dans l'infini, et qui bien des siècles après qu'est éteint le foyer dont ils émanaient, qu'il s'appelât Rembrandt ou Ver Meer, nous envoient leur rayon spécial.

Ce travail de l'artiste, de chercher à apercevoir sous de la matière, sous de l'expérience, sous des mots quelque chose de différent, c'est exactement le travail inverse de celui que, à chaque minute, quand nous vivons détourné de nous-même l'amour-propre, la passion, l'intelligence et l'habitude aussi accomplissent en nous, quand elles amassent au-dessus de nos impressions vraies, pour nous les cacher maintenant, les nomenclatures, les buts pratiques que nous appelons faussement la vie. En somme cet art si compliqué est justement le seul art vivant. Seul il exprime pour les autres et nous fait voir à nous-même notre propre vie, cette vie qui ne peut pas s' « observer », dont les apparences qu'on observe ont besoin d'être traduites et souvent lues à rebours et péniblement déchiffrées. Ce travail qu'avaient fait notre amour-propre, notre passion, notre esprit d'imitation, notre intelligence abstraite, nos habitudes, c'est ce travail que l'art défera, c'est la marche en sens contraire, le retour aux profondeurs, où ce qui a existé réellement gît inconnu de nous qu'il nous fera suivre. Et sans doute c'était une grande tentation que de recréer la vraie vie, de rajeunir les impressions. Mais il y fallait du courage de tout genre et même sentimental. Car c'était avant tout abroger ses plus chères illusions, cesser de croire à l'objectivité de ce qu'on a élaboré soi-même, et au lieu de se bercer une centième fois de ces mots « elle était bien gentille » lire au travers : « j'avais du plaisir à l'embrasser ». Certes, ce que j'avais éprouvé dans ces heures d'amour, tous les hommes l'éprouvent aussi. On éprouve, mais ce qu'on a éprouvé est pareil à certains clichés qui ne montrent que du noir tant qu'on ne les a pas mis près d'une lampe, et qu'eux aussi il faut regarder à l'envers : on ne sait pas ce que c'est tant qu'on ne l'a pas approché de l'intelligence. Alors seulement quand elle l'a éclairé, quand elle l'a intellectualisé, on distingue, et avec quelle peine, la figure de ce qu'on a senti. Mais je me rendais compte aussi que cette souffrance que j'avais connue d'abord avec Gilberte, que notre amour n'appartienne pas à l'être qui l'inspire est salutaire accessoirement comme moyen. (Car si peu que notre vie doive durer, ce n'est que pendant que nous souffrons que nos pensées en quelque sorte agitées de mouvements perpétuels et changeants font monter comme dans une tempête, à un niveau d'où nous pouvons les voir, toute cette immensité réglée par des lois, sur laquelle, postés à une fenêtre mal placée, nous n'avons pas vue, car le calme du bonheur la laisse unie et à un niveau trop bas ; peut-être seulement pour quelques grands génies ce mouvement existe-t-il constamment sans qu'il y ait besoin pour eux des agitations de la douleur ; encore n'est-il pas certain quand nous contemplons l'ample et régulier développement de leurs œuvres joyeuses que nous ne soyions trop portés à supposer d'après la joie de l'œuvre, celle de la vie qui a peut-être été au contraire constamment douloureuse?) Mais principalement parce que si notre amour n'est pas seulement d'une Gilberte, ce qui nous fit tant souffrir, ce n'est pas parce qu'il est aussi l'amour d'une Albertine, mais parce qu'il est une portion de notre âme plus durable que les moi divers qui meurent successivement en nous et qui voudraient égoïstement le retenir, portion de notre âme qui doit, quelque mal d'ailleurs utile que cela nous fasse se détacher des êtres pour que nous en comprenions, et pour en restituer la généralité et donner cet amour, la compréhension de cet amour, à tous, à l'esprit universel et non à telle, puis à telle en lesquelles tel, puis tel de ceux que nous avons été successivement, voudraient se fondre.

Il me fallait donc rendre leurs sens aux moindres signes qui m'entouraient (Guermantes, Albertine, Gilberte, Saint-Loup, Balbec etc.) et auxquels l'habitude l'avait fait perdre pour moi. Nous devons savoir que lorsque nous aurons atteint la réalité, pour l'exprimer, pour la conserver, nous devrons écarter ce qui est différent d'elle et ce que ne cesse de nous apporter la vitesse acquise de l'habitude. Plus que tout j'écarterais donc ces paroles que les lèvres plutôt que l'esprit choisissent, ces paroles pleines d'humour, comme on dit dans la conversation, et qu'après une longue conversation avec les autres on continue à s'adresser facticement et qui nous remplissent l'esprit de mensonges, ces paroles toutes physiques qu'accompagne chez l'écrivain qui s'abaisse à les transcrire le petit sourire, la petite grimace, qui altère à tout moment par exemple la phrase parlée d'un Sainte-Beuve, tandis que les vrais livres doivent être les enfants non du grand jour et de la causerie mais de l'obscurité et du silence. Et comme l'art recompose exactement la vie, autour des vérités qu'on a atteintes en soi-même flottera toujours une atmosphère de poésie, la douceur d'un mystère qui n'est que le vestige de la pénombre que nous avons dû traverser, l'indication, marquée exactement comme par un altimètre, de la profondeur d'une œuvre. (Car cette profondeur n'est pas inhérente à certains sujets comme le croient des romanciers matérialistement spiritualistes puisqu'ils ne peuvent pas descendre au-delà du monde des apparences et dont toutes les nobles intentions, pareilles à ces vertueuses tirades habituelles chez certaines personnes incapables du plus petit effort de bonté, ne doivent pas nous empêcher de remarquer qu'ils n'ont même pas eu la force d'esprit de se débarrasser de toutes les banalités de forme acquises par l'imitation).

Quant aux vérités que l'intelligence — même des plus hauts esprits — cueille à claire-voie, devant elle, en pleine lumière, leur valeur peut être très grande ; mais elles ont des contours plus secs et sont planes, n'ont pas de profondeur parce qu'il n'y a pas eu de profondeurs à franchir pour les atteindre, parce qu'elles n'ont pas été recréées. Souvent des écrivains au fond de qui n'apparaissent plus ces vérités mystérieuses, n'écrivent plus à partir d'un certain âge qu'avec leur intelligence qui a pris de plus en plus de force ; les livres de leur âge mûr ont à cause de cela plus de force que ceux de leur jeunesse, mais ils n'ont plus le même velours.

Je sentais pourtant que ces vérités que l'intelligence dégage directement de la réalité ne sont pas
à dédaigner entièrement car elles pourraient enchas-
ser d'une matière moins pure mais encore pénétrer
d'esprit ces impressions que nous apportent hors
du temps l'essence commune aux sensations du passé
et du présent, mais qui plus précieuses sont aussi
trop rares pour que l'œuvre d'art puisse être com-
posée seulement avec elles. Capables d'être utilisées
pour cela, je sentais se presser en moi une foule de
vérités relatives aux passions, aux caractères, aux
mœurs. Chaque personne qui nous fait souffrir
peut être rattachée par nous à une divinité, dont elle
n'est qu'un reflet fragmentaire et le dernier degré,
divinité, dont la contemplation en tant qu'idée nous
donne aussitôt de la joie au lieu de la peine que nous
avions. Tout l'art de vivre c'est de ne nous servir des
personnes qui nous font souffrir que comme d'un
degré permettant d'accéder à sa forme divine et de
peupler ainsi journellement notre vie, de divinités.
La perception de ces vérités me causait de la joie ;
pourtant il me semblait me rappeler que plus d'une
d'entre elles, je l'avais découverte dans la souffrance,
d'autres dans de bien médiocres plaisirs. Alors,
moins éclatante sans doute que celle qui m'avait
fait apercevoir que l'œuvre d'art était le seul moyen
de retrouver le temps perdu, une nouvelle lumière
se fit en moi. Et je compris que tous ces matériaux
de l'œuvre littéraire, c'était ma vie passée, je compris qu'ils étaient venus à moi, dans les plaisirs
frivoles, dans la paresse, dans la tendresse, dans
la douleur emmagasinée par moi sans que je devi-
nasse plus leur destination, leur survivance même,
que la graine mettant en réserve tous les aliments

qui nourriront la plante. Comme la graine, je pourrais mourir quand la plante se serait développée
et je me trouvais avoir vécu pour elle, sans le
savoir, sans que jamais ma vie me parût devoir
entrer jamais en contact avec ces livres que j'aurais
voulu écrire et pour lesquels, quand je me mettais
autrefois à ma table, je ne trouvais pas de sujet.
Ainsi toute ma vie jusqu'à ce jour aurait pu et
n'aurait pas pu être résumée sous ce titre : Une vocation. Elle ne l'aurait pas pu en ce sens que la littérature n'avait joué aucun rôle dans ma vie. Elle l'aurait
pu en ce que cette vie, les souvenirs de ses tristesses,
de ses joies, formaient une réserve pareille à cet albu-
men qui est logé dans l'ovule des plantes et dans
lequel celui-ci puise sa nourriture pour se transformer en graine, en ce temps où on ignore encore que
l'embryon d'une plante se développe, lequel est
pourtant le lieu de phénomènes chimiques et res-
piratoires secrets mais très actifs. Ainsi ma vie
était-elle en rapport avec ce qui amènerait sa maturation. Et ceux qui se nourriraient ensuite d'elle,
ignoreraient ce qui aurait été fait pour leur nourriture comme ignorent ceux qui mangent les graines
alimentaires que les riches substances qu'elles contiennent, ont d'abord nourri la graine et permis sa
maturation. En cette matière, les mêmes comparaisons qui sont fausses si on part d'elles peuvent être
vraies si on y aboutit. Le littérateur envie le peintre,
il aimerait prendre des croquis, des notes, il est perdu
s'il le fait. Mais quand il écrit, il n'est pas un geste
de ses personnages, un tic, un accent, qui n'ait été
apporté à son inspiration par sa mémoire, il n'est pas
un nom de personnage inventé sous lequel il ne puisse
mettre soixante noms de personnages vus, dont

l'un a posé pour la grimace, l'autre pour le monocle, tel pour la colère, tel pour le mouvement avantageux du bras, etc. Et alors l'écrivain se rend compte que si son rêve d'être un peintre n'était pas réalisable d'une manière consciente et volontaire il se trouve pourtant avoir été réalisé et que l'écrivain lui aussi a fait son carnet de croquis sans le savoir... Car mû par l'instinct qui était en lui, l'écrivain, bien avant qu'il crût le devenir un jour, omettait régulièrement de regarder tant de choses que les autres remarquent, ce qui le faisait accuser par les autres de distraction et par lui-même de ne savoir ni écouter ni voir, pendant ce temps-là il dictait à ses yeux et à ses oreilles de retenir à jamais ce qui semblait aux autres des riens puérils, l'accent avec lequel avait été dite une phrase et l'air de figure et le mouvement d'épaules qu'avait fait à un certain moment telle personne dont il ne sait peut-être rien d'autre, il y a de cela bien des années et cela parce que cet accent il l'avait déjà entendu, ou sentait qu'il pourrait le réentendre, que c'était quelque chose de renouvelable, de durable ; c'est le sentiment du général qui dans l'écrivain futur choisit lui-même ce qui est général et pourra entrer dans l'œuvre d'art. Car il n'a écouté les autres que quand, si bêtes ou si fous qu'ils fussent, répétant comme des perroquets ce que disent les gens de caractère semblable, ils s'étaient faits par là même les oiseaux prophètes, les porte-paroles d'une loi psychologique. Il ne se souvient que du général. Par de tels accents, par de tels jeux de physionomie, par de tels mouvements d'épaules, eussent-ils été vus dans sa plus lointaine enfance, la vie des autres est représentée en lui et quand plus tard il écrira, elle lui servira à

recréer la réalité soit en composant un mouvement
d'épaules commun à beaucoup, vrai comme s'il était
noté sur le cahier d'un anatomiste, mais gravé ici
pour exprimer une vérité psychologique, soit en
emmanchant sur ce mouvement d'épaules un mouvement de cou fait par un autre, chacun ayant
donné son instant de pose.

Il n'est pas certain que pour créer une œuvre
littéraire, l'imagination et la sensibilité ne soient
pas des qualités interchangeables et que la seconde
ne puisse sans grand inconvénient être substituée
à la première, comme des gens dont l'estomac est
incapable de digérer chargent de cette fonction leur
intestin. Un homme né sensible et qui n'aurait pas
d'imagination pourrait malgré cela écrire des romans
admirables. La souffrance que les autres lui cause-
raient, ses efforts pour la prévenir, les conflits qu'elle
et la seconde personne cruelle, créeraient, tout cela
interprété par l'intelligence pourrait faire la matière
d'un livre non seulement aussi beau que s'il était
imaginé, inventé, mais encore aussi extérieur à la
rêverie de l'auteur s'il avait été livré à lui-même
et heureux, aussi surprenant pour lui-même, aussi
accidentel qu'un caprice fortuit de l'imagination.
Les êtres les plus bêtes par leurs gestes, leurs propos,
leurs sentiments involontairement exprimés, mani-
festent des lois qu'ils ne perçoivent pas, mais que
l'artiste surprend en eux. A cause de ce genre
d'observations, le vulgaire croit l'écrivain méchant,
et il le croit à tort, car dans un ridicule l'artiste voit
une belle généralité, il ne l'impute pas plus à grief
à la personne observée, que le chirurgien ne la méses-
timerait d'être affectée d'un trouble assez fréquent
de la circulation ; aussi se moque-t-il moins que per-

sonne des ridicules. Malheureusement il est plus malheureux qu'il n'est méchant quand il s'agit de ses propres passions ; tout en en connaissant aussi bien la généralité, il s'affranchit moins aisément des souffrances personnelles qu'elles causent. Sans doute quand un insolent nous insulte, nous aurions mieux aimé qu'il nous louât, et surtout quand une femme que nous adorons nous trahit, que ne donnerions-nous pas pour qu'il en fût autrement. Mais le ressentiment de l'affront, les douleurs de l'abandon auront alors été les terres que nous n'aurions jamais connues, et dont la découverte si pénible qu'elle soit à l'homme devient précieuse pour l'artiste. Aussi les méchants et les ingrats, malgré lui, malgré eux, figurent dans son œuvre. Le pamphlétaire associe involontairement à sa gloire la canaille qu'il a flétrie. On peut reconnaître dans toute œuvre d'art ceux que l'artiste a le plus haïs et hélas même celles qu'il a le plus aimées. Elles-mêmes n'ont fait que poser pour l'écrivain dans le moment même où, bien contre son gré, elles le faisaient le plus souffrir. Quand j'aimais Albertine, je m'étais bien rendu compte qu'elle ne m'aimait pas et j'avais été obligé de me résigner à ce qu'elle me fît seulement connaître ce que c'est qu'éprouver de la souffrance, de l'amour, et même au commencement du bonheur. Et quand nous cherchons à extraire la généralité de notre chagrin, à en écrire, nous sommes un peu consolés, peut-être pour une autre raison encore que toutes celles que je donne ici et qui est que penser d'une façon générale, qu'écrire, est pour l'écrivain une fonction saine et nécessaire dont l'accomplissement rend heureux, comme pour les hommes physiques, l'exercice, la sueur et le bain. A vrai dire, contre cela, je me révoltais un peu. J'avais beau croire que la vérité suprême de la vie est dans l'art, j'avais beau d'autre part n'être pas plus capable de l'effort de souvenir qu'il m'eût fallu pour aimer encore Albertine que pour pleurer encore ma grand'mère, je me demandais si tout de même une œuvre d'art dont elles ne seraient pas conscientes seraient pour elles, pour le destin de ces pauvres mortes, un accomplissement. Ma grand'mère que j'avais, avec tant d'indifférence, vu agoniser et mourir près de moi. O puissè-je, en expiation, quand mon œuvre serait terminée, blessé sans remède, souffrir de longues heures abandonné de tous, avant de mourir. D'ailleurs j'avais une pitié infinie même d'êtres moins chers, même d'indifférents , et de tant de destinées dont ma pensée en essayant de les comprendre avait en somme utilisé la souffrance, ou même seulement les ridicules. Tous ces êtres, qui m'avaient révélé des vérités et qui n'étaient plus, m'apparaissaient comme ayant vécu une vie qui n'avait profité qu'à moi, et comme s'ils étaient morts pour moi. Il était triste pour moi de penser que mon amour auquel j'avait tant tenu, serait dans mon livre, si dégagé d'un être, que des lecteurs divers l'appliqueraient exactement à ceux qu'ils avaient éprouvé pour d'autres femmes. Mais devais-je me scandaliser de cette infidélité posthume et que tel ou tel pût donner comme objet à mes sentiments des femmes inconnues, quand cette infidélité, cette division de l'amour entre plusieurs êtres, avait commencé de mon vivant et avant même que j'écrivisse. J'avais bien souffert successivement pour Gilberte, pour Mme de Guermantes, pour Albertine. Successivement aussi je les avais oubliées et seul mon amour dédié à des êtres différents avait été durable. La profanation d'un de mes souvenirs par des lecteurs inconnus, je l'avais consommée avant eux. Je n'étais pas loin de me faire horreur comme se le ferait peut-être à lui-même quelque parti nationaliste au nom duquel des hostilités se seraient poursuivies, et à qui seul aurait servi une guerre où tant de nobles victimes auraient souffert et succombé, sans même savoir ce qui pour ma grand'mère du moins eût été une telle récompense, l'issue de la lutte. Et une seule consolation qu'elle ne sût pas que je me mettais enfin à l'œuvre, était que tel est le lot des morts, si elle ne pouvait jouir de mon progrès elle avait cessé depuis longtemps d'avoir conscience de mon inaction, de ma vie manquée qui avaient été une telle souffrance pour elle. Et certes, il n'y aurait pas que ma grand'mère, pas qu'Albertine, mais bien d'autres encore, dont j'avais pu assimiler une parole, un regard, mais qu'en tant que créatures individuelles je ne me rappelais plus ; un livre est un grand cimetière où sur la plupart des tombes on ne peut plus lire les noms effacés. Parfois au contraire on se souvient très bien du nom, mais sans savoir si quelque chose de l'être qui le porta, survit dans ces pages. Cette jeune fille aux prunelles profondément enfoncées, à la voix traînante, est-elle ici ? Et si elle y repose en effet, dans quelle partie, on ne sait plus, et comment trouver sous les fleurs ? Mais puisque nous vivons, loin des êtres individuels, puisque nos sentiments les plus forts comme avait été mon amour pour ma grand'mère, pour Albertine, au bout de quelques années nous ne les connaissons plus, puisqu'ils ne sont plus pour nous qu'un mot incompris, puisque nous pouvons parler de ces morts avec

les gens du monde chez qui nous avons encore plaisir à nous trouver quand tout ce que nous aimions
pourtant est mort, alors s'il est un moyen pour nous
d'apprendre à comprendre ces mots oubliés, ce moyen
ne devons-nous pas l'employer, fallût-il pour cela
les transcrire d'abord en un langage universel mais
qui du moins sera permanent, qui ferait de ceux
qui ne sont plus, en leur essence la plus vraie, une
acquisition perpétuelle pour toutes les âmes. Même
cette loi du changement qui nous a rendu ces mots
inintelligibles, si nous parvenons à l'expliquer, notre
infériorité ne devient-elle pas une force nouvelle.
D'ailleurs l'œuvre à laquelle nos chagrins ont colla-
boré peut être interprétée pour notre avenir à la
fois comme un signe néfaste de souffrance et comme
un signe heureux de consolation. En effet, si on dit
que les amours, les chagrins du poète lui ont servi,
qu'ils l'ont aidé à construire son œuvre, que les
inconnues qui s'en doutaient le moins, l'une par
une méchanceté, l'autre par une raillerie, ont apporté
chacune leur pierre pour l'édification du monument
qu'elles ne verront pas, on ne songe pas assez que
la vie de l'écrivain n'est pas terminée avec cette
œuvre, que la même nature qui lui a fait avoir telles
souffrances, lesquelles sont entrées dans son œuvre,
cette nature continuera de vivre après l'œuvre terminée, lui fera aimer d'autres femmes dans des conditions qui seraient pareilles si ne les faisait légèrement dévier, tout ce que le temps modifie dans les
circonstances, dans le sujet lui-même, dans son appétit d'amour et dans sa résistance à la douleur.
A ce premier point de vue, l'œuvre doit être considé-
rée seulement comme un amour malheureux qui en
présage fatalement d'autres et qui fera que la vie

ressemblera à l'œuvre, que le poète n'aura presque plus besoin d'écrire, tant il pourra trouver dans ce qu'il a écrit, la figure anticipée de ce qui arrivera. Ainsi mon amour pour Albertine, et tel qu'il en différa était déjà inscrit dans mon amour pour Gilberte au milieu des jours heureux duquel j'avais entendu pour la première fois prononcer le nom et faire le portrait d'Albertine par sa tante, sans me douter que ce germe insignifiant, se développerait et s'étendrait un jour sur toute ma vie. Mais à un autre point de vue, l'œuvre est signe de bonheur, parce qu'elle nous apprend que dans tout amour, le général gît à côté du particulier, et à passer du second au premier par une gymnastique qui fortifie contre le chagrin en faisant négliger sa cause pour approfondir son essence. En effet, comme je devais l'expérimenter par la suite, même au moment où l'on aime et où on souffre, si la vocation s'est enfin réalisée, dans les heures où on travaille, on sent si bien l'être qu'on aime se dissoudre dans une réalité plus vaste qu'on arrive à l'oublier par instants et qu'on ne souffre plus de son amour en travaillant que comme de quelque mal purement physique où l'être aimé n'est pour rien, comme d'une sorte de maladie de cœur. Il est vrai que c'est une question d'instants et que l'effet semble être le contraire, si le travail vient plus tard. Car lorsque les êtres qui, par leur méchanceté, leur nullité, étaient arrivés malgré nous à détruire nos illusions, se sont réduits eux-mêmes à rien et séparés de la chimère amoureuse que nous nous étions forgés, si nous nous mettons alors à travailler, notre âme les élève de nouveau, les identifie, pour les besoins de notre analyse de nous-même à des êtres qui nous auraient aimé, et dans ce cas la littérature, recommençant le travail défait de l'illusion amoureuse, donne une sorte de survie à des sentiments qui n'existaient plus. Certes, nous sommes obligés de revivre notre souffrance particulière avec le courage du médecin qui recommence sur lui-même la dangereuse piqûre. Mais en même temps il nous faut la penser sous une forme générale qui nous fait dans une certaine mesure échapper à son étreinte, qui fait de tous les copartageants de notre peine, et qui n'est même pas exempte d'une certaine joie. Là où la vie emmure, l'intelligence perce une issue, car s'il n'est pas de remède à un amour non partagé, on sort de la constatation d'une souffrance, ne fût-ce qu'en en tirant les conséquences qu'elle comporte. L'intelligence ne connaît pas ces situations fermées de la vie sans issue. Aussi fallait-il me résigner, puisque rien ne peut durer qu'en devenant général et si l'esprit ment à soi-même, à l'idée que même les êtres qui furent le plus cher à l'écrivain n'ont fait en fin de compte que poser pour lui comme chez les peintres. Parfois, quand un morceau douloureux est resté à l'état d'ébauche, une nouvelle tendresse, une nouvelle souffrance nous arrivent qui nous permettent de le finir, de l'étoffer. Pour ces grands chagrins utiles on ne peut pas encore trop se plaindre car ils ne manquent pas, ils ne se font pas attendre bien longtemps. Tout de même il faut se dépêcher de profiter d'eux car ils ne durent pas très longtemps ; c'est qu'on se console, ou bien quand ils sont trop forts, si le cœur n'est plus très solide, on meurt. En amour, notre rival heureux, autant dire notre ennemi, est notre bienfaiteur. A un être qui n'excitait en nous qu'un insignifiant désir physique il ajoute aussitôt une valeur immense, étrangère, mais que nous confondons avec lui. Si nous n'avions pas de rivaux le plaisir ne se transformerait pas en amour. Si nous n'en avions pas, ou si nous ne croyions pas en avoir. Car il n'est pas nécessaire qu'ils existent réellement. Suffisante pour notre bien est cette vie illusoire que donnent à des rivaux inexistants notre soupçon, notre jalousie. Le bonheur est salutaire pour le corps, mais c'est le chagrin qui développe les forces de l'esprit. D'ailleurs, ne nous découvrît-il pas à chaque fois une loi, qu'il n'en serait pas moins indispensable pour nous remettre chaque fois dans la vérité, nous forcer à prendre les choses au sérieux, arrachant chaque fois les mauvaises herbes de l'habitude, du scepticisme, de la légèreté, de l'indifférence. Il est vrai que cette vérité, qui n'est pas compatible avec le bonheur, avec la santé, ne l'est pas toujours avec la vie. Le chagrin finit par tuer. A chaque nouvelle peine trop forte, nous sentons une veine de plus qui saille et développe sa sinuosité mortelle au long de notre tempe, sous nos yeux. Et c'est ainsi que peu à peu se font ces terribles figures ravagées, du vieux Rembrandt, du vieux Beethoven de qui tout le monde se moquait. Et ce ne serait rien que les poches des yeux et les rides du front s'il n'y avait la souffrance du cœur. Mais puisque les forces peuvent se changer en d'autres forces, puisque l'ardeur qui dure devient lumière et que l'électricité de la foudre peut photographier, puisque notre sourde douleur au cœur peut élever au-dessus d'elle comme un pavillon — la permanence visible d'une image à chaque nouveau chagrin — acceptons le mal physique qu'il nous donne pour la connaissance spirituelle qu'il

63

nous apporte ; laissons se désagréger notre corps, puisque chaque nouvelle parcelle qui s'en détache,. vient, cette fois lumineuse et lisible, pour la compléter au prix de souffrances dont d'autres plus doués n'ont pas besoin, pour la rendre plus solide au fur et à mesure que les émotions effritent notre vie, s'ajouter à notre œuvre. Les idées sont des succédanés des chagrins ; au moment où ceux-ci se changent en idées, ils perdent une partie de leur action nocive sur notre cœur, et même au premier instant, la transformation elle-même dégage subitement de la joie. Succédanés dans l'ordre du temps seulement d'ailleurs, car il semble que l'élément premier ce soit l'idée et le chagrin seulement le mode selon lequel certaines idées entrent d'abord en nous. Mais il y a plusieurs familles dans le groupe des idées, certaines sont tout de suite des joies. Ces réflexions me faisaient trouver un sens plus fort et plus exact à la vérité que j'avais souvent pressentie, notamment quand Mme de Cambremer se demandait comment je pouvais délaisser pour Albertine un homme remarquable comme Elstir. Même au point de vue intellectuel je sentais qu'elle avait tort, mais je ne savais pas que ce qu'elle méconnaissait, c'était les leçons avec lesquelles on fait son apprentissage d'homme de lettres. La valeur objective des arts est peu de chose en cela ; ce qu'il s'agit de faire sortir, d'amener à la lumière, ce sont nos sentiments, nos passions, c'est-à-dire les passions, les sentiments de tous. Une femme dont nous avons besoin nous fait souffrir, tire de nous des séries de sentiments autrement profonds, autrement vitaux qu'un homme supérieur qui nous intéresse. Il reste à savoir selon le plan où nous vivons si nous trouvons

que telle trahison par laquelle nous a fait souffrir
une femme est peu de chose auprès des vérités
que cette trahison nous a découvertes et que la
femme heureuse d'avoir fait souffrir n'aurait guère
pu comprendre. En tous cas ces trahisons ne manquent pas. Un écrivain peut se mettre sans crainte
à un long travail. Que l'intelligence commence
son ouvrage, en cours de route surviendront bien
assez de chagrins qui se chargeront de le finir. Quant
au bonheur, il n'a presque qu'une seule utilité,
rendre le malheur possible. Il faut que dans le bonheur nous formions des liens bien doux et bien
forts de confiance et d'attachement pour que leur
rupture nous cause le déchirement si précieux qui
s'appelle le malheur. Si l'on n'avait été heureux,
ne fût-ce que par l'espérance, les malheurs seraient
sans cruauté et par conséquent sans fruit. Et plus
qu'au peintre, à l'écrivain, pour obtenir du volume,
de la consistance, de la généralité, de la réalité
littéraire, comme il lui faut beaucoup d'églises vues
pour en peindre une seule, il lui faut aussi beaucoup
d'êtres pour un seul sentiment, car si l'art est long
et la vie courte, on peut dire en revanche que si
l'inspiration est courte, les sentiments qu'elle doit
peindre ne sont pas beaucoup plus longs. Ce sont
nos passions qui esquissent nos livres, le repos
d'intervalle qui les écrit. Quand l'inspiration renaît,
quand nous pouvons reprendre le travail, la femme
qui posait devant nous pour un sentiment ne nous
le fait déjà plus éprouver. Il faut continuer à la
peindre d'après une autre et si c'est une trahison
pour l'autre, littérairement grâce à la similitude
de nos sentiments qui fait qu'une œuvre est à la fois
le souvenir de nos amours passées et la péripétie

de nos amours nouvelles, il n'y a pas grand inconvénient à ces substitutions. C'est une des causes de la vanité des études où on essaye de deviner de qui parle un auteur. Car une œuvre, même de confession directe est pour le moins intercalée entre plusieurs épisodes de la vie de l'auteur, ceux antérieurs qui l'ont inspirée, ceux postérieurs qui ne lui ressemblent pas moins, des amours suivantes les particularités étant calquées sur les précédentes. Car à l'être que nous avons le plus aimé nous ne sommes pas si fidèles qu'à nous-même, et nous l'oublions tôt ou tard pour pouvoir — puisque c'est un des traits de nous-même — recommencer d'aimer. Tout au plus à cet amour, celle que nous avons tant aimée a-t-elle ajouté une forme particulière, qui nous fera lui être fidèle même dans l'infidélité. Nous aurons besoin avec la femme suivante des mêmes promenades du matin ou de la reconduire de même le soir, ou de lui donner cent fois trop d'argent. (Une chose curieuse que cette circulation de l'argent que nous donnons à des femmes qui, à cause de cela, nous rendent malheureux, c'est-à-dire nous permettent d'écrire des livres — on peut presque dire que les œuvres comme dans les puits artésiens, montent d'autant plus haut que la souffrance a plus profondément creusé le cœur). Ces substitutions ajoutent à l'œuvre quelque chose de désintéressé, de plus général, qui est aussi une leçon austère que ce n'est pas aux êtres que nous devons nous attacher, que ce ne sont pas les êtres qui existent réellement et sont par conséquent susceptibles d'expression, mais les idées. Encore faut-il se hâter et ne pas perdre de temps pendant qu'on a à sa disposition ces modèles. Car ceux qui posent pour le bonheur n'ont généralement pas beaucoup de séances à nous donner. Mais les êtres qui posent pour nous la douleur, nous accordent des séances bien fréquentes, dans cet atelier où nous n'allons que dans ces périodes-là et qui est à l'intérieur de nous-même. Ces périodes-là sont comme une image de notre vie avec ses diverses douleurs. Car elles aussi en contiennent de différentes, et au moment où on croyait que c'était calmé, une nouvelle, une nouvelle, dans tous les sens du mot ; peut-être parce que ces situations imprévues nous forcent à entrer plus profondément en contact avec nous-même ; ces dilemmes douloureux que l'amour nous pose à tout instant nous instruisent, nous découvrent successivement la matière dont nous sommes faits.

D'ailleurs, même quand elle ne fournit pas en nous la découvrant, la matière de notre œuvre, elle nous est utile en nous y incitant. L'imagination, la pensée, peuvent être des machines admirables en soi, mais elles peuvent être inertes. La souffrance alors les met en marche. Aussi, quand Françoise voyant Albertine entrer par toutes les portes ouvertes chez moi comme un chien, mettre partout le désordre, me ruiner, me causer tant de chagrins, me disait (car à ce moment-là j'avais déjà fait quelques articles et quelques traductions) : « Ah ! si Monsieur à la place de cette fille qui lui fait perdre tout son temps avait pris un petit secrétaire bien élevé qui aurait classé toutes les paperoles de Monsieur ! » J'avais peut-être tort de trouver qu'elle parlait sagement. En me faisant perdre mon temps, en me faisant du chagrin Albertine m'avait peut-être été plus utile, même au point de vue littéraire qu'un secrétaire qui eût rangé mes paperoles. Mais

tout de même, quand un être est si mal conformé
(et peut-être dans la nature cet être est-il l'homme)
qu'il ne puisse aimer sans souffrir, et qu'il faille
souffrir pour apprendre des vérités, la vie d'un
tel être finit par être bien lassante. Les années heu-
reuses sont les années perdues, on attend une souffrance pour travailler. L'idée de la souffrance préa-
lable s'associe à l'idée du travail, on a peur de
chaque nouvelle œuvre en pensant aux douleurs
qu'il faudra supporter d'abord pour l'imaginer.
Et comme on comprend que la souffrance est la
meilleure chose que l'on puisse rencontrer dans la
vie, on pense sans effroi, presque comme à une délivrance à la mort. Pourtant, si cela me révoltait
un peu, encore fallait-il prendre garde que bien
souvent nous n'avons pas joué avec la vie, profité
des êtres pour les livres mais tout le contraire. Le
cas de Werther, si noble, n'était pas hélas le mien.
Sans croire un instant à l'amour d'Albertine j'avais
vingt fois voulu me tuer pour elle, je m'étais ruiné,
j'avais détruit ma santé pour elle. Quand il s'agit
d'écrire, on est scrupuleux, on regarde de très près,
on rejette tout ce qui n'est pas vérité. Mais tant
qu'il ne s'agit que de la vie, on se ruine, on se rend
malade, on se tue pour des mensonges. Il est vrai
que c'est de la gangue de ces mensonges-là que
(si l'âge est passé d'être poète) on peut seulement
extraire un peu de vérité. Les chagrins sont des serviteurs obscurs, détestés, contre lesquels on lutte,
sous l'empire de qui on tombe de plus en plus, des
serviteurs atroces, impossibles à remplacer et qui
par des voies souterraines nous mènent à la vérité
et à la mort. Heureux ceux qui ont rencontré la
première avant la seconde, et pour qui si proches

qu'elles doivent être l'une de l'autre, l'heure de la vérité a sonné avant l'heure de la mort.

De ma vie passée, je compris encore que les moindres épisodes avaient concouru à me donner la leçon d'idéalisme dont j'allais profiter aujourd'hui. Mes rencontres avec M. de Charlus par exemple, ne m'avaient-elles pas permis, même avant que sa germanophilie me donnât la même leçon, et mieux encore que mon amour pour Mme de Guermantes, ou pour Albertine, que l'amour de Saint-Loup pour Rachel, de me convaincre combien la matière est indifférente et que tout peut y être mis par la pensée, vérité que le phénomène si mal compris, si inutilement blâmé, de l'inversion sexuelle grandit plus encore que celui déjà si instructif de l'amour ; celui-ci nous montre la beauté fuyant la femme que nous n'aimons plus et venant résider dans le visage que les autres trouveraient le plus laid, qui à nous-même aurait pu, pourra un jour nous déplaire ; mais il est encore plus frappant de la voir obtenant tous les hommages d'un grand seigneur qui délaisse aussitôt une belle princesse, émigrer sous la casquette d'un contrôleur d'omnibus. Mon étonnement à chaque fois que j'avais revu aux Champs-Élysées, dans la rue, sur la plage, le visage de Gilberte, de Mme de Guermantes, d'Albertine, ne prouvait-il pas combien un souvenir ne se prolonge que dans une direction divergente de l'impression avec laquelle il a coïncidé d'abord et de laquelle il s'éloigne de plus en plus. L'écrivain ne doit pas s'offenser que l'inverti donne à ses héroïnes un visage masculin. Cette particularité un peu aberrante permet seule à l'inverti de donner ensuite à ce qu'il lit toute sa généralité. Si M. de

Charlus n'avait pas donné à l' « infidèle » sur qui Musset pleure dans la *Nuit d'Octobre* ou dans le *Souvenir*, le visage de Morel, il n'aurait ni pleuré, ni compris, puisque c'était par cette seule voie, étroite et détournée, qu'il avait accès aux vérités de l'amour. L'écrivain ne dit que par une habitude prise dans le langage insincère des préfaces et des dédicaces, « mon lecteur ». En réalité, chaque lecteur est quand il lit, le propre lecteur de soi-même. L'ouvrage de l'écrivain n'est qu'une espèce d'instrument optique qu'il offre au lecteur afin de lui permettre de discerner ce que sans ce livre, il n'eût peut-être pas vu en soi-même. La reconnaissance en soi-même, par le lecteur, de ce que dit le livre, est la preuve de la vérité de celui-ci et *vice-versa*, au moins dans une certaine mesure, la différence entre les deux textes pouvant être souvent imputée non à l'auteur mais au lecteur. De plus le livre peut être trop savant, trop obscur pour le lecteur naïf et ne lui présenter ainsi qu'un verre trouble avec lequel il ne pourra pas lire. Mais d'autres particularités (comme l'inversion) peuvent faire que le lecteur ait besoin de lire d'une certaine façon pour bien lire ; l'auteur n'a pas à s'en offenser mais au contraire à laisser la plus grande liberté au lecteur en lui disant : « Regardez vous-même si vous voyez mieux avec ce verre-ci, avec celui-là, avec cet autre ».

Si je m'étais toujours tant intéressé aux rêves que l'on a pendant le sommeil, n'est-ce pas parce que compensant la durée par la puissance, ils nous aident à mieux comprendre ce qu'a de subjectif par exemple l'amour? Et cela par le simple fait que — mais avec une vitesse prodigieuse — ils réalisent ce qu'on appellerait vulgairement nous mettre une femme dans la peau, jusqu'à nous faire passionné-ment aimer pendant quelques minutes une laide. ce qui dans la vie réelle eût demandé des années d'habitude, de collage et — comme si elles étaient inventées par quelque docteur miraculeux — des piqûres intraveineuses d'amour, aussi bien qu'elles peuvent l'être aussi de souffrance ; avec la même vitesse la suggestion amoureuse qu'ils nous ont inculquée se dissipe, et quelquefois non seulement l'amoureuse nocturne a cessé d'être pour nous comme telle, étant redevenue la laide bien connue, mais quelque chose de plus précieux se dissipe aussi, tout un tableau ravissant de sentiments, de ten-dresse, de volupté, de regrets vaguement estompés, tout un embarquement pour Cythère de la passion dont nous voudrions noter, pour l'état de veille, les nuances d'une vérité délicieuse, mais qui s'ef-face comme une toile trop pâlie qu'on ne peut resti-tuer. Eh bien, c'était peut-être aussi par le jeu for-midable qu'ils font avec le Temps que les Rêves m'avaient fasciné. N'avais-je pas vu souvent en une nuit, en une minute d'une nuit, des temps bien lointains, relégués à ces distances énormes où nous ne pouvons presque plus rien distinguer des senti-ments que nous y éprouvions, fondre à toute vitesse sur nous, nous aveuglant de leur clarté, comme s'ils avaient été des avions géants au lieu des pâles étoiles que nous croyions, nous faire ravoir tout ce qu'ils avaient contenu pour nous, nous donner l'émotion, le choc, la clarté de leur voisinage immédiat, qui ont repris une fois qu'on est réveillé la distance qu'ils avaient miraculeusement franchie jusqu'à nous faire croire, à tort d'ailleurs, qu'ils étaient un des modes pour retrouver le Temps perdu.

Je m'étais rendu compte que seule la perception grossière et erronée place tout dans l'objet, quand tout est dans l'esprit ; j'avais perdu ma grand'-mère en réalité bien des mois après l'avoir perdue en fait, j'avais vu les personnes varier d'aspect selon l'idée que moi ou d'autres s'en faisaient, une seule être plusieurs selon les personnes qui la voyaient (tels les divers Swann du début de cet ouvrage, suivant ceux qui le rencontraient ; la princesse de Luxembourg suivant qu'elle était vue par le premier président ou par moi), même pour une seule au cours des années (les variations du nom de Guermantes, et les divers Swann pour moi). J'avais vu l'amour placer dans une personne ce qui n'est que dans la personne qui aime. Je m'en étais d'autant mieux rendu compte que j'avais fait varier et s'étendre à l'extrême la distance entre la réalité objective et l'amour (Rachel pour Saint-Loup et pour moi, Albertine pour moi et Saint-Loup, Morel ou le conducteur d'omnibus pour Charlus ou d'autres personnes). Enfin, dans une certaine mesure, la ger-manophilie de M. de Charlus, comme le regard de Saint-Loup sur la photographie d'Albertine, m'avait aidé à me dégager pour un instant sinon de ma ger-manophobie du moins de ma croyance en la pure objectivité de celle-ci et à me faire penser que peut-être en était-il de la haine comme de l'amour et que dans le jugement terrible que porte en ce mo-ment même la France à l'égard de l'Allemagne qu'elle juge hors de l'humanité, y avait-il surtout une objectivité de sentiments, comme ceux qui faisaient paraître Rachel et Albertine si précieuses l'une à Saint-Loup, l'autre à moi. Ce qui rendait possible en effet que cette perversité ne fût pas entièrement intrinsèque à l'Allemagne est que de même qu'individuellement, j'avais eu des amours successives après la fin desquelles l'objet de cet amour m'apparaissait sans valeur, j'avais déjà vu dans mon pays des haines successives qui avaient fait apparaître par exemple comme des traîtres — mille fois pires que les Allemands auxquels ils livraient la France — des dreyfusards comme Reinach avec lequel collaboreraient aujourd'hui les patriotes contre un pays dont chaque membre était forcément un menteur, une bête féroce, un imbécile, exception faite des Allemands qui avaient embrassé la cause française comme le roi de Roumanie ou l'impératrice de Russie. Il est vrai que les antidreyfusards m'eussent répondu, « Ce n'est pas la même chose ». Mais en effet, ce n'est jamais la même chose, pas plus que ce n'est la même personne, sans cela devant le même phénomène celui qui en est la dupe ne pourrait accuser que son état subjectif et ne pourrait croire que les qualités ou les défauts sont dans l'objet.

L'intelligence n'a point de peine alors à baser sur cette différence une théorie (enseignement contre nature des congréganistes selon les radicaux, impossibilité de la race juive à se nationaliser, haine perpétuelle de la race allemande contre la race latine, la race jaune étant momentanément réhabilitée). Ce côté subjectif se marquait d'ailleurs dans les conversations des neutres où les germanophiles par exemple avaient la faculté de cesser un instant de comprendre et même d'écouter quand on leur parlait des atrocités allemandes en Belgique. (Et pourtant, elles étaient réelles). Ce que je remarquais de subjectif dans la haine comme dans la vue elle-même, n'empêchait pas que l'objet put posséder des qualités ou des défauts réels et ne faisait nullement s'évanouir la réalité en un pur « relativisme ». Et si après tant d'années écoulées et de temps perdu, je sentais cette influence capitale du lac interne jusque dans les relations internationales, tout au commencement de ma vie, ne m'en étais-je pas douté quand je lisais dans le jardin de Combray un de ces romans de Bergotte que même aujourd'hui, si j'en ai feuilleté quelques pages oubliées où je vois les ruses d'un méchant, je ne repose le livre qu'après m'être assuré, en passant cent pages que vers la fin ce même méchant est dûment humilié et vit assez pour apprendre que ses ténébreux projets ont échoué. Car je ne me rappelais plus bien ce qui était arrivé à ces personnages, ce qui ne les différenciait d'ailleurs pas des personnes qui se trouvaient cet après-midi chez Mme de Guermantes et dont, pour plusieurs au moins, la vie passée était aussi vague pour moi que si je l'eusse lue dans un roman à demi oublié.

Le prince d'Agrigente avait-il fini par épouser Mlle X. ? Ou plutôt n'était-ce pas le frère de Mlle X. qui avait dû épouser la sœur du prince d'Agrigente, ou bien faisais-je une confusion avec une ancienne lecture, ou un rêve récent ? Le rêve était encore un de ces faits de ma vie, qui m'avait toujours le plus frappé, qui avait dû le plus servir à me convaincre du caractère purement mental de la réalité, et dont je ne dédaignerais pas l'aide dans la composition de mon œuvre. Quand je vivais d'une façon un peu moins désintéressée pour un amour, un rêve, venait rapprocher singulièrement de moi, lui faisant parcourir de grandes distances de temps perdu, ma grand'mère, Albertine que j'avais recommencé à aimer parce qu'elle m'avait fourni, dans mon sommeil, une version d'ailleurs atténuée de l'histoire de la blanchisseuse. Je pensai qu'ils viendraient quelquefois rapprocher ainsi de moi des vérités, des impressions, que mon effort seul, ou même les rencontres de la nature ne me présentaient pas, qu'ils réveilleraient en moi du désir, du regret de certaines choses inexistantes, ce qui est la condition pour travailler, pour s'abstraire de l'habitude, pour se détacher du concret. Je ne dédaignerais pas cette seconde muse, cette muse nocturne qui suppléerait parfois à l'autre.

J'avais vu les nobles devenir vulgaires quand leur esprit (comme celui du duc de Guermantes, par exemple), était vulgaire « vous n'êtes pas gêné », disait-il, comme eût pu dire Cottard. J'avais vu dans la médecine, dans l'affaire Dreyfus, pendant la guerre, croire que la vérité c'est un certain fait, que les ministres, le médecin possèdent, un oui ou non qui n'a pas besoin d'interprétation, qui font qu'un cliché radiographique indiquerait sans interprétation ce qu'a le malade, que les gens au pouvoir savaient si Dreyfus était coupable, savaient (sans avoir besoin d'envoyer pour cela Roques enquêter sur place) si Sarrail avait ou non les moyens de marcher en même temps que les Russes. Il n'est pas une heure de ma vie qui n'eût ainsi servi à m'apprendre comme je l'ai dit que seule la perception grossière et erronée place tout dans l'objet quand tout au contraire est dans l'esprit. En somme, si j'y réfléchissais, la matière de mon expérience me venait de Swann non pas seulement

par tout ce qui le concernait lui-même et Gilberte.
Mais c'était lui qui m'avait dès Combray donné
le désir d'aller à Balbec, où sans cela mes parents
n'eussent jamais eu l'idée de m'envoyer et sans
quoi je n'aurais pas connu Albertine. Certes, c'est
à son visage, tel que je l'avais aperçu pour la première fois devant la mer que je rattachais certaines
choses que j'écrirais sans doute. En un sens j'avais
raison de les lui rattacher car si je n'étais pas allé
sur la digue ce jour-là, si je ne l'avais pas connue,
toutes ces idées ne se seraient pas développées
(à moins qu'elles ne l'eussent été par une autre).
J'avais tort aussi car ce plaisir générateur que nous
aimons à trouver rétrospectivement dans un beau
visage de femme, vient de nos sens : il était bien
certain en effet que ces pages que j'écrirais, Albertine, surtout l'Albertine d'alors ne les eût pas com-
prises. Mais c'est justement pour cela (et c'est une
indication à ne pas vivre dans une atmosphère
trop intellectuelle) parce qu'elle était si différente
de moi, qu'elle m'avait fécondé par le chagrin et
même d'abord par le simple effort pour imaginer
ce qui diffère de soi. Ces pages, si elle avait été capable de les comprendre, par cela même elles ne les
eût pas inspirées. Mais sans Swann je n'aurais pas
connu même les Guermantes puisque ma grand'-
mère n'eût pas retrouvé Mme de Villeparisis, moi
fait la connaissance de Saint-Loup et de M. de
Charlus, ce qui m'avait fait connaître la duchesse
de Guermantes et par elle sa cousine, de sorte
que ma présence même en ce moment chez le
prince de Guermantes, où venait de me venir
brusquement l'idée de mon œuvre (ce qui faisait
que je devrais à Swann non seulement la matière

mais la décision) me venaient aussi de Swann.
Pédoncule un peu mince peut-être pour supporter
ainsi l'étendue de toute ma vie. (Ce côté de Guermantes s'était trouvé en ce sens ainsi procéder
du « côté de chez Swann »). Mais bien souvent cet
auteur des aspects de notre vie, est quelqu'un de
bien inférieur à Swann, est l'être le plus médiocre.
N'eût-il pas suffi qu'un camarade quelconque m'in-
diquât quelque agréable fille à y posséder (que probablement je n'y aurais pas rencontrée) pour que
je fusse allé à Balbec. Souvent ainsi on rencontre
plus tard un camarade déplaisant, on lui serre à
peine la main, et pourtant si jamais on y réfléchit,
c'est d'une parole en l'air qu'il nous a dite, d'un
« vous devriez venir à Balbec », que toute notre vie
et notre œuvre sont sorties. Nous ne lui en avons
aucune reconnaissance, sans que cela soit faire
preuve d'ingratitude. Car en disant ces mots, il n'a
nullement pensé aux énormes conséquences qu'ils
auraient pour nous. C'est notre sensibilité et notre
intelligence qui ont exploité les circonstances, lesquelles, la première impulsion donnée, se sont en-
gendrées les unes les autres sans qu'il eût pu prévoir
la cohabitation avec Albertine plus que la soirée
masquée chez les Guermantes. Sans doute son impulsion fut nécessaire, et par là la forme extérieure
de notre vie, la matière même de notre œuvre
dépendent de lui. Sans Swann, mes parents n'eussent
jamais eu l'idée de m'envoyer à Balbec. Il n'était
pas d'ailleurs responsable des souffrances que lui-
même avait indirectement causées. Elles tenaient
à ma faiblesse. La sienne l'avait bien fait souffrir
lui-même par Odette. Mais en déterminant ainsi
la vie que nous avons menée, il a par là même

exclu toutes les vies que nous aurions pu mener à la place de celle-là. Si Swann ne m'avait pas parlé de Balbec, je n'aurais pas connu Albertine, la salle à manger de l'hôtel, les Guermantes. Mais je serais allé ailleurs, j'aurais connu des gens différents, ma mémoire comme mes livres seraient remplis de tableaux tout autres, que je ne peux même pas imaginer et dont la nouveauté, inconnue de moi, me séduit et me fait regretter de n'être pas allé plutôt vers elle et qu'Albertine et la plage de Balbec et de Rivebelle et les Guermantes ne me fussent pas toujours restés inconnus.

La jalousie est un bon recruteur qui, quand il y a un creux dans notre tableau, va nous chercher dans la rue la belle fille qu'il fallait. Elle n'était plus belle, elle l'est redevenue, car nous sommes jaloux d'elle, elle remplira ce vide.

Une fois que nous serons morts, nous n'aurons pas de joie que ce tableau ait été ainsi complété. Mais cette pensée n'est nullement décourageante. Car nous sentons que la vie est un peu plus compliquée qu'on ne dit, et même les circonstances. Et il y a une nécessité pressante à montrer cette complexité. La jalousie si utile ne naît pas forcément d'un regard, ou d'un récit, ou d'une rétroflexion. On peut la trouver prête à nous piquer entre les feuillets d'un annuaire — ce qu'on appelle Tout-Paris pour Paris et pour la campagne « Annuaire des Châteaux » — ; nous avions distraitement entendu dire par telle belle fille qui nous était devenue indifférente qu'il lui faudrait aller voir quelques jours sa sœur dans le Pas-de-Calais. Nous avions ainsi distraitement pensé autrefois que peut-être bien la belle fille avait été courtisée par M. E.

qu'elle ne voyait plus jamais, car plus jamais elle n'allait dans ce bar où elle le voyait jadis. Que pouvait être sa sœur, femme de chambre peut-être ? Par discrétion nous ne l'avions pas demandé. Et puis voici qu'en ouvrant au hasard l'Annuaire des Châteaux, nous trouvons que M. E. a son château dans le Pas-de-Calais, près de Dunkerque. Plus de doute, pour faire plaisir à la belle fille il a pris sa sœur comme femme de chambre, et si la belle fille ne le voit plus dans le bar, c'est qu'il la fait venir chez lui, habitant Paris presque toute l'année, mais ne pouvant se passer d'elle même pendant qu'il est dans le Pas-de-Calais. Les pinceaux ivres de fureur et d'amour peignent, peignent. Et pourtant, si ce n'était pas cela ? Si vraiment M. E. ne voyait plus jamais la belle fille mais par serviabilité avait recommandé la sœur de celle-ci à un frère qu'il a, habitant lui toute l'année le Pas-de-Calais. De sorte qu'elle va même peut-être par hasard voir sa sœur au moment où M. E. n'est pas là, car ils ne se soucient plus l'un de l'autre. Et à moins encore que la sœur ne soit pas femme de chambre dans le château ni ailleurs mais ait des parents dans le Pas-de-Calais. Notre douleur du premier instant cède devant ces dernières suppositions qui calment toute jalousie. Mais qu'importe, celle-ci, cachée dans les feuillets de l'Annuaire des Châteaux, est venue au bon moment car maintenant le vide qu'il y avait dans la toile est comblé. Et tout se compose bien grâce à la présence suscitée par la jalousie de la belle fille dont déjà nous ne sommes plus jaloux et que nous n'aimons plus.

A ce moment le maître d'hôtel vint me dire que le premier morceau étant terminé, je pouvais quitter la bibliothèque et entrer dans les salons. Cela me fit ressouvenir où j'étais. Mais je ne fus nullement troublé dans le raisonnement que je venais de commencer, par le fait qu'une réunion mondaine, le retour dans la société, m'eussent fourni ce point de départ vers une vie nouvelle que je n'avais pas su trouver dans la solitude. Ce fait n'avait rien d'extraordinaire, une impression qui pouvait ressusciter en moi l'homme éternel n'étant pas liée plus forcément à la solitude qu'à la société (comme j'avais cru autrefois, comme cela avait peut-être été pour moi autrefois, comme cela aurait peut-être dû être encore si je m'étais harmonieusement développé, au lieu de ce long arrêt qui semblait seulement prendre fin). Car n'éprouvant cette impression de beauté que, quand à une sensation actuelle, si insignifiante fût-elle, venait se superposer une sensation semblable, qui renaissant spontanément en moi venait étendre la première sur plusieurs époques à la fois, et remplissait mon âme où habituellement les sensations particulières laissaient tant de vide, par une essence générale, il n'y avait pas de raison pour que je ne reçusse des sensations de ce genre dans le monde aussi bien que dans la nature, puisqu'elles sont fournies par le hasard, aidé sans doute par l'excitation particulière qui fait que les jours où on se trouve, en dehors du train courant de la vie, les choses même les plus simples recommencent à nous donner des sensations dont l'habitude fait faire l'économie

à notre système nerveux. Que ce fût justement
et uniquement ce genre de sensations qui dût conduire à l'œuvre d'art, j'allais essayer d'en trouver
la raison objective, en continuant les pensées que
je n'avais cessé d'enchaîner dans la bibliothèque,
car je sentais que le déchaînement de la vie spirituelle était assez fort en moi maintenant pour pouvoir continuer aussi bien dans le salon au milieu
des invités, que seul dans la bibliothèque ; il me
semblait qu'à ce point de vue même, au milieu de
cette assistance si nombreuse, je saurais réserver
ma solitude. Car pour la même raison que de grands
événements n'influent pas du dehors sur nos puis-
sances d'esprit et qu'un écrivain médiocre vivant
dans une époque épique restera un tout aussi
médiocre écrivain, ce qui était dangereux dans le
monde, c'étaient les dispositions mondaines qu'on
y apporte. Mais par lui-même il n'était pas plus
capable de vous rendre médiocre qu'une guerre
héroïque de rendre sublime un mauvais poète.
En tous cas qu'il fût théoriquement utile ou non
que l'œuvre d'art fût constituée de cette façon,
et en attendant que j'eusse examiné ce point comme
j'allais le faire, je ne pouvais nier que vraiment, en
ce qui me concernait, quand des impressions vraiment esthétiques m'étaient venues, ç'avait toujours
été à la suite de sensations de ce genre. Il est vrai
qu'elles avaient été assez rares dans ma vie, mais
elles la dominaient, je pouvais retrouver dans le
passé quelques-uns de ces sommets que j'avais eu
le tort de perdre de vue (ce que je comptais ne plus
faire désormais). Et déjà je pouvais dire que si
c'était chez moi, par l'importance exclusive qu'il
prenait, un trait qui m'était personnel, cependant

j'étais rassuré en découvrant qu'il s'apparentait à des traits moins marqués, mais reconnaissables, discernables et au fond assez analogues chez certains écrivains. N'est-ce pas à mes sensations du genre de celle de la madeleine qu'est suspendue la plus belle partie des mémoires d'Outre-Tombe : « Hier au soir je me promenais seul... je fus tiré de mes réflexions par le gazouillement d'une grive perchée sur la plus haute branche d'un bouleau. A l'instant, ce son magique fit reparaître à mes yeux le domaine paternel ; j'oubliai les catastrophes dont je venais d'être le témoin et, transporté subitement dans le passé, je revis ces campagnes où j'entendis si souvent siffler la grive ». Et une des deux ou trois plus belles phrases de ces mémoires n'est-elle pas celle-ci : « Une odeur fine et suave d'héliotrope s'exhalait d'un petit carré de fèves en fleurs ; elle ne nous était point apportée par une brise de la patrie, mais par un vent sauvage de Terre-Neuve, sans relation avec la plante exilée, sans sympathie de réminiscence et de volupté. Dans ce parfum, non respiré de la beauté, non épuré dans son sein, non répandu sur ses traces, dans ce parfum chargé d'aurore, de culture et de monde, il y avait toutes les mélancolies des regrets, de l'absence et de la jeunesse ». Un des chefs-d'œuvre de la littérature française, *Sylvie*, de Gérard de Nerval, a tout comme le livre des *Mémoires d'Outre-Tombe*, relatif à Combourg, une sensation du même genre que le goût de la madeleine et « le gazouillement de la grive ». Chez Baudelaire enfin, ces réminiscences plus nombreuses encore, sont évidemment moins fortuites et par conséquent à mon avis décisives. C'est le poète lui-même qui, avec plus de choix et de paresse recherche volontairement, dans l'odeur d'une femme par exemple, de sa chevelure et de son sein, les analogies inspiratrices qui lui évoqueront « l'azur du ciel immense et rond » et « un port rempli de flammes et de mâts ». J'allais chercher à me rappeler les pièces de Baudelaire à la base desquelles se trouve ainsi une sensation transposée, pour achever de me replacer dans une filiation aussi noble, et me donner par là l'assurance que l'œuvre que je n'aurais plus aucune hésitation à entreprendre méritait l'effort que j'allais lui consacrer, quand étant arrivé au bas de l'escalier qui descendait de la bibliothèque, je me trouvai tout à coup dans le grand salon et au milieu d'une fête qui allait me sembler bien différente de celles auxquelles j'avais assisté autrefois et allait revêtir pour moi un aspect particulier et prendre un sens nouveau. En effet, dès que j'entrai dans le grand salon, bien que je tinsse toujours ferme en moi, au point où j'en étais, le projet que je venais de former, un coup de théâtre se produisit qui allait élever contre mon entreprise la plus grave des objections. Une objection que je surmonterais sans doute mais qui, tandis que je continuais à réfléchir en moi-même aux conditions de l'œuvre d'art, allait par l'exemple cent fois répété de la considération la plus propre à me faire hésiter, interrompre à tout instant mon raisonnement. Au premier moment je ne compris pas pourquoi j'hésitais à reconnaître le maître de maison, les invités, pourquoi chacun semblait s'être « fait une tête », généralement poudrée et qui les changeait complètement. Le Prince avait encore en recevant cet air bonhomme d'un roi de féerie que je lui avais trouvé la première fois, mais cette fois, semblant s'être soumis lui-même à l'étiquette qu'il avait imposée à ses invités, il s'était affublé d'une barbe blanche et traînait à ses pieds qu'elles alourdissaient comme des semelles de plomb. Il semblait avoir assumé de figurer un des « âges de la vie ». Ses moustaches étaient blanches aussi comme s'il restait après elles le gel de la forêt du petit Poucet. Elles semblaient incommoder sa bouche raidie et, l'effet une fois produit, il aurait dû les enlever. A vrai dire, je ne le reconnus qu'à l'aide d'un raisonnement, et en concluant de la simple ressemblance de certains traits à une identité de la personne. Je ne sais ce que ce petit Lezensac avait mis sur sa figure, mais tandis que d'autres avaient blanchi, qui la moitié de leur barbe, qui leurs moustaches seulement, lui sans s'embarrasser de ses teintures avait trouvé le moyen de couvrir sa figure de rides, ses sourcils de poils hérissés ; tout cela d'ailleurs ne lui seyait pas, son visage faisait l'effet d'être durci, bronzé, solennisé, cela le vieillissait tellement qu'on n'aurait plus dit du tout un jeune homme. Je fus bien étonné au même moment en entendant appeler duc de Chatellerault un petit vieillard aux moustaches argentées d'ambassadeur dans lequel seul un petit bout de regard resté le même me permit de reconnaître le jeune homme que j'avais rencontré une fois en visite chez Mme de Villeparisis. A la première personne que je parvins ainsi à identifier en tâchant de faire abstraction du travestissement et de compléter les traits restés naturels par un effort de mémoire, ma première pensée eût dû être et fut peut-être, bien moins d'une seconde, de la féliciter d'être si merveilleusement grimée, qu'on avait d'abord avant de la reconnaître, cette hésitation que les grands acteurs paraissant dans un rôle où ils sont différents d'eux-mêmes, donnent en entrant en scène, au public, qui même averti par le programme, reste un instant ébahi avant d'éclater en applaudissements. A ce point de vue le plus extraordinaire de tous était mon ennemi personnel, M. d'Argencourt, le véritable clou de la matinée. Non seulement au lieu de sa barbe à peine poivre et sel, il s'était affublé d'une extraordinaire barbe d'une invraisemblable blancheur, mais encore, tant de petits changements matériels pouvant rapetisser, élargir un personnage et bien plus changer son caractère apparent, sa personnalité, c'était un vieux mendiant qui n'inspirait plus aucun respect qu'était devenu cet homme dont la solennité, la raideur empesée était encore présente à mon souvenir, et il donnait à son personnage de vieux gâteux, une telle vérité, que ses membres tremblotaient, que les traits détendus de sa figure habituellement hautaine, ne cessaient de sourire avec une niaise béatitude. Poussé à ce degré, l'art du déguisement devient quelque chose de plus, une transformation. En effet, quelques riens avaient beau me certifier que c'était bien M. d'Argencourt qui donnait ce spectacle inénarrable et pittoresque, combien d'états successifs d'un visage ne me fallait-il pas traverser si je voulais retrouver celui du d'Argencourt que j'avais connu, et qui était tellement différent de lui-même, tout en n'ayant à sa disposition que son propre corps. C'était évidemment la dernière extrémité où il avait pu le conduire sans en crever ; le plus fier visage, le torse le plus cambré n'était plus qu'une loque en bouillie agitée de ci

de là. A peine, en se rappelant certains sourires de
M. d'Argencourt qui jadis tempéraient parfois un
instant sa hauteur, pouvait-on comprendre que la
possibilité de ce sourire de vieux marchand d'habits ramolli existât dans le gentleman correct
d'autrefois. Mais à supposer que ce fût la même
intention de sourire qu'eût d'Argencourt, à cause
de la prodigieuse transformation du visage, la matière même de l'œil, par laquelle il l'exprimait
était tellement différente, que l'expression devenait
tout autre et même d'un autre. J'eus un fou rire
devant ce sublime gaga, aussi émollié dans sa béné-
vole caricature de lui-même que l'était, dans la
manière tragique, M. de Charlus foudroyé et poli.
M. d'Argencourt, dans son incarnation de moribond-
bouffe d'un Regnard exagéré par Labiche était d'un
accès aussi facile, aussi affable, que M. de Charlus
roi Lear qui se découvrait avec application devant
le plus médiocre salueur. Pourtant je n'eus pas
l'idée de lui dire mon admiration pour la vision
extraordinaire qu'il offrait. Ce ne fut pas mon antipathie ancienne qui m'en empêcha, car précisément
il était arrivé à être tellement différent de lui-même
que j'avais l'illusion d'être devant une autre personne aussi bienveillante, aussi désarmée, aussi
inoffensive que l'Argencourt habituel était rogue,
hostile et dangereux. Tellement une autre personne
qu'à voir ce personnage si ineffablement grimaçant,
comique et blanc, ce bonhomme de neige simulant
un général Dourakine en enfance, il me semblait
que l'être humain pouvait subir des métamorphoses
aussi complètes que celles de certains insectes.
J'avais l'impression de regarder derrière le vitrage
instructif d'un muséum d'histoire naturelle, ce que

peut être devenu le plus rapide, le plus sûr en ses
traits d'un insecte, et je ne pouvais pas ressentir
les sentiments que m'avait toujours inspiré M. d'Argencourt devant cette molle chrysalide plutôt vi-
bratile que remuante. Mais je me tus, je ne félicitai
pas M. d'Argencourt d'offrir un spectacle qui semblait reculer les limites entre lesquelles peuvent se
mouvoir les transformations du corps humain.
Certes, dans les coulisses d'un théâtre, ou pendant
un bal costumé, on est plutôt porté par politesse
à exagérer la peine, presque à affirmer l'impossibilité qu'on a à reconnaître la personne travestie.
Ici au contraire, un instinct m'avait averti de les
dissimuler le plus possible, qu'elles n'avaient plus
rien de flatteur parce que la transformation n'était
pas voulue, et je m'avisai enfin, ce à quoi je n'avais
pas songé en entrant dans ce salon, que toute fête,
si simple soit-elle, quand elle a lieu longtemps après
qu'on a cessé d'aller dans le monde et pour peu
qu'elle réunisse quelques-unes des mêmes personnes
qu'on a conuues autrefois, vous fait l'effet d'une
fête travestie, de la plus réussie de toutes, de celle
où l'on est le plus sincèrement « intrigué » par les
autres, mais où ces têtes qu'ils se sont faites depuis
longtemps sans le vouloir ne se laissent pas défaire,
par un débarbouillage, une fois la fête finie. Intrigué par les autres ? Hélas aussi les intriguent nous-
même. Car la même difficulté que j'éprouvais à
mettre le nom qu'il fallait sur les visages semblait
partagée par toutes les personnes qui apercevaient
le mien, n'y prenaient pas plus garde que si elles
ne l'eussent jamais vu, ou tâchaient de dégager
de l'aspect actuel un souvenir différent.

Si M. d'Argencourt venait faire cet extraordinaire

« numéro » qui était certainement la vision la plus
saisissante dans son burlesque que je garderais de
lui, c'était comme un acteur qui rentre une dernière
fois sur la scène avant que le rideau tombe tout
à fait au milieu des éclats de rire. Si je ne lui en voulais plus c'est parce qu'en lui qui avait retrouvé
l'innocence du premier âge, il n'y avait plus aucun
souvenir des notions méprisantes qu'il avait pu
avoir de moi, aucun souvenir d'avoir vu M. de Charlus me lâcher brusquement le bras, soit qu'il n'y
eut plus rien en lui de ces sentiments, soit qu'ils
fussent obligés pour arriver jusqu'à nous de passer
par des réfracteurs physiques si déformants qu'ils
changeassent en route absolument de sens et que
M. d'Argencourt semblât bon, faute de moyens
physiques d'exprimer encore qu'il était mauvais
et de refouler sa perpétuelle hilarité irritante. C'était
trop de parler d'un acteur, et débarrassé qu'il
était de toute âme consciente, c'est comme une
poupée trépidante, à la barbe postiche de laine
blanche, que je le voyais agité, promené dans ce
salon, comme dans un guignol à la fois scientifique
et philosophique où il servait comme dans une orai-
son funèbre ou un cours en Sorbonne, à la fois de
rappel à la vanité de tout et d'exemple d'histoire
naturelle. Un guignol de poupées que pour identifier à ceux qu'on avait connus, il fallait lire sur
plusieurs plans à la fois, situés derrière elles et qui
leur donnaient de la profondeur et forçait à faire
un travail d'esprit quand on avait devant soi ces
vieillards fantoches, car on était obligé de les regarder en même temps qu'avec les yeux avec la mémoire. Un guignol de poupées baignant dans les
couleurs immatérielles des années, de poupées exté-

riorisant le Temps, le Temps qui d'habitude n'est pas visible, qui pour le devenir cherche des corps et partout où il les rencontre, s'en empare pour montrer sur eux sa lanterne magique. Aussi immatériel que jadis Golo sur le bouton de porte de ma chambre de Combray, ainsi le nouveau et si méconnaissable d'Argencourt était là comme la révélation du temps qu'il rendait particllement visible. Dans les éléments nouveaux qui composaient la figure de M. d'Argencourt et son personnage, on lisait un certain chiffre d'années, on reconnaissait la figure symbolique de la vie, non telle qu'elle nous apparaît, c'est-à-dire permanente, mais réelle, atmosphère si changeante que le fier seigneur s'y peint en caricature le soir comme un marchand d'habits.

En d'autres êtres d'ailleurs, ces changements, ces véritables aliénations semblaient sortir du domaine de l'histoire naturelle et on s'étonnait en entendant un nom qu'un même être pût présenter non comme M. d'Argencourt les caractéristiques d'une nouvelle espèce différente mais les traits extérieurs d'un autre caractère. C'étaient bien comme pour M. d'Argencourt des possibilités insoupçonnées que le temps avait tirées de telle jeune fille, mais ces possibilités bien qu'étant toutes physionomiques ou corporelles, semblaient avoir quelque chose de moral. Les traits du visage s'ils changent, s'ils s'assemblent autrement, s'ils se contractent de façon habituelle d'une manière plus lente, prennent avec un aspect autre, une signification différente. De sorte qu'il y avait telle femme qu'on avait connue bornée et sèche, chez laquelle un élargissement des joues devenues méconnaissables, un busquage imprévisible du nez, causaient la même surprise, la même bonne surprise souvent, que tel mot sensible et profond, telle action courageuse et noble qu'on n'aurait jamais attendus d'elle. Autour de ce nez, nez nouveau on voyait s'ouvrir des horizons qu'on n'eût pas osé espérer. La bonté, la tendresse jadis impossibles devenaient possibles avec ces joues-là. On pouvait faire entendre devant ce menton ce qu'on n'aurait jamais eu l'idée de dire devant le précédent. Tous ces traits nouveaux du visage impliquaient d'autres traits de caractère ; la sèche et maigre jeune fille était devenue une vaste et indulgente douairière. Ce n'est plus dans un sens zoologique comme M. d'Argencourt, c'est dans un sens social et moral qu'on pouvait dire que c'était une autre personne.

Par tous ces côtés, une matinée comme celle où je me trouvais était quelque chose de beaucoup plus précieux qu'une image du passé, m'offrant comme toutes les images successives et que je n'avais jamais vues qui séparaient le passé du présent, mieux encore, le rapport qu'il y avait entre le présent et le passé ; elle était comme ce qu'on appelait autrefois une vue d'optique, mais une vue d'optique des années, la vue non d'un monument, mais d'une personne située dans la perspective déformante du Temps.

Quant à la femme dont M. d'Argencourt avait été l'amant, elle n'avait pas beaucoup changé, *si on tenait compte du temps passé*, c'est-à-dire que son visage n'était pas trop complètement démoli pour celui d'un être qui se déforme tout le long de son trajet dans l'abîme où il est lancé, abîme dont nous ne pouvons exprimer la direction que par des comparaisons également vaines, puisque nous ne pouvons les emprunter qu'au monde de l'espace, et qui, que nous les orientions dans le sens de l'élévation, de la longueur ou de la profondeur, ont comme seul avantage de nous faire sentir que cette dimension inconcevable et sensible, existe. La nécessité pour donner un nom aux figures de remonter effectivement le cours des années, me forçait en réaction, de rétablir ensuite en leur donnant leur place réelle, les années auxquelles je n'avais pensé. À ce point de vue et pour ne pas me laisser tromper par l'identité apparente de l'espace, l'aspect tout nouveau d'un être comme M. d'Argencourt m'était une révélation frappante de cette réalité du millésime qui d'habitude nous reste abstraite, comme l'apparition de certains arbres nains, ou des baobabs géants, nous avertit du changement de latitude. Alors la vie nous apparaît comme la féerie où l'on voit d'acte en acte le bébé devenir adolescent, homme mûr et se courber vers la tombe. Et comme c'est par des changements perpétuels qu'on sent que ces êtres prélevés à des distances assez grandes sont si différents, on sent qu'on a suivi la même loi que ces créatures qui se sont tellement transformées qu'elles ne ressemblent plus, sans avoir cessé d'être, — justement parce qu'elles n'ont pas cessé d'être, — à ce que nous avons vu d'elles jadis.

Une jeune femme que j'avais connue autrefois, maintenant blanche et tassée en petite vieille maléfique, semblait indiquer qu'il est nécessaire que dans le divertissement final d'une pièce les êtres fussent travestis à ne pas les reconnaître. Mais son frère était resté si droit, si pareil à lui-même qu'on s'étonnait que sur sa figure jeune, il eût fait passer au blanc sa moustache bien relevée. Les parties d'une blancheur de neige de barbes jusque-là entièrement noires, rendaient mélancolique le paysage humain de cette matinée, comme les premières feuilles jaunes des arbres, alors qu'on croyait encore pouvoir compter sur un long été, et qu'avant d'avoir commencé d'en profiter, on voit que c'est déjà l'automne. Alors moi qui, depuis mon enfance, vivait au jour le jour, ayant reçu d'ailleurs de moi-même et des autres une impression définitive, je m'aperçus pour la première fois, d'après les métamorphoses qui s'étaient produites dans tous ces gens, du temps qui avait passé pour eux, ce qui me bouleversa par la révélation qu'il avait passé aussi pour moi. Et indifférente en elle-même, leur vieillesse me désolait en m'avertissant des approches de la mienne. Celles-ci me furent du reste proclamées coup sur coup par des paroles qui, à quelques minutes d'intervalle, vinrent me frapper comme les trompettes du Jugement. La première fut prononcée par la duchesse de Guermantes ; je venais de la voir, passant entre une double haie de curieux qui, sans se rendre compte des merveilleux artifices de toilette et d'esthétique qui agissaient sur eux, émus devant cette tête rousse, ce corps saumoné émergeant à peine de ses ailerons de dentelle noire, et étranglé de joyaux, le regardaient, dans la sinuosité héréditaire de ses lignes, comme ils eussent fait de quelque vieux poisson sacré, chargé de pierreries, en lequel s'incarnait le Génie protecteur de la famille Guermantes. « Ah ! me dit-elle, quelle joie de vous voir, vous mon plus vieil ami ». Et, dans mon amour-propre de jeune homme de Combray qui ne m'étais jamais compté à aucun moment comme pouvant être un de ses amis, participant vraiment à la vraie vie mystérieuse qu'on menait chez les Guermantes, un de ses amis au même titre que M. de Bréauté, que M. de Forestille, que Swann, que tous ceux qui étaient morts, j'aurais pu en être flatté, j'en étais surtout malheureux. « Son plus vieil ami, me dis-je, elle exagère, peut-être un des plus vieux, mais suis-je donc... » « A ce moment un neveu du prince s'approcha de moi : « Vous qui êtes un vieux Parisien », me dit-il. Un instant après on me remit un mot. J'avais rencontré en arrivant un jeune Létourville, dont je ne savais plus très bien la parenté avec la duchesse mais qui me connaissait un peu. Il venait de sortir de Saint-Cyr et me disant que ce serait pour moi un gentil camarade comme avait été Saint-Loup, qui pourrait m'initier aux choses de l'armée, avec les changements qu'elle avait subis, je lui avais dit que je le retrouverais tout à l'heure et que nous prendrions rendez-vous pour dîner ensemble, ce dont il m'avait beaucoup remercié. Mais j'étais resté trop longtemps à rêver dans la bibliothèque et le petit mot qu'il avait laissé pour moi était pour me dire qu'il n'avait pu m'attendre et me laisser son adresse. La lettre de ce camarade rêvé finissait ainsi : « Avec tout le respect de votre petit ami, Létourville ». « Petit ami ! » C'est ainsi qu'autrefois j'écrivais aux gens qui avaient trente ans de plus que moi, à Legrandin par exemple. Quoi ! ce sous-lieutenant que je me figurais mon camarade comme Saint-Loup, se disait mon petit ami. Mais alors il n'y avait donc pas que les méthodes militaires qui avaient changé depuis lors et pour M. de Létourville j'étais donc, non un camarade, mais un vieux monsieur et de M. de

Létourville, dans la compagnie duquel je me figurais, moi, tel que je m'apparaissais à moi-même, un bon camarade, en étais-je donc séparé par l'écartement d'un invisible compas auquel je n'avais pas songé et qui me situait si loin du jeune sous-lieutenant qu'il semblait que pour celui qui se disait mon « petit ami » j'étais un vieux monsieur.

Presque aussitôt après quelqu'un parla de Bloch, je demandai si c'était du jeune homme ou du père (dont j'avais ignoré la mort, pendant la guerre, d'émotion avait-on dit de voir la France envahie). « Je ne savais pas qu'il eût des enfants, je ne le savais même pas marié, me dit la duchesse. Mais c'est évidemment du père que nous parlons, car il n'a rien d'un jeune homme », ajouta-t-elle en riant. « Il pourrait avoir des fils qui seraient eux-mêmes déjà des hommes ». Et je compris qu'il s'agissait de mon camarade. Il entra d'ailleurs au bout d'un instant. J'eus de la peine à le reconnaître. D'ailleurs, il avait pris maintenant non seulement un pseudonyme, mais le nom de Jacques du Rozier, sous lequel il eût fallu le flair de mon grand-père pour reconnaître la douce vallée de l'Hébron et les chaînes d'Israel que mon ami semblait avoir définitivement rompues. Un chic anglais avait en effet complètement transformé sa figure et passé au rabot tout ce qui se pouvait effacer. Les cheveux jadis bouclés, coiffés à plat avec une raie au milieu brillaient de cosmétique. Son nez restait fort et rouge mais semblait plutôt tuméfié par une sorte de rhume permanent qui pouvait expliquer l'accent nasal dont il débitait paresseusement ses phrases, car il avait trouvé, de même qu'une coiffure appropriée à son teint, une voix à sa prononciation où le nasonnement d'autrefois prenait un air de dédain particulier qui allait avec les ailes enflammées de son nez. Et grâce à la coiffure, à la suppression des moustaches, à l'élégance du type, à la volonté, ce nez juif disparaissait comme semble presque droite une bossue bien arrangée. Mais surtout, dès que Bloch apparaissait, la signification de sa physionomie était changée par un redoutable monocle. La part de machinisme que ce monocle introduisait dans la figure de Bloch la dispensait de tous ces devoirs difficiles auxquels une figure humaine est soumise, devoir d'être belle, d'exprimer l'esprit, la bienveillance, l'effort. La seule présence de ce monocle dans la figure de Bloch dispensait d'abord de se demander si elle était jolie ou non, comme devant ces objets anglais dont un garçon dit dans un magasin que c'est le grand chic, après quoi, on n'ose plus se demander si cela vous plaît. D'autre part, il s'installait derrière la glace de ce monocle dans une position aussi hautaine, distante et confortable que si ç'avait été la glace d'un huit ressorts, et pour assortir la figure aux cheveux plats et au monocle, ses traits n'exprimaient plus jamais rien. Sur cette figure de Bloch, je vis se superposer cette mine débile et opinante, ces frêles hochements de tête qui trouvent si vite leur cran d'arrêt, et où j'aurais reconnu la docte fatigue des vieillards aimables, si d'autre part je n'avais enfin reconnu devant moi mon ami et si mes souvenirs ne l'avaient animé de cet entrain juvénile et ininterrompu dont il semblait actuellement dépossédé. Pour moi qui l'avais connu au seuil de la vie, il était mon camarade, un adolescent dont je mesurais la jeunesse par celle que n'ayant cru vivre depuis ce moment-là, je me donnais inconsciemment à moi-même. J'entendis dire qu'il paraissait bien son âge, je fus étonné de remarquer sur son visage quelques-uns de ces signes qui sont plutôt la caractéristique des hommes qui sont vieux. Je compris que c'est parce qu'il l'était en effet et que c'est avec des adolescents qui durent un assez grand nombre d'années que la vie fait ses vieillards.

Comme quelqu'un entendant dire que j'étais souffrant demanda si je ne craignais pas de prendre la grippe qui régnait à ce moment-là, un autre bienveillant me rassura en me disant : « Non, cela atteint plutôt les personnes encore jeunes, les gens de votre âge ne risquent plus grand'chose ». Et on assura que le personnel m'avait bien reconnu. Ils avaient chuchoté mon nom, et même « dans leur langage », raconta une dame, elle les avait entendu dire : « Voilà le Père...... » (cette expression était suivie de mon nom. Et comme je n'avais pas d'enfant, elle ne pouvait se rapporter qu'à l'âge).

En entendant la duchesse de Guermantes dire : « Comment, si j'ai connu le maréchal ? Mais j'ai connu des gens bien plus représentatifs, la duchesse de Galliera, Pauline de Périgord, Mgr Dupanloup », je regrettais naïvement de ne pas avoir connu moi-même ceux qu'elle appelait un reste d'ancien régime. J'aurais dû penser qu'on appelle ancien régime, ce dont on n'a pu connaître que la fin ; c'est ainsi que ce que nous apercevons à l'horizon prend une grandeur mystérieuse et nous semble se refermer sur un monde qu'on ne reverra plus ; cependant nous avançons et c'est bientôt nous-même qui sommes à l'horizon pour les générations qui sont derrière nous ; cependant l'horizon recule, et le monde qui semblait fini, recommence. « J'ai même pu voir quand j'étais jeune fille, ajouta Mme de Guermantes, la duchesse de Dino. Dame, vous savez que je n'ai plus vingt-cinq ans ». Ces derniers mots me fâchèrent. Elle ne devrait pas dire cela, ce serait bon pour une vieille femme. « Quant à vous, reprit-elle, vous êtes toujours le même, vous n'avez pour ainsi dire pas changé », me dit la duchesse, et cela me fit presque plus de peine que si elle m'avait parlé d'un changement, car cela prouvait, puisqu'il était extraordinaire qu'il s'en fût si peu produit, que bien du temps s'était écoulé. « Ami, me dit-elle, vous êtes étonnant, vous restez toujours jeune », expression si mélancolique puisqu'elle n'a de sens que si nous sommes en fait, sinon d'apparence, devenus vieux. Et elle me donna le dernier coup en ajoutant : « J'ai toujours regretté que vous ne vous soyez pas marié. Au fond, qui sait, c'est peut-être plus heureux. Vous auriez été d'âge à avoir des fils à la guerre, et s'ils avaient été tués, comme l'a été ce pauvre Robert Saint-Loup (je pense encore souvent à lui), sensible comme vous êtes vous ne leur auriez pas survécu ». Et je pus me voir, comme dans la première glace véridique que j'eusse rencontrée dans les yeux de vieillards restés jeunes, à leur avis, comme je le croyais moi-même de moi, et qui, quand je me citais à eux, pour entendre un démenti, comme exemple de vieux, n'avaient pas dans leurs regards qui me voyaient tel qu'ils ne se voyaient pas eux-mêmes et tel que je les voyais une seule protestation. Car nous ne voyions pas notre propre aspect, nos propres âges, mais chacun, comme un miroir opposé voyait celui de l'autre. Et sans doute, à découvrir qu'ils ont vieilli, bien des gens eussent

été moins tristes que moi. Mais d'abord il en est de
la vieillesse comme de la mort, quelques-uns les
affrontent avec indifférence, non pas parce qu'ils
ont plus de courage que les autres, mais parce qu'ils
ont plus d'imagination. Puis un homme qui depuis
son enfance, vise une même idée, auquel sa paresse
même et jusqu'à son état de santé, en lui faisant
remettre sans cesse les réalisations, annule chaque
soir le jour écoulé et perdu, si bien que la maladie
qui hâte le vieillissement de son corps retarde celui
de son esprit, est plus surpris et plus bouleversé
de voir qu'il n'a cessé de vivre dans le Temps,
que celui qui vit peu en soi-même, se règle sur le
calendrier, et ne découvre pas d'un seul coup le
total des années dont il a poursuivi quotidiennement
l'addition. Mais une raison plus grave expliquait
mon angoisse ; je découvrais cette action destruc-
trice du temps, au moment même où je voulais
entreprendre de rendre claire, d'intellectualiser dans
une œuvre d'art des réalités extra-temporelles.

Chez certains êtres le remplacement successif, mais
accompli en mon absence, de chaque cellule par
d'autres avait amené un changement si complet, une
si entière métamorphose que j'aurais pu dîner cent
fois en face d'eux dans un restaurant, sans me
douter plus que je les avais connus autrefois que je
n'aurais pu deviner la royauté d'un souverain
incognito ou le vice d'un inconnu. La comparaison
devient même insuffisante, pour le cas où j'entendais
leur nom, car on peut admettre qu'un inconnu
assis en face de vous soit criminel ou roi, tandis
qu'eux je les avais connus, ou plutôt j'avais connu
des personnes portant le même nom, mais si différentes que je ne pouvais croire que ce fussent les

mêmes. Pourtant, comme j'aurais fait en partant de
l'idée de souveraineté ou de vice qui ne tarde pas à
donner à l'inconnu (avec qui on aurait fait si aisément quand on avait encore les yeux bandés, la gaffe
d'être insolent ou aimable), dans les mêmes traits
de qui on discerne maintenant quelque chose de
distingué ou de suspect, je m'appliquais à introduire
dans le visage de l'inconnue, entièrement inconnue,
l'idée qu'elle était Mme Sazerat, et je finissais par
rétablir le sens autrefois connu de ce visage, mais
qui serait resté vraiment aliéné pour moi, entièrement celui d'une autre femme ayant autant perdu
tous les attributs humains que j'avais connus,
qu'un homme devenu singe, si le nom, et l'affirma-
tion de l'identité, ne m'avaient mis malgré ce que
le problème avait d'ardu, sur la voie de la solution.
Parfois pourtant l'ancienne image renaissait assez
précise pour que je puisse essayer une confrontation ;
et comme un témoin mis en présence d'un inculpé
qu'il a vu, j'étais forcé, tant la différence était
grande, de dire : « Non... je ne le reconnais pas ».

Une jeune femme me dit : « Voulez-vous que
nous allions dîner tous les deux au restaurant ? »
Comme je répondais : « Si vous ne trouvez pas
compromettant de venir dîner seule avec un jeune
homme », j'entendis que tout le monde autour de
moi riait et je m'empressai d'ajouter : « ou plutôt
avec un vieil homme ». Je sentais que la phrase
qui avait fait rire était de celles qu'aurait pu, en
parlant de moi, dire ma mère, ma mère pour qui
j'étais toujours un enfant. Or je m'apercevais que
je me plaçais pour me juger au même point de vue
qu'elle. Si j'avais fini par enregistrer comme elle
certains changements qui s'étaient faits depuis **ma**

première enfance, c'était tout de même des changements maintenant très anciens. J'en étais resté
à celui qui faisait qu'on avait dit un temps, presque
en prenant de l'avance sur le fait : « C'est maintenant presque un grand jeune homme ». Je le pensais encore, mais cette fois avec un immense retard.
Je ne m'apercevais pas combien j'avais changé.
Mais au fait, eux, qui venaient de rire aux éclats,
à quoi s'en apercevaient-ils ? Je n'avais pas un
cheveu gris, ma moustache était noire. J'aurais
voulu pouvoir leur demander à quoi se révélait
l'évidence de la terrible chose. Et maintenant
je comprenais ce qu'était la vieillesse — la vieillesse qui, de toutes les réalités, est peut-être celle
dont nous gardons le plus longtemps dans la vie
une notion purement abstraite, regardant les calendriers, datant nos lettres, voyant se marier nos
amis, les enfants de nos amis, sans comprendre
soit par peur, soit par paresse, ce que cela signifie
jusqu'au jour où nous apercevons une silhouette
inconnue comme celle de M. d'Argencourt, laquelle
nous apprend que nous vivons dans un nouveau
monde ; jusqu'au jour où le petit-fils d'une de nos
amies, jeune homme qu'instinctivement nous trai-
terions en camarade, sourit comme si nous nous
moquions de lui, nous qui lui sommes apparus comme
un grand-père ; je comprenais ce que signifiait
la mort, l'amour, les joies de l'esprit, l'utilité de
la douleur, la vocation. Car si les noms avaient
perdu pour moi de leur individualité, les mots me
découvraient tout leur sens. La beauté des images
est logée à l'arrière des choses, celle des idées à
l'avant. De sorte que la première cesse de nous
émerveiller quand on les a atteintes, mais qu'on

ne comprend la seconde que quand on les a dépas-
sées.

Or, à tous ces idées, la cruelle découverte que
je venais de faire relativement au Temps qui s'était
écoulé ne pourrait que s'ajouter et me servir en
ce qui concernait la matière même de mon livre.
Puisque j'avais décidé qu'elle ne pouvait être
uniquement constituée par les impressions véritablement pleines, celles qui sont en dehors du
Temps, parmi les vérités avec lesquelles je comptais
les sertir, celles qui se rapportent au Temps, au
Temps dans lequel baignent et s'altèrent les hommes,
les sociétés, les nations, tiendraient une place importante. Je n'aurais pas soin seulement de faire
une place à ces altérations que subit l'aspect des
êtres et dont j'avais de nouveaux exemples à chaque
minute, car tout en songeant à mon œuvre, assez
définitivement mise en marche pour ne pas se laisser
arrêter par des distractions passagères, je continuais
à dire bonjour aux gens que je connaissais et à
causer avec eux. Le vieillissement d'ailleurs ne se
marquait pas pour tous d'une manière analogue.
Je vis quelqu'un qui demandait mon nom, on me
dit que c'était M de Cambremer. Et alors pour me
montrer qu'il m'avait reconnu : « Est-ce que vous
avez toujours vos étouffements ? » me demanda-t-il,
et sur ma réponse affirmative : « Vous voyez que ça
n'empêche pas la longévité », me dit-il, comme si
j'étais décidément centenaire. Je lui parlais les
yeux attachés sur deux ou trois traits que je pouvais faire rentrer par la pensée dans cette synthèse,
pour le reste toute différente, de mes souvenirs,
que j'appelais sa personne. Mais un instant il tourna
à demi la tête. Et alors je vis qu'il était rendu mé-

connaissable par l'adjonction d'énormes poches
rouges aux joues qui l'empêchaient d'ouvrir complètement la bouche et les yeux, si bien que je restais
hébété, n'osant regarder cette sorte d'anthrax dont
il me semblait plus convenable qu'il me parlât le
premier. Mais comme en malade courageux il n'y
faisait pas allusion et riait, j'avais peur d'avoir
l'air de manquer de cœur en ne lui demandant pas,
de tact, en lui demandant ce qu'il avait. Mais « ils
ne vous viennent pas plus rarement avec l'âge ? »
me demanda-t-il, en continuant à parler des étouffements. Je lui dis que non. « Ah ! si ma sœur en
a sensiblement moins qu'autrefois », me dit-il,
d'un ton de contradiction comme ci cela ne pouvait
pas être autrement pour moi que pour sa sœur,
et comme si l'âge était un de ces remèdes dont il
n'admettait pas, quand ils avaient fait du bien
à Mme de Gaucourt, qu'ils ne me fussent pas salu-
taires. Mme de Cambremer-Legrandin s'étant, ap-
prochée, j'avais de plus en plus peur de paraître
insensible en ne déplorant pas ce que je remarquais sur la figure de son mari et je n'osais pas cependant parler de ça le premier. « Vous êtes content
de le voir ? » me dit-elle. « Il va bien ? » répliquai-je
sur un ton incertain. « Mais comme vous voyez ».
Elle ne s'était pas aperçue de ce mal qui offusquait
ma vue et qui n'était autre qu'un des masques du
Temps que celui-ci avait appliqué à la figure du
marquis, mais peu à peu et en l'épaisissant si pro-
gressivement que la marquise n'en avait rien vu.
Quand M. de Cambremer eut fini ses questions sur
mes étouffements, ce fut mon tour de m'informer
tout bas auprès de quelqu'un si la mère du marquis vivait encore. Elle vivait. Dans l'appréciation

du temps écoulé, il n'y a que le premier pas qui coûte. On éprouve d'abord beaucoup de peine à se figurer que tant de temps ait passé et ensuite qu'il n'en ait pas passé davantage. On n'avait jamais songé que le xiiie siècle fut si loin, et après on a peine à croire qu'il puisse subsister encore des églises du xiiie siècle, lesquelles pourtant sont innombrables en France. En quelques instants s'était fait en moi ce travail plus lent qui se fait chez ceux qui, ayant eu peine à comprendre qu'une personne qu'ils ont connue jeune ait soixante ans, en ont plus encore quinze ans après à apprendre qu'elle vit encore et n'a pas plus de soixante-quinze ans. Je demandai à M. de Cambremer comment allait sa mère. « Elle est toujours admirable », me dit-il, usant d'un adjectif qui, par opposition aux tribus où on traite sans pitié les parents âgés, s'applique dans certaines familles aux vieillards chez qui l'usage des facultés les plus matérielles comme d'entendre, d'aller à pied à la messe, et de supporter avec insensibilité les deuils, s'empreint aux yeux de leurs enfants d'une extraordinaire beauté morale.

Si certaines femmes avouaient leur vieillesse en se fardant, elle apparaissait au contraire par l'absence de fard chez certains hommes sur le visage desquels je ne l'avais jamais expressément remarqué, et qui tout de même me semblaient bien changés depuis que découragés de chercher à plaire, ils en avaient cessé l'usage. Parmi eux était Legrandin. La suppression du rose que je n'avais jamais soupçonné artificiel, de ses lèvres et de ses joues, donnait à sa figure l'apparence grisâtre et à ses traits allongés et mornes la précision sculpturale et lapidaire de ceux d'un dieu égyptien. Un dieu ! un revenant plutôt. Il avait perdu non seulement le courage de se peindre, mais de sourire, de faire briller son regard, de tenir des discours ingénieux. On s'étonnait de le voir si pâle, abattu, ne prononçant que de rares paroles qui avaient l'insignifiance de celles que disent les morts qu'on évoque. On se demandait quelle cause l'empêchait d'être vif, éloquent, charmant, comme on se le demande devant « le double » insignifiant d'un homme brillant de son vivant et auquel un spirite pose pourtant des questions qui prêteraient aux développements charmeurs. Et on se disait que cette cause qui avait substitué au Legrandin coloré et rapide, un pâle et triste fantôme de Legrandin, c'était la vieillesse. Chez certains même les cheveux n'avaient pas blanchi. Ainsi je reconnus quand il vint dire un mot à son maître le vieux valet de chambre du prince de Guermantes. Les poils bourrus qui hérissaient ses joues tout autant que son crâne, étaient restés d'un roux tirant sur le rose et on ne pouvait le soupçonner de se teindre comme la duchesse de Guermantes. Mais il n'en paraissait pas moins vieux. On sentait seulement qu'il existe chez les hommes comme dans le règne végétal les mousses, les lichens et tant d'autres, des espèces qui ne changent pas à l'approche de l'hiver.

Chez d'autres invités dont le visage était intact, l'âge se marquait autrement ; ils semblaient seulement embarrassés quand ils avaient à marcher ; on croyait d'abord qu'ils avaient mal aux jambes, et ce n'est qu'ensuite qu'on comprenait que la vieillesse leur avait attaché ses semelles de plomb. Elle en embellissait d'autres comme le prince d'Agri-

gente. A cet homme long, mince, au regard terne,
aux cheveux qui semblaient devoir rester éternelle-
ment rougeâtres, avait succédé par une métamorphose analogue à celle des insectes, un vieillard
chez qui les cheveux rouges, trop longtemps vus
avaient été comme un tapis de table qui a trop
servi remplacés par des cheveux blancs. Sa poitrine
avait pris une corpulence inconnue, robuste, presque
guerrière, et qui avait dû nécessiter un véritable
éclatement de la frêle chrysalide que j'avais connue ; une gravité consciente d'elle-même baignait
les yeux où elle était teintée d'une bienveillance
nouvelle qui s'inclinait vers chacun. Et comme malgré
tout une certaine ressemblance subsistait entre le
puissant prince actuel et le portrait que gardait
mon souvenir, j'admirais la force de renouvellement
original du temps qui, tout en respectant l'unité
de l'être et les lois de la vie, sait changer ainsi
le décor et introduire de hardis contrastes dans
deux aspects successifs d'un même personnage,
car beaucoup de ces gens on les identifiait immédiatement, mais comme d'assez mauvais portraits
d'eux-mêmes réunis dans l'exposition où un artiste
inexact et malveillant durcit les traits de l'un,
enlève la fraîcheur du teint ou la légèreté de la taille
à celle-ci, assombrit le regard. Comparant ces images
avec celles que j'avais sous les yeux de ma mémoire, j'aimais moins celles qui m'étaient montrées
en dernier lieu. Comme souvent on trouve moins
bonne et on refuse une des photographies entre
lesquelles un ami vous a prié de choisir. A chaque
personne et devant l'image qu'elle me montrait
d'elle-même j'aurais voulu dire : « Non pas celle-ci,
vous êtes moins bien, ce n'est pas vous ». Je n'aurais

pas osé ajouter : « Au lieu de votre beau nez droit
on vous a fait le nez crochu de votre père que je ne
vous ai jamais connu. » En effet, c'était un nez nouveau et familial. Bref, l'artiste le Temps avait
« rendu » tous ces modèles, de telle façon qu'ils étaient
reconnaissables, mais ils n'étaient pas ressem-
blants, non parce qu'il les avait flattés, mais parce
qu'il les avait vieillis. Cet artiste là du reste, travaille fort lentement. Ainsi cette réplique du visage
d'Odette, dont le jour où j'avais pour la première
fois vu Bergotte, j'avais aperçu l'esquisse à peine
ébauchée dans le visage de Gilberte, le temps l'avait
enfin poussée jusqu'à la plus parfaite ressemblance,
comme on le verra tout à l'heure pareil à ces
peintres qui gardent longtemps une œuvre et la
complètent année par année. En plusieurs, je finissais par reconnaître, non seulement eux-mêmes,
mais eux tels qu'ils étaient autrefois, et Ski, par
exemple, pas plus modifié qu'une fleur ou un
fruit qui a séché, type de ces amateurs « célibataires de l'art » qui vieillissent inutiles et insatis-
faits. Ski était resté ainsi un essai informe, confir-
mant mes théories sur l'art. D'autres le suivaient
qui n'étaient nullement des amateurs ; c'étaient des
gens du monde qui ne s'intéressaient à rien, et eux
aussi, la vieillesse ne les avait pas mûris et même
s'il s'entourait d'un premier cercle de rides et d'un
arc de cheveux blancs, leur même visage poupin
gardait l'enjouement de la dix-huitième année. Ils
n'étaient pas des vieillards, mais des jeunes gens de
dix-huit ans, extrêmement fanés. Peu de chose eût
suffi à effacer ces flétrissures de la vie, et la mort
n'aurait pas plus de peine à rendre au visage sa jeunesse qu'il n'en faut pour nettoyer un portrait

que seul un peu d'encrassement empêche de briller
comme autrefois. Aussi je pensais à l'illusion dont
nous sommes dupes quand entendant parler d'un
célèbre vieillard, nous nous fions d'avance à sa bonté,
à sa justice, à sa douceur d'âme ; car je sentais qu'ils
avaient été quarante ans plus tôt de terribles jeunes
gens dont il n'y avait aucune raison pour supposer
qu'ils n'avaient pas gardé la vanité, la duplicité,
la morgue et les ruses.

Et pourtant en complet contraste avec ceux-ci,
j'eus la surprise de causer avec des hommes et des
femmes, jadis insupportables, et qui avaient perdu
à peu près tous leurs défauts, soit que la vie en déce-
vant ou comblant leurs désirs, leur eût enlevé de
leur présomption ou de leur amertume. Un riche
mariage qui ne nous rend plus nécessaire la lutte ou
l'ostentation, l'influence même de la femme, la
connaissance lentement acquise de valeurs autres
que celles auxquelles croit exclusivement une jeunesse frivole, leur avait permis de détendre leur
caractère et de montrer leurs qualités. Ceux-là en
vieillissant semblaient avoir une personnalité différente, comme ces arbres dont l'automne en variant
leurs couleurs semble changer l'essence. Pour eux
celle de la vieillesse se manifestait vraiment, mais
comme une chose morale (qu'ils ne possédaient pas
avant). Chez d'autres elle était plutôt physique,
et si nouvelle que la personne — Mme de Souvré
par exemple — me semblait à la fois inconnue et
connue. Inconnue car il m'était impossible de soupçonner que ce fût elle et malgré moi je ne pus m'empêcher en répondant à son salut de laisser voir le
travail d'esprit qui me faisait hésiter entre trois
ou quatre personnes (parmi lesquelles n'était pas

Mme de Souvré) pour savoir à qui je le rendais
avec une chaleur du reste qui dut l'étonner car dans
le doute ayant peur d'être trop froid si c'était une
amie intime, j'avais compensé l'incertitude du regard
par la chaleur de la poignée de main et du sourire.
Mais d'autre part son aspect nouveau ne m'était
pas inconnu. C'était celui que j'avais souvent vu
au cours de ma vie à des femmes âgées et fortes
mais sans soupçonner alors qu'elles avaient pu
beaucoup d'années avant ressembler à Mme de
Souvré. Cet aspect était si différent de celui que
j'avais connu dans le passé qu'on eût dit qu'elle
était un être condamné comme un personnage de
féerie à apparaître d'abord en jeune fille, puis en
épaisse matrone et qui reviendrait sans doute bientôt
en vieille branlante et courbée. Elle semblait comme
une lourde nageuse, qui ne voit plus le rivage qu'à
une grande distance, repousser avec peine les flots
du temps qui la submergeaient. J'arrivai à force
de regarder sa figure hésitante, incertaine comme
une mémoire infidèle qui ne peut plus retenir les
formes d'autrefois, j'arrivai pourtant à en retrouver
quelque chose en me livrant au petit jeu d'éliminer
les carrés et les hexagones que l'âge avait ajoutés
à ces joues. D'ailleurs ce qu'il mêlait à celle des
femmes n'était pas toujours seulement des figures
géométriques. Dans les joues de la Duchesse de
Guermantes, restées si semblables pourtant et pourtant composites maintenant comme un nougat,
je distinguais une trace de vert de gris, un petit
morceau rose de coquillage concassé, une gros-
seur difficile à définir, plus petite qu'une boule
de gui et moins transparente qu'une perle de
verre.

Certains hommes boitaient dont on sentait bien que ce n'était pas par suite d'un accident de voiture, mais à cause d'une attaque et parce qu'ils avaient déjà comme on dit un pied dans la tombe. Dans l'entrebâillement de la leur, à demi paralysées, certaines femmes comme Mme de Franquetot, semblaient ne pas pouvoir retirer complètement leur robe restée accrochée à la pierre du caveau, et elles ne pouvaient se redresser, infléchies qu'elles étaient, la tête basse, en une courbe qui était comme celle qu'elles occupaient actuellement entre la vie et la mort, avant la chute dernière. Rien ne pouvait lutter contre le mouvement de cette parabole qui les emportait et dès qu'elles voulaient se lever, elles tremblaient et leurs doigts ne pouvaient rien retenir.

Certaines figures sous la cagoule de leurs cheveux blancs avaient déjà la rigidité, les paupières scellées de ceux qui vont mourir et leurs lèvres agitées d'un tremblement perpétuel semblaient marmonner la prière des agonisants.

A un visage linéairement le même, il suffisait pour qu'il semblât autre, de cheveux blancs au lieu de cheveux noirs ou blonds. Les costumiers de théâtre savent qu'il suffit d'une perruque poudrée pour déguiser très suffisamment quelqu'un et le rendre méconnaissable. Le jeune marquis de Beausergent, que j'avais vu dans la loge de Mme de Cambremer, alors sous-lieutenant, le jour où Mme de Guermantes était dans la baignoire de sa cousine, avait toujours ses traits aussi parfaitement réguliers, plus même, la rigidité physiologique de l'artério-sclérose exagérant encore la rectitude impassible de la physionomie du dandy et donnant à ces traits l'intense netteté presque grimaçante à force d'immobilité qu'ils auraient eu dans une étude de Mantegna ou de Michel Ange. Son teint jadis d'une rougeur égrillarde était maintenant d'une solennelle pâleur ; des poils argentés, un léger embonpoint, une noblesse de doge, une fatigue qui allait jusqu'à l'envie de dormir, tout concourait chez lui à donner une impression nouvelle de majesté fatale. Au rectangle de sa barbe blonde, le rectangle égal de sa barbe blanche se substituait si parfaitement que remarquant que ce sous-lieutenant que j'avais connu avait cinq galons, ma première pensée fut de le féliciter non d'avoir été promu colonel, mais d'être si bien en colonel, déguisement pour lequel il semblait avoir emprunté l'uniforme, l'air grave et triste de l'officier supérieur qu'avait été son père. Chez un autre la barbe blanche avait succédé à la barbe blonde, mais comme le visage était resté vif, souriant et jeune, elle le faisait paraître seulement plus rouge et plus militant, augmentant l'éclat des yeux, et donnant au mondain resté jeune l'air inspiré d'un prophète. La transformation que les cheveux blancs et d'autres éléments encore avaient opéré surtout chez les femmes m'eussent retenu avec moins de force s'ils n'avaient été qu'un changement de couleur ce qui peut charmer les yeux, mais parce qu'est troublant pour l'esprit un changement de personnes. En effet, « reconnaître » quelqu'un, et plus encore après n'avoir pas pu le reconnaître, l'identifier, c'est penser sous une seule dénomination deux choses contradictoires, c'est admettre que ce qui était ici, l'être qu'on se rappelle n'est plus, et que ce qui y est, c'est un être qu'on ne connaissait pas, c'est avoir à percer un mystère presque aussi troublant que celui de la mort dont il est du reste comme la préface et l'annonciateur.

Car ces changements je savais ce qu'ils voulaient dire, ce à quoi ils préludaient. Aussi cette blancheur des cheveux impressionnait chez les femmes, jointe à tant d'autres changements. On me disait un nom et je restais stupéfait de penser qu'il s'appliquait à la fois à la blonde valseuse que j'avais connue autrefois et à la lourde dame à cheveux blancs qui passait pesamment près de moi. Avec une certaine roseur de teint ce nom était peut-être la seule chose qu'il y avait de commun entre ces deux femmes, plus différentes, — celle de la mémoire et celle de la matinée Guermantes — qu'une ingénue et une douairière de pièce de théâtre. Pour que la vie ait pu arriver à donner à la valseuse ce corps énorme, pour qu'elle eût pu alentir comme au métronome ses mouvements embarrassés, pour qu'avec peut-être comme seule parcelle permanente comme les joues — plus larges certes, mais qui dès la jeunesse étaient déjà couperosées, — elle eût pu substituer à la légère blonde ce vieux maréchal ventripotent, il lui avait fallu accomplir plus de dévastations et de reconstitutions que pour mettre un dome à la place d'une flèche, et quand on pensait qu'un pareil travail s'était opéré non sur la matière inerte mais sur une chair qui ne change qu'insensiblement, le contraste bouleversant entre l'apparition présente, et l'être que je me rappelais reculait celui-ci dans un passé plus que lointain, presque invraisemblable. On avait peine à réunir les deux aspects, à penser les deux personnes sous une même dénomination ; car de même qu'on a peine à penser qu'un mort fut vivant ou que celui qui était vivant est mort aujourd'hui, il est presque aussi difficile et du même genre de difficulté (car l'anéantissement de la jeunesse, la destruction d'une personne pleine de forces et de légèreté est déjà un premier néant), de concevoir que celle qui fut jeune est vieille, quand l'aspect de cette vieille, juxtaposé à celui de la jeune semble tellement l'exclure que tour à tour c'est la vieille, puis la jeune, puis la vieille encore qui vous paraissent un rêve, et qu'on ne croirait pas que ceci peut avoir jamais été cela, que la matière de cela est elle-même, sans se réfugier ailleurs, grâce aux savantes manipulations du temps, devenue ceci, que c'est la même matière, n'ayant pas quitté le même corps — si l'on n'avait l'indice du nom pareil et le témoignage affirmatif des amis auquel donne seule une apparence de vraisemblance, la couperose jadis étroite entre l'or des épis, aujourd'hui étalée sous la neige. On était effrayé, en pensant aux périodes qui avaient dû s'écouler avant que s'accomplît une pareille révolution dans la géologie d'un visage, et de voir quelles érosions s'étaient faites le long du nez, quelles énormes alluvions, au bord des joues entouraient toute la figure de leur masses opaques et réfractaires. J'avais bien considéré toujours notre individu à un moment donné du temps comme un polypier ou l'œil, organisme indépendant bien qu'associé, si une poussière passe, cligne sans que l'intelligence le commande, bien plus où l'intestin, parasite enfoui, s'infecte sans que l'intelligence l'apprenne mais aussi et pareillement pour l'âme, dans la durée de la vie comme une suite de moi juxtaposés mais distincts qui mourraient les uns après les autres ou même alterneraient entre eux comme ceux qui à Combray prenaient pour moi la place l'un de l'autre quand venait le soir. Mais aussi j'avais vu que ces cellules morales qui composent un être sont plus durables que lui. J'avais vu les vices, le courage des

Guermantes revenir en Saint-Loup, comme en lui-même ses défauts étranges et brefs de caractère, comme le sémitisme de Swann. Je pouvais le voir encore en Bloch. Depuis qu'il avait perdu son père, l'idée, outre les grands sentiments de famille qui existent souvent dans les familles juives, que son père était un homme tellement supérieur à tous avait donné à son amour pour lui la forme d'un culte. Il n'avait pu supporter l'idée de l'avoir perdu et avait dû s'enfermer près d'une année dans une maison de santé. Il avait répondu à mes condoléances sur un ton à la fois profondément senti et presque hautain, tant il me jugeait enviable d'avoir approché cet homme supérieur dont il eût volontiers donné la voiture à deux chevaux à quelque musée historique. Et maintenant à sa table de famille (car contrairement à ce que croyait la Duchesse de Guermantes, il était marié) la même colère qui animait Bloch contre M. Nissim Bernard, animait Bloch contre son beau-père. Il lui faisait les mêmes sorties. De même qu'en écoutant parler Cottard, Brichot, tant d'autres, j'avais senti que par la culture et la mode, une seule ondulation propage dans toute l'étendue de l'espace, les mêmes manières de dire, de penser, de même dans toute la durée du temps, de grandes lames de fond soulèvent des profondeurs des âges les mêmes colères, les mêmes tristesses, les mêmes bravoures, les mêmes manies, à travers les générations superposées, chaque section prise à plusieurs niveaux d'une même série, offrant la répétition, comme des ombres sur des écrans successifs, d'un tableau aussi identique quoique souvent moins insignifiant que celui qui mettait aux prises de la même façon M. Bloch et son beau-père,

M. Bloch père et M. Nissim Bernard et d'autres que je n'avais pas connus.

Il y avait des hommes que je savais parents d'autres sans avoir jamais pensé qu'ils eussent un trait commun ; en admirant le vieil ermite aux cheveux blancs qu'était devenu Legrandin, tout d'un coup je constatai, je peux dire que je découvris, avec une satisfaction de zoologiste, dans le méplat de ses joues, la construction de celles de son jeune neveu Léonor de Cambremer qui pourtant avait l'air de ne lui ressembler nullement ; à ce premier trait commun j'en ajoutai un autre que je n'avais pas jusqu'ici remarqué chez Léonor de Cambremer, puis d'autres et qui n'étaient aucun de ceux que m'offrait d'habitude la synthèse de sa jeunesse, de sorte que j'eus bientôt de lui comme une caricature plus vraie, plus profonde, que si elle avait été littéralement ressemblante ; son oncle me semblait maintenant le jeune Cambremer ayant pris pour s'amuser les apparences du vieillard qu'en réalité il serait un jour, si bien que ce n'était plus seulement ce qu'étaient devenus les jeunes d'autrefois, mais ce que deviendraient ceux d'aujourd'hui qui me donnait avec tant de force la sensation du Temps.

Les femmes tâchaient à rester en contact avec ce qui avait été le plus individuel de leur charme, mais souvent la matière nouvelle de leur visage ne s'y prêtait plus. Les traits où s'étaient gravée sinon la jeunesse du moins la beauté ayant disparu chez la plupart d'entre elles, elles avaient alors cherché si avec le visage qui leur restait on ne pouvait s'en faire une autre. Déplaçant le centre, sinon de gravité du moins de perspective de leur visage, en composant les traits autour de lui suivant un

autre caractère, elles commençaient à cinquante
ans une nouvelle sorte de beauté, comme on prend
sur le tard un nouveau métier, ou comme à une
terre qui ne vaut plus rien pour la vigne on fait
produire des betteraves. Autour de ces traits nouveaux on faisait fleurir une nouvelle jeunesse. Seules ne pouvaient s'accommoder de ces transformations les femmes trop belles ou trop laides. Les
premières sculptées comme un marbre aux lignes
définitives duquel on ne peut plus rien changer,
s'effritaient comme une statue. Les secondes qui
avaient quelque difformité de la face avaient même
sur les belles certains avantages. D'abord c'étaient
les seules qu'on reconnaissait tout de suite. On
savait qu'il n'y avait pas à Paris deux bouches
pareilles et la leur me les faisait reconnaître dans
cette matinée où je ne reconnaissais plus personne.
Et puis elles n'avaient même pas l'air d'avoir
vieilli. La vieillesse est quelque chose d'humain.
Elles étaient des monstres, et elles ne semblaient
pas avoir plus « changé » que des baleines. D'autres
hommes, d'autres femmes ne semblaient pas non
plus avoir vieilli ; leur tournure était aussi svelte,
leur visage aussi jeune. Mais si pour leur parler on
se mettait tout près de leur figure lisse de peau
et fine de contours, alors elle apparaissait tout
autre, comme il arrive pour une surface végétale,
une goutte d'eau, de sang, si on la place sous le
microscope. Alors je distinguais de multiples taches
graisseuses sur la peau que j'avais cru lisse et dont
elles me donnaient le dégoût. Les lignes ne résis-
taient pas à cet agrandissement. Celle du nez se
brisait de près, s'arrondissait, envahie par les
mêmes cercles huileux que le reste de la figure ; et

de près les yeux rentraient sous des poches qui détruisaient la ressssemblance du visage actuel avec celui du visage d'autrefois qu'on avait cru retrouver. De sorte que à l'égard de ces invités là, ils étaient jeunes vus de loin, leur âge augmentait avec le grossissement de leur figure et la possibilité d'en observer les différents plans. Pour eux en somme la vieillesse restait dépendante du spectateur qui avait à se bien placer pour voir ces figures là rester jeunes et à n'appliquer sur elles que ces regards lointains qui diminuent l'objet, sans le verre que choisit l'opticien pour un presbyte ; pour elles la vieillesse, décelable comme la présence des infusoires dans une goutte d'eau était amenée par le progrès moins des années que, dans la vision de l'observateur, du degré de l'échelle de grossissement.

En général le degré de blancheur des cheveux semblait comme un signe de la profondeur du temps vécu, comme ces sommets montagneux qui même apparaissant aux yeux sur la même ligne que d'autres, révèlent pourtant le niveau de leur altitude par l'éclat de leur neigeuse blancheur. Et ce n'était pourtant pas toujours exact, surtout pour les femmes. Ainsi les mèches de la Princesse de Guermantes qui lorsqu'elles étaient grises et brillantes comme de la soie semblaient d'argent autour de son front bombé, ayant pris à force de devenir blanches une matité de laine et d'étoupe, semblaient au contraire, à cause de cela être grises comme une neige salie qui a perdu son éclat. Et souvent de blondes danseuses ne s'étaient pas seulement annexé avec une perruque de cheveux blancs l'amitié de duchesses qu'elles ne connaissaient pas autrefois. Mais n'ayant fait jadis que danser, l'art les avait touchées comme la grâce. Et comme au xviie siècle d'illustres dames entraient en religion, elles vivaient dans un appartement rempli de peintures cubistes, un peintre cubiste ne travaillant que pour elles et elles ne vivant que pour lui.

Pour les vieillards dont les traits avaient changé, ils tâchaient pourtant de garder fixée sur eux à l'état permanent une de ces expressions fugitives qu'on prend pour une seconde de pose et avec lesquelles on essaye soit de tirer parti d'un avantage extérieur, soit de pallier un défaut ; ils avaient l'air d'être définitivement devenus d'immutables instantanés d'eux-mêmes.

Tous ces gens avaient mis tant de *temps* à revêtir leur déguisement que celui-ci passait généralement inaperçu de ceux qui vivaient avec lui. Même un délai leur était souvent concédé où ils pouvaient continuer assez tard à rester eux-mêmes. Mais alors ce déguisement prorogé, se faisait plus rapidement ; de toutes façons il était inévitable. Je n'avais jamais trouvé aucune ressemblance entre Mme X et sa mère que je n'avais connue que vieille, ayant l'air d'un petit turc tout tassé. Et en effet, j'avais toujours connu Mme X charmante et droite et pendant très longtemps elle l'était restée, pendant trop longtemps, car comme une personne qui avant que la nuit n'arrive a à ne pas oublier de revêtir son déguisement de turque, elle s'était mise en retard, et aussi était-ce précipitamment, presque tout d'un coup, qu'elle s'était tassée et avait reproduit avec fidélité l'aspect de vieille turque revêtu jadis par sa mère.

Je retrouvai là un de mes anciens camarades, que pendant dix ans j'avais vu presque tous les jours. On demanda à nous représenter. J'allai donc à lui et il me dit d'une voix que je reconnus très bien : « C'est une bien grande joie pour moi après tant d'années. » Mais quelle surprise pour moi. Cette voix semblait émise par un phonographe perfectionné, car si c'était celle de mon ami, elle sortait d'un gros bonhomme grisonnant que je ne connaissais pas, et dès lors il me semblait que ce ne pût être qu'artificiellement, par un truc de mécanique, qu'on avait logé la voix de mon camarade sous ce gros vieillard quelconque. Pourtant je savais que c'était lui, la personne qui nous avait présentés après si longtemps l'un à l'autre n'avait rien d'un mystificateur. Lui-même me déclara que je n'avais pas changé et je compris ainsi qu'il ne se croyait pas changé. Alors je le regardai mieux. Et en somme sauf qu'il avait tellement grossi, il avait gardé bien des choses d'autrefois. Pourtant je ne pouvais comprendre que ce fût lui. Alors j'essayai de me rappeler. Il avait dans sa jeunesse des yeux bleus, toujours riants, perpétuellement mobiles, en quête évidemment de quelque chose à quoi je n'avais pensé et qui devait être fort désintéressé, la vérité sans doute, poursuivie en perpétuelle incertitude, avec une sorte de gaminerie, de respect errant pour tous les amis de sa famille. Or devenu homme politique influent, capable, despotique, ces yeux bleus qui d'ailleurs n'avaient pas trouvé ce qu'ils cherchaient s'étaient immobilisés, ce qui leur donnait un regard pointu, comme sous un sourcil froncé. Aussi l'expression de gaîté, d'abandon, d'innocence s'était elle changée en une expression de ruse et de dissimulation.

Décidément il me semblait que c'était quelqu'un
d'autre, quand tout d'un coup j'entendis, à une
chose que je disais, son rire, son fou rire d'autrefois,
celui qui allait avec la perpétuelle mobilité gaie du
regard. Des mélomanes trouvent qu'orchestrée par
X la musique de Z devient absolument différente.
Ce sont des nuances que le vulgaire ne saisit pas,
mais un fou rire étouffé d'enfant, sous un œil en
pointe comme un crayon bleu bien taillé, quoique
un peu de travers, c'est plus qu'une différence d'or-
chestration. Le rire cessé, j'aurais bien voulu reconnaître mon ami, mais comme dans l'Odyssée Ulysse
s'élançant sur sa mère morte, comme un spirite
essayant en vain d'obtenir d'une apparition une
réponse qui l'identifie, comme le visiteur d'une
exposition d'électricité qui ne peut croire que la
voix que le phonographe restitue inaltérée, ne soit
tout de même spontanément émise par une personne, je cessai de reconnaître mon ami.

Il faut cependant faire cette réserve que les me-
sures du temps lui-même peuvent être pour certaines personnes accélérées ou ralenties. Par hasard
l'avais rencontré dans la rue, il y avait quatre ou cinq
ans, ja vicomtesse de St-Fiacre (belle-fille de l'amie
des Guermantes). Ses traits sculpturaux semblaient
lui assurer une jeunesse éternelle. D'ailleurs elle était
encore jeune. Or je ne pus, malgré ses sourires et
ses bonjours, la reconnaître en une dame aux traits
tellement déchiquetés que la ligne du visage n'était
pas restituable. C'est que depuis trois ans elle
prenait de la cocaïne et d'autres drogues. Ses yeux
profondément cernés de noir étaient presque hagards.
Sa bouche avait un rictus étrange. Elle s'était levée
me dit-on pour cette matinée restant des mois sans

quitter son lit ou sa chaise longue. Le Temps a ainsi des trains express et spéciaux qui mènent à une vieillesse prématurée. Mais sur la voie parallèle circulent des trains de retour, presque aussi rapides. Je pris M. de Courgivaux pour son fils, car il avait l'air plus jeune (il devait avoir dépassé la cinquantaine et semblait plus jeune qu'à trente ans). Il avait trouvé un médecin intelligent, supprimé l'alcool et le sel ; il était revenu à la trentaine et semblait même ce jour-là ne pas l'avoir atteinte. C'est qu'il s'était, le matin même, fait couper les cheveux.

Chose curieuse, le phénomène de la vieillesse semblait dans ses modalités, tenir compte de quelques habitudes sociales. Certains grands seigneurs mais qui avaient toujours été revêtus du plus simple alpaga, coiffés de vieux chapeaux de paille que les petits bourgeois n'auraient pas voulu porter, avaient vieilli de la même façon que les jardiniers, que les paysans au milieu desquels ils avaient vécu. Des taches brunes avaient envahi leurs joues, et leur figure avait jauni, s'était foncée comme un livre.

Et je pensais aussi à tous ceux qui n'étaient pas là, parce qu'ils ne le pouvaient pas, que leur secrétaire cherchant à donner l'illusion de leur survie avait excusés par une de ces dépêches qu'on remettait de temps à autre à la Princesse, à ces malades depuis des années mourants, qui ne se lèvent plus, ne bougent plus, et, même au milieu de l'assiduité frivole de visiteurs attirés par une curiosité de touristes ou une confiance de pèlerins, les yeux clos, tenant leur chapelet, rejetant à demi leur drap déjà mortuaire, sont pareils à des gisants que le mal a sculptés jusqu'au squelette dans une chair rigide et blanche comme le marbre, et étendus sur leur tombeau.

LE TEMPS RETROUVÉ

Sans doute certaines femmes étaient encore très reconnaissables, le visage était resté presque le même, et elles avaient seulement comme par une harmonie convenable avec la saison, revêtu les cheveux gris qui étaient leur parure d'automne. Mais pour d'autres et pour des hommes aussi la transformation était si complète, l'identité si impossible à établir — par exemple entre un noir viveur qu'on se rappelait — et le vieux moine qu'on avait sous les yeux que plus même qu'à l'art de l'acteur, c'était à celui de certains prodigieux mimes dont Fregoli reste le type que faisaient penser ces fabuleuses transformations. La vieille femme avait envie de pleurer en comprenant que l'indéfinissable et mélancolique sourire qui avait fait son charme ne pouvait plus arriver à irradier jusqu'à la surface de ce masque de plâtre que lui avait appliqué la vieillesse. Puis tout à coup découragée de plaire, trouvant plus spirituel de se résigner, elle s'en servait comme d'un masque de théâtre pour faire rire ! Mais presque toutes les femmes n'avaient pas de trêve dans leur effort pour lutter contre l'âge et tendaient vers la beauté qui s'éloignait comme un soleil couchant et dont elles voulaient passionnément conserver les derniers rayons, le miroir de leur visage. Pour y réussir certaines cherchaient à l'aplanir, à élargir la blanche superficie, renonçant au piquant des fossettes menacées, aux mutineries d'un sourire condamné et déjà à demi désarmé ; tandis que d'autres voyant la beauté définitivement disparue et obligées de se réfugier dans l'expression, comme on compense par l'art de la diction la perte de la voix, se raccrochaient à une moue, à une patte d'oie, à un regard vague, parfois à un sourire qui à cause de l'incoordination de muscles qui n'obéissaient plus, leur donnait l'air de pleurer.

Une grosse dame me dit un bonjour pendant la courte durée duquel les pensées les plus différentes se pressèrent dans mon esprit. J'hésitai un instant à lui répondre, craignant que ne reconnaissant pas les gens mieux que moi, elle eût cru que j'étais quelqu'un d'autre, puis son assurance me fit au contraire, de peur que ce fût quelqu'un avec qui j'avais été lié, exagérer l'amabilité de mon sourire, pendant que mes regards continuaient à chercher dans ses traits le nom que je ne trouvais pas. Tel un candidat au baccalauréat, incertain de ce qu'il doit répondre attache ses regards sur la figure de l'examinateur et espère vainement y trouver la réponse qu'il ferait mieux de chercher dans sa propre mémoire, tel, tout en lui souriant, j'attachais mes regards sur les traits de la grosse dame. Ils me semblèrent être ceux de Mme de Forcheville, aussi mon sourire se nuança-t-il de respect, pendant que mon indécision commençait à cesser. Alors j'entendis la grosse dame me dire, une seconde plus tard : « Vous me preniez pour maman, en effet je commence à lui ressembler beaucoup ». Et je reconnus Gilberte.

D'ailleurs même chez les hommes qui n'avaient subi qu'un léger changement, dont seule, la moustache était devenue blanche, on sentait que ce changement n'était pas positivement matériel. C'était comme si on les avait vus à travers une vapeur colorante, ou mieux un verre peint qui changeait l'aspect de leur figure mais surtout par ce qu'il y ajoutait de trouble, montrait que ce qu'il nous permettait de voir « grandeur nature » était en réalité très loin de nous, dans un éloignement différent il est vrai de celui de l'espace mais du fond duquel comme d'un autre rivage nous sentions qu'ils avaient autant de peine à nous reconnaître que nous eux. Seule peut-être Mme de Forcheville, que j'aperçus alors comme injectée d'un liquide, d'une espèce de paraffine qui gonfle la peau, mais l'empêche de se modifier, avait l'air d'une cocotte d'autrefois à jamais « naturalisée ». « Vous me prenez pour ma mère » — m'avait dit Gilberte. C'était vrai. C'eût été d'ailleurs aimable pour la fille. D'ailleurs il n'y avait pas que chez cette dernière qu'avaient apparu des traits familiaux qui jusque là étaient restés aussi invisibles dans sa figure que ces parties d'une graine repliées à l'intérieur et dont on ne peut deviner la saillie qu'elles feront un jour en dehors. Ainsi un énorme busquage maternel venait chez l'une ou chez l'autre transformer vers la cinquantaine un nez jusque-là droit et pur. Chez une autre fille de banquier, le teint d'une fraîcheur de jardinière, se roussissait, se cuivrait, et prenait comme le reflet de l'or qu'avait tant manié le père. Certains même avaient fini par ressembler à leur quartier, portaient sur eux comme le reflet de la rue de l'Arcade, de l'avenue du Bois, de la rue de l'Elysée. Mais surtout ils reproduisaient les traits de leurs parents.

On part de l'idée que les gens sont restés les mêmes et on les trouve vieux. Mais une fois que l'idée dont on part est qu'ils sont vieux, on les retrouve, on ne les trouve pas si mal. Pour Odette, ce n'était pas seulement cela, son aspect, une fois qu'on savait son âge et qu'on s'attendait à une vieille femme, semblait un défi plus miraculeux aux lois de la chronologie que la conservation du radium à celles de

la nature. Elle, si je ne la reconnus pas d'abord ce
fut non parce qu'elle avait, mais parce qu'elle
n'avait pas changé. Me rendant compte depuis une
heure de ce que le temps ajoutait de nouveau aux
êtres et de ce qu'il fallait soustraire pour les retrouver tels que je les avais connus, je faisais maintenant rapidement ce calcul et ajoutant à l'ancienne
Odette le chiffre d'années qui avait passé sur elle,
le résultat que je trouvai fut une personne qui me
semblait ne pas pouvoir être celle que j'avais sous
les yeux, précisément parce que celle-là était pareille
à celle d'autrefois.

Quel était le fait du fard, de la teinture? Elle avait
l'air sous ses cheveux dorés tout plats — un peu
un chignon ébourriffé de grosse poupée mécanique
sur une figure étonnée et immuable également de
poupée — auxquels se superposait un chapeau de
paille plat aussi, de l'Exposition de 1878 (dont elle
eût certes été alors et surtout si elle eût eu alors l'âge
d'aujourd'hui, la plus fantastique merveille) vénant
débiter son compliment dans une revue de fin
d'année, mais de l'Exposition de 1878 représentée
par une femme encore jeune.

A côté de nous, un ministre d'avant l'époque
boulangiste, et qui l'était de nouveau, passait, lui
aussi, en envoyant aux dames un sourire tremblo-
tant et lointain, mais comme emprisonné dans les
mille liens du passé, comme un petit fantôme qu'une
main invisible promenait, diminué de taille, changé
dans sa substance et ayant l'air d'une réduction en
pierre ponce de soi-même. Cet ancien président du
Conseil, si bien reçu dans le Faubourg St-Germain
avait jadis été l'objet de poursuites criminelles,
exécré du monde et du peuple. Mais grâce au renou-

vellement des individus qui composent l'un et l'autre, et dans les individus subsistant des passions et
même des souvenirs, personne ne le savait plus et
il était honoré. Aussi n'y a-t-il pas d'humiliation si
grande dont on ne devrait prendre aisément son
parti, sachant qu'au bout de quelques années, nos
fautes ensevelies ne seront plus qu'une invisible
poussière sur laquelle sourira la paix souriante et
fleurie de la nature. L'individu momentanément
taré se trouvera par le jeu d'équilibre du temps pris
entre deux couches sociales nouvelles qui n'auront
pour lui que déférence et admiration et au-dessus
desquelles, il se prélassera aisément. Seulement c'est
au temps qu'est confié ce travail ; et au moment de
ses ennuis rien ne peut le consoler que la jeune laitière d'en face l'ait entendu appeler « chéquard »
par la foule qui montrait le poing tandis qu'il entrait
dans le « panier à salade », la jeune laitière qui ne
voit pas les choses dans le plan du temps, qui ignore
que les hommes qu'encense le journal du matin
furent déconsidérés jadis, et que l'homme qui frise
la prison en ce moment et peut-être en pensant à
cette jeune laitière, n'aura pas les paroles humbles
qui lui concilieraient la sympathie, sera un jour
célébré par la presse et recherché par les Duchesses.
Le temps éloigne pareillement les querelles de
famille. Et chez la Princesse de Guermantes on voyait
un couple où le mari et la femme avaient pour oncles
morts aujourd'hui, deux hommes qui ne s'étaient
pas contentés de se souffleter mais dont l'un pour
humilier l'autre lui avait envoyé comme témoins
son concierge et son maître d'hôtel, jugeant que
des gens du monde eussent été trop bien pour lui.
Mais ces histoires dormaient dans les journaux d'il

y a trente ans et personne ne les savait plus. Et ainsi le salon de la Princesse de Guermantes était illuminé, oublieux et fleuri, comme un paisible cimetière. Le temps n'y avait pas seulement défait d'anciennes créatures, il y avait rendu possibles, il y avait créé des associations nouvelles.

Pour en revenir à cet homme politique malgré son changement de substance physique, tout aussi profond que la transformation des idées morales qu'il éveillait maintenant dans le public, en un mot malgré tant d'années passées depuis qu'il avait été Président du Conseil, il était redevenu ministre. Ce président du conseil d'il y a quarante ans faisait partie du nouveau cabinet, dont le chef lui avait donné un portefeuille, un peu comme ces directeurs de théâtre confient un rôle à une de leurs anciennes camarades, retirée depuis longtemps, mais qu'ils jugent encore plus capable que les jeunes de tenir un rôle avec finesse, de laquelle d'ailleurs ils savent la difficile situation financière et qui à près de quatre-vingts ans montre encore au public l'intégrité de son talent presque intact avec cette continuation de la vie qu'on s'étonne ensuite d'avoir pu constater quelques jours avant la mort.

L'aspect de Mme de Forcheville était si miraculeux, qu'on ne pouvait même pas dire qu'elle avait rajeuni mais plutôt qu'avec tous ses carmins, toutes ses rousseurs, elle avait refleuri. Plus même que l'incarnation de l'exposition universelle de 1878, elle eût été dans une exposition végétale d'aujourd'hui, la curiosité et le clou. Pour moi du reste, elle ne semblait pas dire « je suis l'Exposition de 1878 », mais plutôt « je suis l'allée des Acacias de 1892 ». Il semblait qu'elle eût pu y être encore. D'ailleurs justement parce qu'elle n'avait pas changé, elle ne semblait guère vivre. Elle avait l'air d'une rose stérilisée. Je lui dis bonjour, elle chercha quelque temps mais en vain mon nom sur mon visage. Je me nommai et aussitôt comme si j'avais perdu grâce à ce nom incantateur l'apparence d'Arbousier ou de Kangouroo que l'âge m'avait sans doute donnée, elle me reconnut et se mit à me parler de cette voix si particulière que les gens qui l'avaient applaudie dans les petits théâtres étaient si émerveillés quand ils étaient invités à déjeuner avec elle, « à la ville », de retrouver dans chacune de ses paroles, pendant toute la causerie, tant qu'ils voulaient. Cette voix était restée la même, inutilement chaude, prenante, avec un rien d'accent anglais. Et pourtant de même que ses yeux avaient l'air de me regarder d'un rivage lointain, sa voix était triste, presque suppliante, comme celle des morts dans l'Odyssée. Odette eût pu jouer encore. Je lui fis des compliments sur sa jeunesse. Elle me dit, « vous êtes gentil, my dear, merci », et comme elle donnait difficilement à un sentiment même le plus vrai une expression qui ne fût pas affectée par le souci de ce qu'elle croyait élégant, elle répéta à plusieurs reprises : « merci tant, merci tant ». Mais moi qui avais jadis fait de si longs trajets pour l'apercevoir au Bois, qui avais écouté le son de sa voix tomber de sa bouche, la première fois que j'avais été chez elle, comme un trésor, les minutes passées maintenant auprès d'elle me semblaient interminables à cause de l'impossibilité de savoir que lui dire et je m'éloignai. Hélas, elle ne devait pas rester toujours telle. Moins de trois ans après, non pas en enfance, mais un peu ramollie, je devais la voir à une soirée donnée par Gilberte, devenue incapable de cacher sous un masque immobile ce qu'elle pensait — pensait est beaucoup dire — ce qu'elle éprouvait, hochant la tête, serrant la bouche, secouant les épaules à chaque impression qu'elle ressentait, comme ferait un ivrogne, un enfant, comme font certains poètes qui ne tiennent pas compte de ce qui les entoure, et, inspirés, composent dans le monde et tout en allant à table au bras d'une dame étonnée, froncent les sourcils, font la moue. Les impressions de Madame de Forcheville — sauf une, celle qui l'avait fait précisément assister à la soirée donnée par Gilberte, la tendresse pour sa fille bien aimée, l'orgueil qu'elle donnât une soirée si brillante, orgueil que ne voilait pas chez la mère la mélancolie de ne plus être rien — ces impressions n'étaient pas joyeuses, et commandaient seulement une perpétuelle défense contre les avanies qu'on lui faisait, défense timorée comme celle d'un enfant. On n'entendait que ces mots : « Je ne sais pas si Madame de Forcheville me reconnaît, je devrais peut-être me faire présenter à nouveau ». « Ça par exemple vous pouvez vous en dispenser (répondait-on à tue-tête sans songer que la mère de Gilberte entendait tout, sans y songer, ou s'en sans soucier) c'est bien inutile. Pour l'agrément qu'elle vous apportera. On la laisse dans son coin. Du reste elle est un peu gaga. » Furtivement Mme de Forcheville lançait un regard de ses yeux restés si beaux, sur les interlocuteurs injurieux, puis vite ramenait ce regard à elle de peur d'avoir été impolie, et tout de même agitée par l'offense, taisant sa débile indignation, on voyait sa tête branler, sa poitrine se soulever, elle jetait un nouveau regard sur un autre assistant aussi peu poli, et ne s'étonnait pas outre mesure, car se sentant très mal depuis quelques jours, elle avait à mots couverts suggéré à sa fille de remettre la fête, mais sa fille avait refusé. Mme de Forcheville ne l'en aimait pas moins ; toutes les duchesses qui entraient, l'admiration de tout le monde pour le nouvel hôtel inondait de joie son cœur, et quand entra la marquise de Sebran qui était alors la dame où menait si difficilement le plus haut échelon social, Mme de Forcheville sentit qu'elle avait été une bonne et prévoyante mère et que sa tâche maternelle était achevée. De nouveaux invités ricaneurs, la firent à nouveau regarder et parler toute seule, si c'est parler que tenir un langage muet qui se traduit seulement par des gesticulations. Si belle encore, elle était devenue — ce qu'elle n'avait jamais été, — infiniment sympathique ; car elle qui avait trompé Swann et tout le monde, c'était l'univers entier qui maintenant la trompait ; et elle était devenue si faible qu'elle n'osait même plus, les rôles étant retournés, se défendre contre les hommes. Et bientôt elle ne se défendrait pas contre la mort. Mais après cette anticipation revenons trois ans en arrière, c'est-à-dire à la matinée où nous sommes chez la Princesse de Guermantes.

Bloch m'ayant demandé de le présenter au maître de maison, je ne fis à cela pas l'ombre des difficultés auxquelles je m'étais heurté, le jour où j'avais été pour la première fois en soirée chez le Prince de Guermantes, qui m'avaient semblé naturelles, alors que maintenant cela me semblait si simple de lui présenter un de ses invités, et cela m'eût même paru simple de me permettre de lui amener et présenter à l'improviste quelqu'un qu'il n'eût pas invité. Etait-ce parce que

depuis cette époque lointaine, j'étais devenu un
« familier », quoique depuis quelque temps un « oublié » de ce monde où alors j'étais si nouveau ;
était-ce au contraire parce que n'étant pas un véritable homme du monde, tout ce qui fait difficulté
pour eux n'existait plus pour moi, une fois la timidité
tombée ; était-ce parce que les êtres ayant peu à peu
laissé tomber devant moi leur premier, souvent leur
second et leur troisième aspects factices, je sentais
derrière la hauteur dédaigneuse du Prince une grande
avidité humaine de connaître des êtres, de faire la
connaisance de ceux-là même qu'ils affectent de
dédaigner. Etait-ce parce que aussi le prince avait
changé comme tous ces insolents de la jeunesse et
de l'âge mûr, à qui la vieillesse apporte sa douceur
(d'autant plus que les hommes débutants et les
idées inconnues contre lesquels ils regimbaient, ils
les connaissaient depuis longtemps de vue et les
savaient reçus autour d'eux), surtout si cette vieillesse a pour adjuvant quelques vertus, ou quelques
vices qui étendent les relations, ou la révolution
que fait une conversion politique, comme celle du
prince au dreyfusisme.

Bloch m'interrogeait comme moi je faisais
autrefois en entrant dans le monde, comme il
m'arrivait encore de faire sur les gens que j'yi
avais connus alors et qui étaient aussi loin, a uss
à part de tout, que ces gens de Combray qu'il
m'était souvent arrivé de vouloir « situer » exactement. Mais Combray avait pour moi une forme si
à part, si impossible à confondre avec le reste, que
c'était un puzzle que je ne pouvais jamais arriver
à faire rentrer dans la carte de France. « Alors
je ne peux avoir aucune idée de ce qu'était jadis

le Prince de Guermantes en me représentant Swann,
ou M. de Charlus » me demandait Bloch à qui
j'avais longtemps emprunté sa manière de parler
et qui maintenant imitait souvent la mienne.
« Nullement ». « Mais en quoi consiste la différence ? », « Il aurait fallu les entendre parler
entre eux, pour la saisir, mais c'est maintenant
impossible, Swann est mort et M. de Charlus ne
vaut guère mieux. Mais ces différences étaient
énormes ». Et tandis que l'œil de Bloch brillait en
pensant à ce que pouvait être la conversation de
ces personnages merveilleux, je pensais que je lui
exagérais le plaisir que j'avais eu à me trouver
avec eux, n'en ayant jamais ressenti que quand
j'étais seul, et l'impression des différenciations véritables n'ayant lieu que dans notre imagination.
Bloch s'en aperçut-il ? « Tu me peins peut-être cela
trop en beau, me dit-il ; ainsi la maîtresse de maison d'ici, la Princesse de Guermantes, je sais bien
qu'elle n'est plus jeune, mais enfin il n'y a pas tellement longtemps que tu me parlais de son charme
incomparable, de sa merveilleuse beauté. Certes je
reconnais qu'elle a grand air, et elle a bien ces yeux
extraordinaires dont tu me parlais, mais enfin je
ne la trouve pas tellement inouie que tu disais.
Evidemment elle est très racée mais enfin ». Je fus
obligé de dire à Bloch qu'il ne me parlait pas de
la même personne. La Princesse de Guermantes en
effet était morte et c'est l'ex-Madame Verdurin que
le prince ruiné par la défaite allemande, avait
épousée et que Bloch ne reconnaissait pas. « Tu te
trompes, j'ai cherché dans le Gotha de cette année
me confessa naïvement Bloch et j'ai trouvé le prince
de Guermantes, habitant l'hôtel où nous sommes et

marié à tout ce qu'il y a de plus grandiose, attends
un peu que je me rappelle, marié à Sidonie, duchesse
de Duras, née des Beaux. En effet, Mme Verdurin,
peu après la mort de son mari avait épousé le vieux
duc de Duras, ruiné, qui l'avait faite cousine du
prince de Guermantes, et était mort après deux
ans de mariage. Il avait été pour Mme Verdurin
une transition fort utile et maintenant celle-ci par
un troisième mariage était Princesse de Guermantes
et avait dans le faubourg Saint-Germain une grande
situation qui eût fort étonné à Combray où les dames
de la rue de l'Oiseau, la fille de Mme Goupil et la belle
fille Mme de Sazerat, toutes ces dernières années,
avant que Mme Verdurin ne fût Princesse de Guermantes, avaient dit en ricanant : « la Duchesse de
Duras », comme si c'eût été un rôle que Mme Verdurin eût tenu au théâtre. Même le principe des castes
voulant qu'elle mourût Mme Verdurin, ce titre qu'on
ne s'imaginait lui conférer aucun pouvoir mondain
nouveau, faisait plutôt mauvais effet. « Faire parler
d'elle » cette expression qui dans tous les mondes
est appliquée à une femme qui a un amant, pouvait
l'être dans le Faubourg St-Germain à celles qui
publient des livres, dans la bourgeoisie de Combray
à celles qui font des mariages, dans un sens ou dans
l'autre « disproportionnés ». Quand elle eut épousé
le Prince de Guermantes, on dut se dire que c'était
un faux Guermantes, un escroc. Pour moi, à me figurer cette identité de titre, de nom qui faisait qu'il y
avait encore une Princesse de Guermantes et qu'elle
n'avait aucun rapport avec celle qui m'avait tant
charmé et qui n'était plus, qui était comme une
morte sans défense à qui on l'eût volé, il y avait quelque chose d'aussi douloureux qu'à voir les objets

qu'avait possédés la Princesse Hedwige, comme son château, comme tout ce qui avait été à elle et dont une autre jouissait. La succession au nom est triste comme toutes les successions, comme toutes les usurpations de propriété ; et toujours sans interruptions, viendraient comme un flot, de nouvelles Princesses de Guermantes, ou plutôt millénaire, remplacée d'âge en âge dans son emploi par une femme différente, vivrait une seule Princesse de Guermantes, ignorante de la mort, indifférente à tout — ce qui change et blesse nos cœurs — et le nom comme la mer refermerait sur celles qui sombrent de temps à autre, sa toujours pareille et immémoriale placidité.

Mais — contradiction avec cette permanence, — les anciens habitués assuraient que dans le monde tout était changé, qu'on y recevait des gens que jamais de leur temps on n'aurait reçu et comme on dit : « c'était vrai, et ce n'était pas vrai. » Ce n'était pas vrai parce qu'ils ne se rendaient pas compte de la courbe du temps qui faisait que ceux d'aujourd'hui voyaient ces gens nouveaux à leur point d'arrivée tandis qu'eux se les rappelaient à leur point de départ. Et quand eux, les anciens, étaient entrés dans le monde, il y avait là des gens arrivés dont d'autres se rappelaient le départ. Une génération suffit pour que s'y ramène ce changement qui en des siècles s'est fait pour le nom bourgeois d'un Colbert devenu nom noble. Et d'autre part cela pourrait être vrai, car si les personnes changent de situation, les idées et les coutumes les plus indéracinables (de même que les fortunes et les alliances de pays et les haines de pays) changent aussi, parmi lesquelles même celles de ne recevoir que des gens chics. Non seulement le snobisme change de forme, mais il pourrait disparaître comme la guerre même, et les radicaux, les juifs être reçus au Jockey.

Certes, même ce changement extérieur dans les figures que j'avais connues, n'était que le symbole d'un changement intérieur qui s'était effectué jour par jour. Peut-être les gens avaient-ils continué à accomplir les mêmes choses, mais, jour par jour, l'idée qu'ils se faisaient d'elles et des êtres qu'ils fréquentaient ayant un peu de vie, au bout de quelques années, sous les mêmes noms c'était d'autres choses, d'autres gens qu'ils aimaient, et étant devenus d'autres personnes, il eût été étonnant qu'ils n'eussent pas eu de nouveaux visages.

Si dans ces périodes de vingt ans les conglomérats de coteries se défaisaient et se reformaient selon l'attraction d'astres nouveaux destinés d'ailleurs eux aussi à s'éloigner, puis à reparaître, des cristallisations puis des émiettements suivis de cristallisations nouvelles avaient lieu dans l'âme des êtres. Si pour moi la Duchesse de Guermantes avait été bien des personnes, pour la Duchesse de Guermantes, pour Mme Swann, etc., telle personne donnée avait été un favori d'une époque précédent l'affaire Dreyfus, puis un fanatique ou un imbécile à partir de l'affaire Dreyfus, qui avait changé pour eux la valeur des êtres et reclassé autour les partis, lesquels s'étaient depuis encore défaits et refaits. Ce qui y sert puissamment et y ajoute son influence aux pures affinités intellectuelles, c'est le temps écoulé qui nous fait oublier nos antipathies, nos dédains, les raisons mêmes qui expliquaient nos antipathies et nos dédains. Si on eut jadis analysé l'élégance de la jeune Mme Léonor de Cambremer, on y eût trouvé qu'elle était la nièce du marchand de notre maison, Jupien et que ce qui avait pu s'ajouter à cela pour la rendre brillante, c'était que son père procurait des hommes à M. de Charlus. Mais tout cela combiné avait produit des effets scintillants, alors que les causes déjà lointaines, non seulement étaient inconnues de beaucoup de nouveaux, mais encore que ceux qui les avaient connues, les avaient oubliées, pensant beaucoup plus à l'éclat actuel qu'aux hontes passées car on prend toujours un nom dans son acception actuelle. Et c'était l'intérêt de ces transformations des salons qu'elles étaient aussi un effet du temps perdu et un phénomène de mémoire.

Parmi les personnes présentes, se trouvait un homme considérable qui venait dans un procès fameux de donner un témoignage dont la seule valeur résidait dans sa haute moralité devant laquelle les juges et les avocats s'étaient unanimement inclinés et qui avait entraîné la condamnation de deux personnes. Aussi y eut-il un mouvement de curiosité et de déférence quand il entra. C'était Morel. J'étais peut-être seul à savoir qu'il avait été entretenu par M. de Charlus, puis par St-Loup et en même temps par un ami de St-Loup. Malgré ces souvenirs, il me dit bonjour avec plaisir quoique avec réserve. Il se rappelait le temps où nous nous étions vus à Balbec et ces souvenirs avaient pour lui la poésie et la mélancolie de la jeunesse.

Mais il y avait aussi des personnes que je ne pouvais pas reconnaître pour la raison que je ne les avais connues, car, aussi bien que sur les êtres eux-mêmes, le temps avait aussi, dans ce salon, exercé sa chimie sur la société. Ce milieu en la nature spécifique duquel, définie par certaines affinités qui lui attiraient tous les grands noms princiers de l'Europe et par la répulsion qui éloignait d'elle tout élément non aristocratique, j'avais trouvé un refuge matériel pour ce nom de Guermantes auquel il prêtait sa dernière réalité, ce milieu avait lui-même subi dans sa constitution intime et que j'avais crue stable, une altération profonde. La présence de gens que j'avais vus dans de tout autres sociétés et qui me semblaient ne devoir jamais pénétrer dans celle-là, m'étonna moins encore que l'intime familiarité avec laquelle ils y étaient reçus, appelés par leur prénom ; un certain ensemble de préjugés aristocratiques, de snobisme qui jadis écartait automatiquement du nom de Guermantes tout ce qui ne s'harmonisait pas avec lui, avait cessé de fonctionner.

Certains étrangers qui, quand j'avais débuté dans le monde, donnaient de grands dîners où ils ne recevaient que la Princesse de Guermantes, la Duchesse de Guermantes, la Princesse de Parme et étaient chez ces dames à la place d'honneur, passaient pour ce qu'il y a de mieux assis dans la société d'alors et l'étaient peut-être, avaient passé sans laisser aucune trace. Etaient-ce des étrangers en mission diplomatique repartis pour leur pays ? Peut-être un scandale, un suicide, un enlèvement les avait-il empêchés de reparaître dans le monde, ou bien étaient-ils allemands. Mais leur nom ne devait son lustre qu'à leur situation d'alors et n'était plus porté par personne : on ne savait même pas qui je voulais dire ; si je parlais d'eux en essayant d'épeler le nom, on croyait à des rastaquouères.

Les personnes qui n'auraient pas dû, selon l'ancien code social, se trouver là avaient à mon grand étonnement, pour meilleures amies, des personnes admirablement nées, lesquelles n'étaient venues s'embêter chez la Princesse de Guermantes qu'à cause de leurs nouvelles amies. Car ce qui caractérisait le plus cette société, c'était sa prodigieuse aptitude au déclassement.

Détendus ou brisés, les ressorts de la machine refoulante ne fonctionnaient plus, mille corps étrangers y pénétraient, lui ôtaient toute homogénéité, toute tenue, toute couleur. Le faubourg Saint-Germain comme une douairière gâteuse ne répondait que par des sourires timides à des domestiques insolents qui envahissaient ses salons, buvaient son orangeade et lui présentaient ses maîtresses. Encore la sensation du temps écoulé et de l'anéantissement d'une partie de mon passé disparu, m'était-elle donnée moins vivement encore par la destruction de cet ensemble cohérent (qu'avait été le salon Guermantes) d'éléments dont mille nuances, mille raisons expliquaient la présence, la fréquence, la coordination qu'expliquée par l'anéantissement même de la connaissance des mille raisons, des mille nuances qui faisait que tel qui s'y trouvait encore maintenant y était tout naturellement indiqué et à sa place, tandis que tel autre qui l'y coudoyait y présentait une nouveauté suspecte. Cette ignorance n'était pas que du monde, mais de la politique, de tout. Car la mémoire dure moins que la vie chez les individus, et d'ailleurs de très jeunes qui n'avaient jamais eu les souvenirs abolis chez les autres, faisant maintenant partie du monde, et très légitimement même au sens nobiliaire, les débuts étant oubliés ou ignorés, on prenait les gens — au point d'élévation ou de chute — où ils se trouvaient, croyant qu'il en avait toujours été ainsi, et que la Princesse de

Guermantes et Bloch avaient toujours eu la plus grande situation, que Clémenceau et Viviani avaient toujours été conservateurs. Et comme certains faits ont plus de durée, le souvenir exécré de l'Affaire Dreyfus persistant vaguement chez eux grâce à ce que leur avaient dit leurs pères, si on leur disait que Clémenceau avait été dreyfusard, ils disaient : « Pas possible, vous confondez, il est juste de l'autre côté ». Des ministres tarés et d'anciennes filles publiques étaient tenus pour des parangons de vertu. Quelqu'un ayant demandé à un jeune homme de la plus grande famille s'il n'y avait pas eu quelque chose à dire sur la mère de Gilberte, le jeune seigneur répondit qu'en effet dans la première partie de son existence, elle avait épousé un aventurier du nom de Swann, mais qu'ensuite elle avait épousé un des hommes les plus en vue de la société, le Comte de Forcheville. Sans doute quelques personnes encore dans ce salon, la Duchesse de Guermantes par exemple eussent souri de cette assertion (qui, niant l'élégance de Swann, me paraissait monstrueuse, alors que moi-même jadis à Combray, j'avais cru avec ma grand' tante que Swann ne pouvait connaître des « princesses ») et aussi des femmes qui eussent pu se trouver là mais qui ne sortaient plus guère, les Duchesses de Montmorency, de Mouchy, de Sagan, qui avaient été les amis intimes de Swann et n'avaient jamais aperçu ce Forcheville, non reçu dans le monde au temps où elles y allaient encore. Mais précisément c'est que la société d'alors, de même que les visages aujourd'hui modifiés et les cheveux blonds remplacés par des cheveux blancs, n'existait plus que dans la mémoire d'êtres dont le nombre diminuait tous les jours. Bloch pendant la guerre avait cessé de « sor-

tir », de fréquenter ses anciens milieux d'autrefois
où il faisait piètre figure. En revanche, il n'avait cessé
de publier de ces ouvrages dont je m'efforçais aujour
d'hui, pour ne pas être entravé par elle, de détruire
l'absurde sophistique, ouvrages sans originalité,
mais qui donnaient aux jeunes gens et à beaucoup de
femmes de monde l'impression d'une hauteur intellectuelle peu commune, d'une sorte de génie. Ce
fut donc après une scission complète entre son
ancienne mondanité et la nouvelle, que dans une
société reconstituée, il avait fait, pour une phase
nouvelle de sa vie, honorée, glorieuse, une apparition de grand homme. Les jeunes gens ignoraient
naturellement qu'il fit à cet âge-là des débuts dans
la société d'autant que le peu de noms qu'il avait
retenus dans la fréquentation de St-Loup lui per-
mettaient de donner à son prestige actuel une sorte
de recul indéfini. En tous cas il paraissait un de ces
hommes de talent qui à toute époque ont fleuri dans
le grand monde et on ne pensait pas qu'il eût jamais
vécu ailleurs.

Dès que j'eus fini de parler au Prince de Guermantes, Bloch se saisit de moi et me présenta à une
jeune femme qui avait beaucoup entendu parler
de moi par la Duchesse de Guermantes. Si les gens
des nouvelles générations tenaient la duchesse de
Guermantes pour peu de chose parce qu'elle connaissait des actrices, etc., les dames — aujourd'hui
vieilles — de la famille, la considéraient toujours
comme un personnage extraordinaire, d'une part
parce qu'elles savaient exactement sa naissance,
sa primauté héraldique, ses intimités avec ce que
Mme de Forcheville eût appelé des « royalties », mais
encore parce qu'elle dédaignait de venir dans la

famille, s'y ennuyait et qu'on savait qu'on n'y pouvait jamais compter sur elle. Ses relations théâtrales et politiques, d'ailleurs mal sues, ne faisaient qu'augmenter sa rareté, donc son prestige. De sorte que tandis que dans le monde politique et artistique on la tenait pour une créature mal définie, une sorte de défroquée du Faubourg St-Germain qui fréquente les sous-secrétaires d'état et les étoiles, dans ce même faubourg St-Germain, si on donnait une belle soirée, on disait : « Est-ce même la peine d'inviter Marie Sosthènes, elle ne viendra pas. Enfin pour la forme, mais il ne faut pas se faire d'illusions ». Et si vers 10 h. 1/2, dans une toilette éclatante, paraissant, de ses yeux durs pour elles, mépriser toutes ses cousines, entrait Marie Sosthènes qui s'arrêtait sur le seuil avec une sorte de majestueux dédain, et si elle restait une heure, c'était une plus grande fête pour la vieille grande dame qui donnait la soirée qu'autrefois pour un directeur de théâtre que Sarah Bernhardt qui avait vaguement promis un concours sur lequel on ne comptait pas, fût venue et eût, avec une complaisance et une simplicité infinies, récité au lieu du morceau promis, vingt autres. La présence de Marie Sosthènes à laquelle les chefs de cabinet parlaient de haut en bas et qui n'en continuait pas moins (l'esprit mène ainsi le monde) à chercher à en connaître de plus en plus, venait de classer la soirée de la douairière, où il n'y avait pourtant que des femmes excessivement chic, en dehors et au dessus de toutes les autres soirées de douairières de la même « season » (comme aurait encore dit Mme de Forcheville) mais pour lesquelles soirées ne s'était pas dérangée Marie Sosthènes qui était une des femmes les plus élégantes du jour. Le nom de la jeune femme à laquelle Bloch m'avait présenté m'était entièrement inconnu et celui des différents Guermantes ne devait pas lui être très familier, car elle demanda à une américaine, à quel titre Mme de St-Loup avait l'air si intime avec toute la plus brillante société qui se trouvait là. Or, cette américaine était mariée au Comte de Furcy, parent obscur des Forcheville et pour lequel ils représentaient ce qu'il y a de plus brillant au monde. Aussi répondit-elle tout naturellement : « Quand ce ne serait que parce qu'elle est née Forcheville. C'est ce qu'il y a de plus grand. » Encore Mme de Furcy tout en croyant naïvement le nom de Forcheville supérieur à celui de St-Loup, savait-elle du moins ce qu'était ce dernier. Mais la charmante amie de Bloch et de la Duchesse de Guermantes l'ignorait absolument, et étant assez étourdie, répondit de bonne foi à une jeune fille qui lui demandait comment Mme de St-Loup était parente du maître de la maison, le Prince de Guermantes : « Par les Forcheville », renseignement que la jeune fille communiqua comme si elle l'avait possédé de tout temps, à une de ses amies, laquelle ayant mauvais caractère et étant nerveuse, devint rouge comme un coq la première fois qu'un monsieur lui dit que ce n'était pas par les Forcheville que Gilberte tenait aux Guermantes, de sorte que le monsieur crut qu'il s'était trompé, adopta l'erreur et ne tarda pas à la propager. Les dîners, les fêtes mondaines, étaient pour l'Américaine une sorte d'Ecole Berlitz. Elle entendait les noms et les répétait sans avoir connu préalablement leur valeur, leur portée exacte. On expliqua à quelqu'un qui demandait si Tansonville venait à Gilberte de son père M. de Forcheville, que cela ne venait pas du tout par là, que c'était une terre de la famille de son mari, que Tansonville était voisin de Guermantes, appartenait à Mme de Marsantes, mais étant très hypothétique avait été racheté, en dot, par Gilberte. Enfin un vieux de la vieille ayant évoqué Swann ami des Sagan et des Mouchy et l'américaine amie de Bloch, ayant demandé comment je l'avais connu, déclara que je l'avais connu chez Mme de Guermantes, ne se doutant pas du voisin de campagne, jeune ami de mon grand-père qu'il représentait pour moi. Des méprises de ce genre ont été commises par les hommes les plus fameux et passent pour particulièrement graves dans toute société conservatrice. St-Simon voulant montrer que Louis XIV était d'une ignorance qui « le fit tomber quelquefois en public, dans les absurdités les plus grossières » ne donne de cette ignorance que deux exemples, à savoir que le Roi ne sachant pas que Rénel était de la famille de Clermont-Gallerande ni St-Hérem de celle de Montmorin, les traita en hommes de peu. Du moins en ce qui concerne St-Hérem, avons-nous la consolation de savoir que le Roi ne mourut pas dans l'erreur, car il fut détrompé : « fort tard » par M. de la Rochefoucauld. « Encore » ajoute St-Simon avec un peu de pitié « lui fallut-il expliquer quelles étaient ces maisons que leur nom ne lui apprenait pas. » Cet oubli si vivace qui recouvre si rapidement le passé le plus récent, cette ignorance si envahissante, créent par contrecoup une valeur d'érudition à un petit savoir d'autant plus précieux qu'il est peu répandu, s'appliquant à la généalogie des gens, à leurs vraies situations, à la raison d'amour, d'argent ou autre pourquoi ils se sont alliés à telle famille, ou mésalliés, savoir prisé dans toutes les sociétés où règne un esprit conservateur, savoir que mon grand-père possédait au plus haut degré, concernant la bourgeoisie de Combray et de Paris, savoir que St-Simon prisait tant que au moment où il célèbre la merveilleuse intelligence du Prince de Conti, avant même de parler des sciences, ou plutôt comme si c'était la première des sciences, il le loue d'avoir été « un très bel esprit, lumineux, juste, exact, étendu, d'une lecture infinie, qui n'oubliait rien, qui connaissait les généalogies, leurs chimères et leurs réalités, d'une politesse distinguée selon le rang, le mérite, rendant tout ce que les princes du sang doivent et qu'ils ne rendent plus. Il s'en expliquait même et, sur leurs usurpations, l'histoire des livres et des conversations lui fournissait de quoi placer ce qu'il trouvait de plus obligeant sur la naissance, les emplois, etc. » Moins brillant, pour tout ce qui avait trait à la bourgeoisie de Combray et de Paris, mon grand père ne le savait pas avec moins d'exactitude et ne le savourait pas avec moins de gourmandise. Ces gourmets-là, ces amateurs-là étaient déjà devenus peu nombreux qui savaient que Gilberte n'était pas Forcheville, ni Mme de Cambremer, Méséglise, ni la plus jeune une Valintonais. Peu nombreux, peut-être même pas recrutés dans la plus haute aristocratie (ce ne sont pas forcément les dévots, ni même les catholiques, qui sont le plus savants concernant la Légende Dorée ou les vitraux du xiiie siècle), mais souvent dans une aristocratie secondaire, plus friande de ce qu'elle n'approche guère et qu'elle a d'autant plus le loisir d'étudier qu'elle le fréquente moins, se retrouvant avec plaisir, faisant la connaissance les uns des autres, donnant de succulents dîners de corps comme

la société des bibliophiles ou des amis de Reims,
dîners où on déguste des généalogies. Les femmes
n'y sont pas admises, mais les maris en rentrent en
disant à la leur « j'ai fait un dîner intéressant.
Il y avait un M. de la Raspelière qui nous a tenus
sous le charme en nous expliquant que cette Mme de
St-Loup qui a cette jolie fille n'est pas du tout née
Forcheville. C'est tout un roman ».

L'amie de Bloch et de la duchesse de Guermantes
n'était pas seulement élégante et charmante, elle
était intelligente aussi, et la conversation avec elle
était agréable mais m'était rendue difficile parce que
ce n'était pas seulement le nom de mon interlocutrice qui était nouveau pour moi mais celui d'un
grand nombre de personnes dont elle me parla et
qui formaient actuellement le fond de la société.
Il est vrai que d'autre part comme elle voulait
m'entendre raconter des histoires, beaucoup de
ceux que je lui citai ne lui dirent absolument rien,
ils étaient tous tombés dans l'oubli, du moins ceux
qui n'avaient brillé que de l'éclat individuel d'une
personne et n'étaient pas le nom générique et permanent de quelque célèbre famille aristocratique
(dont la jeune femme savait rarement le titre exact,
supposant des naissances inexactes sur un nom qu'elle
avait entendu de travers la veille dans un dîner),
et elle ne les avait pour la plupart jamais entendu
prononcer n'ayant commencé à aller dans le monde
(non seulement parce qu'elle était encore jeune, mais
parce qu'elle habitait depuis peu la France et n'avait
pas été reçue tout de suite) que quelques années
après que je m'en étais moi-même retiré. De sorte
que si nous avions en commun un même vocabu-
laire de mots, pour les noms, celui de chacun de

nous était différent. Je ne sais comment le nom de Mme Leroi tomba de mes lèvres et par hasard, mon interlocutrice, grâce à quelque vieil ami, galant auprès d'elle, de Mme de Guermantes, en avait entendu parler. Mais inexactement comme je le vis au ton dédaigneux dont cette jeune femme snob me répondit : « Si je sais qui est Mme Leroi, une vieille amie de Bergotte » d'un ton qui voulait dire « une personne que je n'aurais jamais voulu faire venir chez moi. » Je compris très bien que le vieil ami de Mme de Guermantes en parfait homme du monde imbu de l'esprit des Guermantes dont un des traits était de ne pas avoir l'air d'attacher d'importance aux fréquentations aristocratiques, avait trouvé trop bête et trop anti-Guermantes de dire : « Mme Leroi, qui fréquentait toutes les Altesses, toutes les duchesses » et il avait préféré dire : « Elle était assez drôle. Elle a répondu un jour à Bergotte ceci ». Seulement pour les gens qui ne savent pas, ces renseignements par la conversation équivalent à ceux que donne la Presse aux gens du peuple et qui croient alternativement selon leur journal que M. Loubet et M. Reinach sont des voleurs ou de grands citoyens. Pour mon interlocutrice, Mme Leroi avait été une espèce de Mme Verdurin première manière avec moins d'éclat et dont le petit clan eût été limité au seul Bergotte... Cette jeune femme est d'ailleurs une des dernières qui, par un pur hasard, ait entendu le nom de Mme Leroi. Aujourd'hui personne ne sait plus qui c'est, ce qui est du reste parfaitement juste. Son nom ne figure même pas dans l'index des mémoires posthumes de Mme de Villeparisis de laquelle Mme Leroi occupa tant l'esprit. La Marquise n'a d'ailleurs pas parlé de Mme Leroi moins parce que celle-ci de son vivant avait été peu aimable pour elle, que parce que personne ne pouvait s'intéresser à elle après sa mort, et ce silence est dicté moins par la rancune mondaine de la femme que par le tact littéraire de l'écrivain. Ma conversation avec l'élégante amie de Bloch fut charmante, car cette jeune femme était intelligente mais cette différence entre nos deux vocabulaires la rendait malaisée et en même temps instructive. Nous avons beau savoir que les années passent, que la jeunesse fait place à la vieillesse, que les fortunes et les trônes les plus solides s'écroulent, que la célébrité est passagère, notre manière de prendre connaisance et pour aini dire de prendre le cliché de cet univers mouvant, entraîné par le Temps, l'immobilise au contraire. De sorte que nous voyons toujours jeunes les gens que nous avons connus jeunes, que ceux que nous avons connus vieux, nous les parons rétrospectivement dans le passé des vertus de la vieillesse, que nous nous fions sans réserve au crédit d'un milliardaire et à l'appui d'un souverain, sachant par le raisonnement mais ne croyant pas effectivement qu'ils pourront être demain des fugitifs dénués de pouvoir. Dans un champ plus restreint et de mondanité pure comme dans un problème plus simple qui initie à des difficultés plus complexes mais de même ordre, l'inintelligibilité qui résultait de notre conversation avec la jeune femme du fait que nous avions vécu dons un certain monde à vingt-cinq ans de distance, me donnait l'impression et aurait pu fortifier chez moi le sens de l'histoire. Du reste, il faut bien dire que cette ignorance des situations réelles qui tous les dix ans fait surgir les élus dans leur apparence actuelle et comme si le passé n'existait pas, qui empêche pour

une américaine fraîchement débarquée, de voir que
M. de Charlus avait eu la plus grande situation de
Paris à une époque où Bloch n'en avait aucune,
et que Swann qui faisait tant de frais pour M. Bon-
temps avait été traité avec la plus grande amitié
par le Prince de Galles, cette ignorance n'existe pas
seulement chez les nouveaux venus, mais chez ceux
qui ont fréquenté toujours des sociétés voisines, et
cette ignorance chez ces derniers comme chez les
autres est aussi un effet (mais cette fois s'exerçant
sur l'individu et non sur la courbe sociale) du Temps.
Sans doute, nous avons beau changer de milieu,
de genre de vie, notre mémoire en retenant le fil
de notre personnalité identique attache à elle, aux
époques successives, le souvenir des sociétés où nous
avons vécu, fut-ce quarante ans plus tôt. Bloch
chez le Prince de Guermantes savait parfaitement
l'humble milieu juif où il avait vécu à dix-huit ans,
et Swann quand il n'aima plus Mme Swann mais une
femme qui servait le thé chez ce même Colombin
où Mme Swann avait cru quelque temps qu'il était
chic d'aller, comme au thé de la rue Royale, Swann
savait très bien sa valeur mondaine, se rappelant
Twikenham, n'avait aucun doute sur les raisons
pour lesquelles il allait plutôt chez Colombin que
chez la Ducheese de Broglie et savait parfaitement
qu'eût-il été lui-même mille fois moins « chic »,
cela ne l'eût pas empêché davantage d'aller chez
Colombin où à l'hôtel Ritz puisque tout le monde
peut y aller en payant. Sans doute les amis de Bloch
ou de Swann se rappelaient eux aussi la petite société
juive ou les invitations à Twickenham et ainsi les
amis comme des « moi » un peu moins distincts
de Swann et de Bloch ne séparaient pas dans leur

mémoire du Bloch élégant d'aujourd'hui, le Bloch
sordide d'autrefois, du Swann de chez Colombin
des derniers jours le Swann de Bukingham Palace.
Mais ces amis étaient en quelque sorte dans la vie,
les voisins de Swann ; la leur s'était développée sur
une ligne assez voisine pour que leur mémoire pût
être assez pleine de lui ; mais chez d'autres plus
éloignés de Swann, à une distance plus grande de
lui, non pas précisément socialement, mais d'intimité, qui avait fait la connaissance plus vague et
les rencontres très rares, les souvenirs moins nombreux, avaient rendu les notions plus flottantes.
Or, chez des étrangers de ce genre, au bout de trente
ans, on ne se rappelle plus rien de précis qui puisse
prolonger dans le passé et changer de valeur l'être
qu'on a sous les yeux. J'avais entendu dans les dernières années de la vie de Swann des gens du monde
pourtant à qui on parlait de lui, dire et comme si
ç'avait été son titre de notoriété : « Vous parlez du
Swann de chez Colombin ? » J'entendais maintenant
des gens qui auraient pourtant dû savoir, dire en
parlant de Bloch « « Le Bloch-Guermantes ? Le familier des Guermantes ? » Ces erreurs qui scindent une
vie et en isolant le présent font de l'homme
dont on parle un autre homme, un homme différent,
une création de la veille, un homme qui n'est que
la condensation de ses habitudes actuelles (alors
que lui porte en lui-même la continuité de sa vie
qui le relie au passé), ces erreurs dépendent bien
aussi du Temps, mais elles sont non un phénomène
social, mais un phénomène de mémoire. J'eus dans
l'instant même un exemple d'une variété assez différente, il est vrai, mais d'autant plus frappante, de
ces oublis qui modifient pour nous l'aspect des

êtres. Un jeune neveu de Mme de Guermantes, le
Marquis de Villemandois, avait été jadis pour moi
d'une insolence obstinée qui m'avait conduit par
représailles à adopter à son égard une attitude si
insultante que nous étions devenus tacitement
comme deux ennemis. Pendant que j'étais en train
de réfléchir sur le temps à cette matinée chez la Princesse de Guermantes, il se fit présenter à moi en
disant qu'il croyait que j'avais connu de ses parents,
qu'il avait lu des articles de moi et désirait faire ou
refaire ma connaissance. Il est vrai de dire qu'avec
l'âge il était devenu, comme beaucoup, d'imperti-
nent sérieux, qu'il n'avait plus la même arrogance
et que d'autre part on parlait de moi, pour de bien
minces articles cependant, dans le milieu qu'il fréquentait. Mais ces raisons de sa cordialité et de ses
avances ne furent qu'accessoires. La principale, ou
du moins celle qui permit aux autres d'entrer en jeu,
c'est que, ou ayant une plus mauvaise mémoire que
moi, ou ayant attaché une attention moins soutenue
à mes ripostes que je n'avais fait autrefois à ses
attaques, parce que j'étais alors pour lui un bien
plus petit personnage qu'il n'était pour moi, il avait
entièrement oublié notre inimitié. Mon nom lui
rappelait tout au plus qu'il avait dû me voir, ou
quelqu'un des miens, chez une de ses tantes.. Et ne
sachant pas au juste s'il se faisait présenter ou représenter, il se hâta de me parler de sa tante, chez qui il
ne doutait pas qu'il avait dû me rencontrer, se rappelant qu'on y parlait souvent de moi, mais non nos
querelles. Un nom c'est tout ce qui reste bien souvent
pour nous d'un être, non pas même quand il est mort
mais de son vivant. Et nos notions actuelles sur lui
sont si vagues ou si bizarres, et correspondent si peu

à celles que nous avons eues de lui, que nous avons
entièrement oublié que nous avons failli nous battre
en duel avec lui mais nous nous rappelons qu'il portait enfant d'étranges guêtres jaunes aux Champs
Elysées, dans lesquels par contre, malgré que nous le
lui assurions, il n'a aucun souvenir d'avoir joué avec
nous. Bloch était entré en sautant comme une hyène.
Je pensais : « Il vient dans des salons où il n'eût pas
pénétré il y a vingt ans. » Mais il avait aussi vingt ans
de plus. Il était plus près de la mort. A quoi cela
l'avançait-il ? De près, dans la translucidité d'un
visage, où de plus loin et mal éclairé je ne voyais
que la jeunesse gaie (soit qu'elle y survécût, soit que
je l'y évoquasse), se tenait le visage presque effrayant
tout anxieux, d'un vieux Shylock attendant tout
grimé dans la coulisse le moment d'entrer en scène,
récitant déjà les premiers vers à mi-voix. Dans dix
ans, dans ces salons où leur veulerie l'aurait imposé,
il entrerait en béquillant, devenu maître, trouvant
une corvée d'être obligé d'aller chez les La Tré-
moille. A quoi cela l'avançait-il ?

Des changements produits dans la société, je
pouvais d'autant plus extraire des vérités impor-
tantes et dignes de cimenter une partie de mon
œuvre qu'ils n'étaient nullement, comme j'aurais
pu être au premier moment tenté de le croire, par-
ticuliers à notre époque. Au temps où moi-même
à peine parvenu, j'étais entré, plus nouveau que ne
l'était Bloch lui-même aujourd'hui, dans le milieu
des Guermantes, j'avais dû y contempler comme
faisant partie intégrante de ce milieu des éléments
absolument différents, agrégés depuis peu et qui
paraissaient étrangement nouveaux à de plus anciens
dont je ne les différenciais pas et qui eux-mêmes,

crus par les ducs d'alors, membres de tout temps du faubourg, y avaient eux, ou leurs pères, ou leurs grands'pères, été jadis des parvenus. Si bien que ce n'était pas la qualité d'hommes du grand monde qui rendait cette société si brillante, mais le fait d'avoir été assimilés plus ou moins complètement par cette société qui faisait de gens qui cinquante ans plus tard paraissaient tous pareils des gens du grand monde. Même dans le passé où je reculais le nom de Guermantes pour lui donner toute sa grandeur, et avec raison du reste, car sous Louis XIV, les Guermantes, quasi royaux, faisaient plus grande figure qu'aujourd'hui, le phénomène que je remarquais en ce moment se produisait de même. Ne les avait-on pas vu alors s'allier à la famille Colbert par exemple, laquelle aujourd'hui il est vrai, nous paraît très noble puisque épouser une Colbert semble un grand parti pour un Larochefoucauld. Mais ce n'est pas parce que les Colbert simples bourgeois alors étaient nobles que les Guermantes s'allièrent avec eux, c'est parce que les Guermantes s'allièrent avec eux qu'ils devinrent nobles. Si le nom d'Haussonville s'éteint avec le représentant actuel de cette maison, il tirera peut-être son illustration de descendre de Mme de Staël, alors qu'avant la révolution M. d'Haussonville, un des premiers seigneurs du royaume tirait vanité auprès de M. de Broglie de ne pas connaître le père de Mme de Stael et de ne pas pouvoir plus le présenter que M. de Broglie ne pouvait le présenter lui-même, ne se doutant guère que leurs fils épouseraient un jour l'un la fille, l'autre la petite-fille de l'auteur de *Corinne*. Je me rendais compte d'après ce que me disait la Duchesse de Guermantes, que j'aurais pu faire dans ce monde la

figure d'homme élégant non titré mais qu'on croit
volontiers affilié de tout temps à l'aristocratie, que
Swann y avait fait autrefois et avant lui M. Lebrun,
M. Ampère, tous ces amis de la Duchesse de Broglie
qui elle-même, était au début fort peu du grand
monde. Les premières fois que j'avais dîné chez
Mme de Guermantes, combien n'avais-je pas dû
choquer des hommes comme M. de Beaucerfeuil,
moins par ma présence que par des remarques témoi-
gnant que j'étais entièrement ignorant des souvenirs
qui constituaient son passé et donnaient sa forme
à l'usage qu'il avait de la société. Bloch un jour,
quand, devenu très vieux, il aurait une mémoire
assez ancienne du salon Guermantes tel qu'il se
présentait à ce moment à ses yeux, éprouverait
le même étonnement, la même mauvaise humeur en
présence de certaines intrusions et de certaines igno-
rances. Et d'autre part, il aurait sans doute contracté
et dispenserait autour de lui ces qualités de tact et
de discrétion que j'avais cru le privilège d'hommes
comme M. de Norpois et qui se reforment et s'in-
carnent dans ceux qui nous paraissent entre tous,
les exclure. D'ailleurs le cas qui s'était présenté pour
moi d'être admis dans la société des Guermantes,
m'avait paru quelque chose d'exceptionnel. Mais si
je sortais de moi et du milieu qui m'entourait
immédiatement, je voyais que ce phénomène social
n'était pas aussi isolé qu'il m'avait paru d'abord
et que du bassin de Combray où j'étais né, assez
nombreux en somme étaient les jets d'eau qui symétriquement à moi s'étaient élevés au dessus de la
même masse liquide qui les avait alimentés. Sans
doute les circonstances ayant toujours quelque chose
de particulier et les caractères d'individuel, c'étaient

de façons toutes différentes que Legrandin (par l'étrange mariage de son neveu) à son tour avait pénétré dans ce milieu, que la fille d'Odette s'y était apparentée, que Swann lui-même, et moi enfin y étions venus. Pour moi qui avais passé enfermé dans ma vie et la voyant du dedans, celle de Legrandin me semblait n'avoir aucun rapport et avoir suivi un chemin opposé, de même que celui qui suit le cours d'une rivière dans sa vallée profonde ne voit pas qu'une rivière divergente, malgré les écarts de son cours, se jette dans le même fleuve. Mais à vol d'oiseau comme fait le statisticien qui néglige la raison sentimentale, les imprudences évitables qui ont conduit telle personne à la mort, et compte seulement le nombre de personnes qui meurent par an, on voyait que plusieurs personnes, parties d'un même milieu dont la peinture a occupé le début de ce récit, étaient parvenues dans un autre tout différent, et il est probable que comme il se fait par an à Paris un nombre moyen de mariages tout autre milieu bourgeois cultivé et riche eût fourni une proportion à peu près égale de gens comme Swann, comme Legrandin, comme moi et comme Bloch qu'on retrouverait se jetant dans l'océan du « grand monde ». Et d'ailleurs ils s'y reconnaissaient, car si le jeune Comte de Cambremer émerveillait tout le monde par sa distinction, sa grâce, sa sobre élégance, je reconnaissais en elles — en même temps que dans son beau regard et dans son désir ardent de parvenir — ce qui caractérisait déjà son oncle Legrandin. c'est-à-dire un vieil ami fort bourgeois, quoique de tournure aristocratique, de mes parents.

La bonté, simple maturation qui a fini par sucrer des natures plus primitivement acides que celle de

Bloch, est aussi répandue que ce sentiment de la justice qui fait que si notre cause est bonne, nous ne devons pas plus redouter un juge prévenu qu'un juge ami. Et les petits enfants de Bloch seraient bons et discrets presque de naissance. Bloch n'en était peut-être pas encore là. Mais je remarquai que lui qui jadis feignait de se croire obligé à faire deux heures de chemin de fer pour aller voir quelqu'un qui ne le lui avait guère demandé, maintenant qu'il recevait beaucoup d'invitations, non seulement à déjeuner et à dîner, mais à venir passer quinze jours ici, quinze jours là, en refusait beaucoup et sans le dire, sans se vanter de les avoir reçues, de les avoir refusées. La discrétion, discrétion dans les actions, dans les paroles, lui était venue avec la situation sociale et l'âge, avec une sorte d'âge social, si l'on peut dire. Sans doute Bloch était jadis indiscret autant qu'incapable de bienveillance et de conseils. Mais certains défauts, certaines qualités sont moins attachés à tel individu, à tel autre, qu'à tel ou tel moment de l'existence considéré au point de vue social. Ils sont presque extérieurs aux individus, lesquels passent dans leur lumière, comme sous des solstices variés, préexistants, généraux, inévitables. Les médecins qui cherchent à se rendre compte si tel médicament diminue ou augmente l'acidité de l'estomac, active ou ralentit ses secrétions, obtiennent des résultats différents, non pas selon l'estomac sur les secrétions duquel ils prélèvent un peu de suc gastrique, mais selon qu'ils le lui empruntent à un moment plus ou moins avancé de l'ingestion du remède.

LE TEMPS RETROUVÉ

* * *

Ainsi à chacun des moments de sa durée, le nom de Guermantes considéré comme un ensemble de tous les noms qu'il admettait en lui, autour de lui, subissait des déperditions, recrutait des éléments nouveaux comme ces jardins où à tout moment des fleurs à peine en bouton et se préparant à remplacer celles qui se flétrissent déjà, se confondent dans une masse qui semble pareille sauf à ceux qui n'ont pas toujours vu les nouvelles venues et gardent dans leur souvenir l'image précise de celles qui ne sont plus.

Plus d'une des personnes que cette matinée réunissait ou dont elle m'évoquait le souvenir, me donnait les aspects qu'elle avait tour à tour présentés pour moi, par les circonstances différentes, opposées, d'où elle avait, les unes après les autres, surgi devant moi, faisait ressortir les aspects variés de ma vie, les différences de perspective, comme un accident de terrain, de colline ou château, qui apparaissant tantôt à droite, tantôt à gauche, semble d'abord dominer une forêt, ensuite sortir d'une vallée, et révéler ainsi au voyageur, des changements d'orientation et des différences d'altitude dans la route qu'il suit. En remontant de plus en plus haut, je finissais par trouver des images d'une même personne séparées par un intervalle de temps si long, conservées par des moi si distincts, ayant elles-mêmes des significations si différentes, que je les omettais d'habitude quand je croyais embrasser le cours passé de mes relations avec elles, que j'avais même cessé de penser qu'elles étaient les mêmes que j'avais connues

autrefois et qu'il me fallait le hasard d'un éclair
d'attention pour les rattacher, comme à une étymologie, à cette signification primitive qu'elles avaient
eue pour moi. Mlle Swann me jetait de l'autre côté
de la haie d'épines roses, un regard dont j'avais
dû d'ailleurs rétrospectivement retoucher la signification qui était du désir. L'amant de Mme Swann,
selon la chronique de Combray, me regardait derrière cette même haie d'un air dur qui n'avait pas
non plus le sens que je lui avais donné alors, et ayant
d'ailleurs tellement changé depuis que je ne l'avais
nullement reconnu à Balbec dans le Monsieur qui
regardait une affiche, près du Casino, et dont il
m'arrivait une fois tous les dix ans de me souvenir
en me disant : « Mais c'était M. de Charlus, déjà,
comme c'est curieux ». Mme de Guermantes au
mariage du Dr Percepied, Mme Swann en rose chez
mon grand Oncle, Mme de Cambremer, sœur de
Legrandin, si élégante qu'il craignait que nous ne
le priions de nous donner une recommandation
pour elle, c'étaient ainsi que tant d'autres concernant Swann, St-Loup, etc., autant d'images que je
m'amusais parfois quand je les retrouvais à placer
comme frontispice au seuil de mes relations avec
ces différentes personnes, mais qui ne me semblaient
en effet qu'une image et non déposée en moi par
l'être lui-même auquel rien ne les reliait plus. Non
seulement certaines gens ont de la mémoire et d'autres pas (sans aller jusqu'à l'oubli constant où
vivent les ambassadeurs de Turquie), ce qui leur
permet de trouver toujours — la nouvelle précé-
dente s'étant évanouie au bout de huit jours, ou la
suivante ayant le don de l'exorciser — de la place
pour la nouvelle contraire qu'on leur dit. Mais même

à égalité de mémoires, deux personnes ne se souviennent pas des mêmes choses. L'une aura prêté peu d'attention à un fait dont l'autre gardera grand remords, et en revanche aura saisi à la volée comme signe sympathique et caractéristique, une parole que l'autre aura laissé échapper sans presque y penser. L'intérêt de ne pas s'être trompé quand on a émis un pronostic faux abrège la durée du souvenir de ce pronostic et permet d'affirmer très vite qu'on ne l'a pas émis. Enfin, un intérêt plus profond, plus désintéressé, diversifie les mémoires si bien que le poète qui a presque tout oublié des faits qu'on lui rappelle, retient une impression fugitive. De tout cela vient qu'après vingt ans d'absence on rencontre au lieu de rancunes présumées, des pardons involontaires, inconscients, et en revanche tant de haines dont on ne peut s'expliquer (parce qu'on a oublié à son tour l'impression mauvaise qu'on a faite), la raison. L'histoire même des gens qu'on a le plus connus, on en a oublié les dates. Et parce qu'il y avait au moins vingt ans qu'elle avait vu Bloch pour la première fois, Mme de Guermantes eût juré qu'il était né dans son monde et avait été bercé sur les genoux de la Duchesse de Chartres quand il avait deux ans.

Et combien de fois ces personnes étaient revenues devant moi, au cours de leur vie dont les diverses circonstances semblaient présenter les mêmes êtres, mais sous des formes et pour des fins variées ; et la diversité des points de ma vie par où avait passé le fil de celle de chacun de ces personnages avait fini par mêler ceux qui semblaient le plus éloignés, comme si la vie ne possédait qu'un nombre limité de fils pour exécuter les dessins les plus différents.

Quoi de plus séparé par exemple, dans mes passés divers, que mes visites à mon oncle Adolphe, que le neveu de Mme de Villeparisis cousine du Maréchal, que Legrandin et sa sœur, que l'ancien giletier ami de Françoise dans la cour. Et aujourd'hui tous ces fils différents s'étaient réunis pour faire la trame ici du ménage St-Loup, là jadis du jeune ménage Cambremer, pour ne pas parler de Morel et de tant d'autres dont la conjonction avait concouru à former une circonstance si bien qu'il me semblait que la circonstance était l'unité complète, et le personnage seulement une partie composante. Et ma vie était déjà assez longue pour qu'à plus d'un des êtres qu'elle m'offrait, je trouvasse dans des régions opposées de mes souvenirs un autre être pour le compléter. Aux Elstir que je voyais ici en une place qui était un signe de la gloire, maintenant acquise, je pouvais ajouter les plus anciens souvenirs des Verdurin, des Cottard, la conversation dans le restaurant de Rivebelle, la matinée où j'avais connu Albertine et tant d'autres. Ainsi un amateur d'art à qui on montre le volet d'un rétable, se rappelle dans quelle église, dans quel musée, dans quelle collection particulière, les autres sont dispersés ; (de même qu'en suivant les catalogues des ventes ou en fréquentant les antiquaires, il finit par trouver l'objet jumeau de celui qu'il possède et qui fait avec lui la paire, il peut reconstituer dans sa tête la prédelle, l'autel tout entier). Comme un seau montant le long d'un treuil, vient toucher la corde à diverses reprises et sur des côtés opposés, il n'y avait pas de personnage, presque pas même de choses ayant eu place dans ma vie, qui n'y eût joué tour à tour des rôles différents. Une simple relation mondaine, même un objet matériel si je le retrouvais au bout de quelques années dans mon souvenir, je voyais que la vie n'avait pas cessé de tisser autour de lui des fils différents qui finissaient par le feutrer de ce beau velours, pareil à celui qui, dans les vieux parcs, enveloppe une simple conduite d'eau d'un fourreau d'émeraude.

Ce n'était pas que l'aspect de ces personnes qui donnaient l'idée de personnes de songe. Pour elles-mêmes la vie déjà ensommeillée dans la jeunesse et l'amour, était de plus en plus devenue un songe. Elles avaient oublié jusqu'à leurs rancunes, leurs haines, et pour être certains que c'était à la personne qui était là qu'elles n'adressaient plus la parole il y a dix ans, il eût fallu qu'elles se reportassent à un registre, mais qui était aussi vague qu'un rêve où on a été insulté on ne sait plus par qui. Tous ces songes formaient les apparences contrastées de la vie politique où on voyait dans un même ministère des gens qui s'étaient accusés de meurtre ou de trahison. Et ce songe devenait épais comme la mort chez certains vieillards dans les jours qui suivaient celui où ils avaient fait l'amour. Pendant ces jours-là on ne pouvait plus rien demander au président de la république, il oubliait tout. Puis si on le laissait se reposer quelques jours, le souvenir des affaires publiques lui revenait fortuit comme celui d'un rêve.

Parfois ce n'était pas en une seule image qu'apparaissait cet être si différent de celui que j'avais connu depuis. C'est pendant des années que Bergotte m'avait paru un doux vieillard divin, que je m'étais senti paralysé comme par une apparition devant le chapeau gris de Swann, le manteau violet de sa femme, le mystère dont le nom de sa race entourait la duchesse de Guermantes jusque dans un salon : origines presque fabuleuses, charmante mythologie de relations devenues si banales ensuite, mais qu'elles prolongeaient dans le passé comme en plein ciel avec un éclat pareil à celui que projette la queue étincelante d'une comète. Et même celles qui n'avaient pas commencé dans le mystère, comme mes relations avec Mme de Souvré, si sèches et si purement mondaines aujourd'hui, gardaient à leurs débuts, leur premier sourire, plus calme, plus doux, et si onctueusement tracé dans la plénitude d'une après-midi au bord de la mer, d'une fin de journée de printemps à Paris, bruyante d'équipages, de poussière soulevée, et de soleil remué comme de l'eau. Et peut-être Mme de Souvré n'eut pas valu grand'chose si on l'eût détachée de ce cadre comme, ces monuments — la Salute par exemple — qui sans grande beauté propre font admirablement là où ils sont situés, mais elle faisait partie d'un lot de souvenirs que j'estimais à un certain prix « l'un dans l'autre » sans me demander pour combien exactement la personne de Mme de Souvré y figurait.

Une chose me frappa plus encore chez tous ces êtres que les changements physiques, sociaux, qu'ils avaient subis, ce fut celui qui tenait à l'idée différente qu'ils avaient les uns des autres. Legrandin méprisait Bloch autrefois et ne lui adressait jamais la parole. Il fut très aimable avec lui. Ce n'était pas du tout à cause de la situation plus grande qu'avait prise Bloch, ce qui dans ce cas ne mériterait pas d'être noté car les changements sociaux amènent forcément des changements respectifs de position

entre ceux qui les ont subis. Non ; c'était que les
gens — les gens, c'est-à-dire ce qu'ils sont pour
nous — n'ont plus dans notre mémoire l'uniformité
d'un tableau. Au gré de notre oubli, ils évoluent.
Quelquefois nous allons jusqu'à les confondre avec
d'autres : « Bloch, c'est quelqu'un qui venait à
Combray », et en disant Bloch c'était moi qu'on
voulait dire. Inversement Mme Sazerat était per-
suadée que de moi était telle thèse historique sur
Philippe II (laquelle était de Bloch). Sans aller
jusqu'à ces interversions, on oublie les crasses que
l'un vous a faites, ses défauts, la dernière fois où
on s'est quitté sans se serrer la main et en revanche
on s'en rappelle une plus ancienne, où on était
bien ensemble. Et c'est à cette fois plus ancienne que
les manières de Legrandin répondaient, dans son
amabilité avec Bloch, soit qu'il eût perdu la mémoire d'un certain passé, soit qu'il le jugeât prescrit,
mélange de pardon, d'oubli, d'indifférence qui est
aussi un effet du Temps. D'ailleurs les souvenirs
que nous avons les uns des autres même dans l'amour
ne sont pas les mêmes. J'avais vu Albertine me rappeler à merveille telle parole que je lui avais dite
dans nos premières rencontres et que j'avais complètement oubliée. D'un autre fait enfoncé à jamais
dans ma tête comme un caillou, elle n'avait aucun
souvenir. Nos vies parallèles ressemblaient aux bords
de ces allées où de distance en distance des vases de
fleurs sont placés symétriquement mais non en face
les uns des autres. A plus forte raison est-il compréhensible que pour des gens qu'on connaît peu on
se rappelle à peine qui ils sont, ou on s'en rappelle
autre chose, mais de plus ancien, que ce qu'on en
pensait autrefois, quelque chose qui est suggéré par

les gens au milieu de qui on les retrouve, qui ne les connaissent que depuis peu, parés de qualités et d'une situation qu'ils n'avaient pas autrefois mais que l'oublieux accepte d'emblée.

Sans doute la vie, en mettant à plusieurs reprises ces personnes sur mon chemin, me les avait présentées dans des circonstances particulières qui, en les entourant de toutes parts, m'avaient rétréci la vue que j'avais eue d'elles, et m'avait empêché de connaître leur essence. Ces Guermantes même qui avaient été pour moi l'objet d'un si grand rêve, quand je m'étais approché d'abord de l'un d'eux, m'étaient apparu sous l'aspect, l'une d'une vieille amie de grand'mère, l'autre d'un monsieur qui m'avait regardé d'un air si désagréable à midi dans les jardins du casino. (Car il y a entre nous et les êtres un liseré de contingences, comme j'avais compris dans mes lectures de Combray qu'il y en a un de perception et qui empêche la mise en contact absolue de la réalité et de l'esprit). De sorte que ce n'était jamais qu'après coup, en les rapportant à un nom, que leur connaissance était devenue pour moi la connaissance des Guermantes. Mais peut-être cela même me rendait-il la vie plus poétique de penser que la race mystérieuse aux yeux perçants, au bec d'oiseau, la race rose, dorée, inapprochable, s'était trouvée si souvent, si naturellement, par l'effet de circonstances aveugles et différentes, s'offrir à ma contemplation, à mon commerce, même à mon intimité, au point que quand j'avais voulu connaître Mlle de Stermaria ou faire faire des robes à Albertine, c'était comme aux plus serviables de mes amis, à des Guermantes que je m'étais adressé. Certes, cela m'ennuyait d'aller chez eux autant que chez les autres gens du monde que j'avais connus ensuite. Même pour la duchesse de Guermantes, comme pour certaines pages de Bergotte, son charme ne m'était visible qu'à distance, et s'évanouissait quand j'étais près d'elle car il résidait dans ma mémoire et dans mon imagination. Mais enfin malgré tout, les Guermantes comme Gilberte aussi, différaient des autres gens du monde en ce qu'ils plongeaient plus avant leurs racines dans un passé de ma vie où je rêvais davantage et croyais plus aux individus. Ce que je possédais avec ennui, en causant en ce moment avec l'une et avec l'autre, c'était du moins celles des imaginations de mon enfance que j'avais trouvé le plus belles et cru le plus inaccessibles et je me consolais en confondant comme un marchand qui s'embrouille dans ses livres, la valeur de leur possession avec le prix auquel les avait cotées mon désir.

Mais pour d'autres êtres, le passé de mes relations avec eux était gonflé de rêves plus ardents formés sans espoir, où s'épanouissait si richement ma vie d'alors, dédiée à eux toute entière, que je pouvais à peine comprendre comment leur exaucement était ce mince, étroit et terne ruban d'une intimité indifférente et dédaignée où je ne pouvais plus rien retrouver de ce qui avait fait leur mystère, leur fièvre et leur douceur.

***

« Que devient la marquise d'Arpajon ? » demanda Mme de Cambremer. « Mais elle est morte », répondit Bloch. « Vous confondez avec la comtesse d'Arpajon qui est morte l'année dernière ». La princesse de Malte se mêla à la discussion ; jeune veuve d'un vieux mari très riche et porteur d'un grand nom, elle était beaucoup demandée en mariage et en avait pris une grande assurance. « La marquise d'Arpajon est morte aussi il y a à peu près un an ». « Ah ! un an, je vous réponds que non », répondit Mme de Cambremer, « j'ai été à une soirée de musique chez elle il y a moins d'un an ». Bloch, pas plus que les « gigolos » du monde, ne put prendre part utilement à la discussion, car toutes ces morts de personnes âgées étaient à une distance d'eux trop grande, soit par la différence énorme des années, soit par la récente arrivée (de Bloch par exemple) dans une société différente qu'il abordait de biais, au moment où elle déclinait, dans un crépuscule où le souvenir d'un passé qui ne lui était pas familier ne pouvait l'éclairer. Et pour les gens du même âge et du même milieu, la mort avait perdu de sa signification étrange. D'ailleurs on faisait tous les jours prendre des nouvelles de tant de gens à l'article de la mort et dont les uns s'étaient rétablis, tandis que d'autres avaient « succombé » qu'on ne se souvenait plus au juste si telle personne qu'on n'avait jamais l'occasion de voir s'était sortie de sa fluxion de poitrine ou avait trépassé. La mort se multipliait et devenait plus incertaine dans ces régions âgées. A cette croisée de deux générations et de deux sociétés qui en vertu de raisons différentes, mal placées pour distinguer la mort, la confondaient presque avec la vie, la première s'était mondanisée, était devenue un incident qui qualifiait plus ou moins une personne sans que le ton dont on parlait eût l'air de signifier que cet incident terminait tout pour elle, on disait : mais vous oubliez un tel est mort, comme on eût dit il est décoré (l'adjectif était autre, quoique pas plus important), il est de l'Académie, ou — et cela revenait au même puisque cela empêchait aussi d'assister aux fêtes — il est allé passer l'hiver dans le Midi, on lui a ordonné les montagnes. Encore pour des hommes connus, ce qu'ils laissaient en mourant aidait à se rappeler que leur existence était terminée. Mais pour les simples gens du monde très âgés, on s'embrouillait sur le fait qu'ils fussent morts ou non, non seulement parce qu'on connaissait mal ou qu'on avait oublié leur passé, mais parce qu'ils ne tenaient en quoi que ce soit à l'avenir. Et la difficulté qu'avait chacun de faire un triage entre les maladies, l'absence, la retraite à la campagne, la mort des vieilles gens du monde, consacrait tout autant que l'indifférence des hésitants, l'insignifiance des défunts.

« Mais si elle n'est pas morte, comment se fait-il qu'on ne la voie plus jamais, ni son mari non plus », demanda une vieille fille qui aimait faire de l'esprit. « Mais je te dirai, reprit la mère, qui, quoique quinquagénaire ne manquait pas une fête, que c'est parce qu'ils sont vieux, et qu'à cet âge-là on ne sort plus. » Il semblait qu'il y eût avant le cimetière toute une cité close des vieillards, aux lampes toujours allumées dans la brume. Mme de Sainte-Euverte trancha le débat en disant que la comtesse d'Arpajon était morte, il y avait un an, d'une longue maladie, mais que la marquise d'Arpajon était morte aussi depuis, très vite, « d'une façon tout à fait insignifiante », mort qui par là ressemblait à toutes ces vies, et par là aussi expliquait qu'elle eût passé inaperçue, excusait ceux qui confondaient.

En entendant que Mme d'Arpajon était vraiment morte, la vieille fille jeta sur sa mère un regard alarmé car elle craignait que d'apprendre la mort d'une de ses « contemporaines » ne la « frappât » ; elle croyait entendre d'avance parler de la mort de sa propre mère avec cette explication : « Elle avait été « très frappée » par la mort de Mme d'Arpajon ». Mais la mère au contraire se faisait à elle-même l'effet de l'avoir emporté dans un concours sur des concurrents de marque, chaque fois qu'une personne de son âge « disparaissait ». Leur mort était la seule manière dont elle prît encore agréablement conscience de sa propre vie. La vieille fille s'aperçut que sa mère qui n'avait pas semblé fâchée de dire que Mme d'Arpajon était recluse dans les demeures d'où ne sortent plus guère les vieillards fatigués, l'avait été moins encore d'apprendre que la marquise était entrée dans la Cité d'après, celle d'où on ne sort plus. Cette constatation de l'indifférence de sa mère amusa l'esprit caustique de la vieille fille. Et pour faire rire ses amies plus tard, elle fit un récit désopilant de la manière allègre prétendait-elle, dont sa mère avait dit en se frottant les mains : « Mon Dieu, il est bien vrai que cette pauvre Madame d'Arpajon est morte ». Même pour ceux qui n'avaient pas besoin de cette mort pour se réjouir d'être vivants, elle les rendit heureux. Car toute mort est pour les autres une simplification d'existence, ôte le scrupule de se montrer reconnaissant, l'obligation de faire des visites. Toutefois, comme je l'ai dit, ce n'est pas ainsi que la mort de M. Verdurin avait été accueillie par Elstir.

LE TEMPS RETROUVÉ

Une dame sortit, car elle avait d'autres matinées
et devait aller goûter avec deux reines. C'était
cette grande cocotte du monde que j'avais connue
autrefois, la princesse de Nissau. Mis à part le fait
que sa taille avait diminué, — ce qui lui donnait l'air
par sa tête située à une bien moindre hauteur qu'elle
n'était autrefois, d'avoir ce qu'on appelle « un pied
dans la tombe » — on aurait à peine pu dire qu'elle
avait vieilli. Elle restait une Marie-Antoinette au nez
autrichien, au regard délicieux, conservée, embaumée
grâce à mille fards adorablement unis qui lui faisaient une figure lilas. Il flottait sur elle cette expression confuse et tendre d'être obligée de partir, de
promettre tendrement de revenir, de s'esquiver
discrètement, qui tenait à la foule des réunions
d'élite où on l'attendait. Née presque sur les marches
d'un trône, mariée trois fois, entretenue longtemps
et richement par de grands banquiers, sans compter
les mille fantaisies qu'elle s'était offertes, elle portait légèrement comme ses yeux admirables et
ronds, comme sa figure fardée et comme sa robe
mauve, les souvenirs un peu embrouillés de ce
passé innombrable. Comme elle passait devant
moi en se sauvant « à l'anglaise », je la saluai. Elle
me reconnut, elle me serra la main et fixa sur moi
ses rondes prunelles mauves de l'air qui voulait dire :
« Comme il y a longtemps que nous nous sommes
vus, nous parlerons de cela une autre fois. » Elle me
serrait la main avec force, ne se rappelant pas au
juste si en voiture un soir qu'elle me ramenait de
chez la duchesse de Guermantes, il y avait eu ou

non une passade entre nous. A tout hasard, elle sembla faire allusion à ce qui n'avait pas été, chose qui ne lui était pas difficile puisqu'elle prenait un air de tendresse pour une tarte aux fraises et revêtait, si elle était obligée de partir avant la fin de la musique, l'attitude désespérée d'un abandon qui toutefois ne serait pas définitif. Incertaine d'ailleurs sur la passade avec moi, son serrement furtif ne s'attarda pas et elle ne me dit pas un mot. Elle me regarda seulement comme j'ai dit d'une façon qui signifiait « qu'il y a longtemps ! » et où repassaient ses maris, les hommes qui l'avaient entretenue, deux guerres, et ses yeux stellaires, semblables à une horloge astronomique taillée dans une opale, marquèrent successivement toutes ces heures solennelles d'un passé si lointain qu'elle retrouvait à tout moment quand elle voulait vous dire un bonjour qui était toujours une excuse. Puis m'ayant quitté, elle se mit à trotter vers la porte, pour qu'on ne se dérangeât pas pour elle, pour me montrer que si elle n'avait pas causé avec moi, c'est qu'elle était pressée, pour rattraper la minute perdue à me serrer la main afin d'être exacte chez la reine d'Espagne qui devait goûter seule avec elle. Même près de la porte je crus qu'elle allait prendre le pas de course. Elle courait en effet à son tombeau.

Pendant ce temps on entendait la princesse de Guermantes répéter d'un air exalté et d'une voix de ferraille que lui faisait son ratelier : « Oui, c'est cela, nous ferons clan ! nous ferons clan ! J'aime cette jeunesse si intelligente, si participante, ah ! quelle mugichienne vous êtes ! » Elle parlait, son gros monocle dans son œil rond, mi-amusé, mi-s'excusant de ne pouvoir soutenir la gaieté longtemps,

mais jusqu'au bout elle était décidée à « participer »,
à « faire clan »

*   *
*

Je m'étais assis à côté de Gilberte de Saint-Loup.
Nous parlâmes beaucoup de Robert, Gilberte en
parlait sur un ton déférent comme si ç'eût été un
être supérieur qu'elle tenait à me montrer qu'elle
avait admiré et compris. Nous nous rappelâmes l'un
à l'autre combien les idées qu'il exposait jadis sur
l'art de la guerre (car il lui avait souvent redit
à Tansonville les mêmes thèses que je lui avais
entendu exposer à Doncières et plus tard) s'étaient
souvent et en somme sur un grand nombre de
points trouvées vérifiées par la dernière guerre.
« Je ne puis vous dire à quel point la moindre des
choses qu'il me disait à Doncières me frappe maintenant, et aussi pendant la guerre. Les dernières
paroles que j'ai entendues de lui quand nous nous
sommes quittés pour ne plus nous revoir étaient
qu'il attendait Hindenburg, général napoléonien,
à un des types de la bataille napoléonienne, celle
qui a pour but de séparer deux adversaires, peut-
être, avait-il ajouté, les Anglais et nous. Or, à peine
un an après la mort de Robert, un critique pour
lequel il avait une profonde admiration et qui
exerçait visiblement une grande influence sur ses
idées militaires, M. Henry Bidou disait que l'offensive d'Hindenburg en mars 1918, c'était « la bataille
de séparation d'un adversaire massé contre deux
adversaires en ligne, manœuvre que l'empereur
a réussie en 1796 sur l'Apennin et qu'il a manquée
en 1815 en Belgique ». Quelques instants aupara-

vant Robert comparait devant moi les batailles
à des pièces où il n'est pas toujours facile de savoir
ce qu'a voulu l'auteur, où lui-même a changé son
plan en cours de route. Or, pour cette offensive
allemande de 1918, sans doute en l'interprétant de
cette façon, Robert ne serait pas d'accord avec
M. Bidou. Mais d'autres critiques pensent que c'est
le succès d'Hindenburg dans la direction d'Amiens,
puis son arrêt forcé, son succès dans les Flandres,
puis l'arrêt encore qui ont fait, accidentellement
en somme, d'Amiens, puis de Boulogne, des buts
qu'il ne s'était pas préalablement assignés. Et
chacun pouvant refaire une pièce à sa manière,
il y en a qui voient dans cette offensive l'annonce
d'une marche foudroyante sur Paris, d'autres des
coups de boutoir désordonnés pour détruire l'armée
anglaise. Et même si les ordres donnés par le chef
s'opposent à telles ou telles conceptions, il restera
toujours aux critiques le moyen de dire comme
Mounet-Sully à Coquelin qui l'assurait que le
Misanthrope n'était pas la pièce triste, dramatique
qu'il voulait jouer (car Molière, au témoignage des
contemporains, en donnait une interprétation comique et y faisait rire) : « Hé bien, c'est que Molière
se trompait. »

« Et sur les avions », répondit Gilberte, « vous
rappelez-vous quand il disait, — il avait de si jolies
phrases, — il faut que chaque armée soit un Argus
aux cent yeux. Hélas, il n'a pu voir la vérification
de ses dires ». « Mais si, répondis-je, à la bataille de
la Somme, il a bien su qu'on a commencé par aveu-
gler l'ennemi en lui crevant les yeux, en détruisant
ses avions et ses ballons captifs ». « Ah ! oui c'est
vrai ». Et comme depuis qu'elle ne vivait plus que

pour l'intelligence, elle était devenue un peu pédante. « Et lui qui prétendait aussi qu'on reviendrait aux anciens moyens. Savez-vous que les expéditions de Mésopotamie dans cette guerre (elle avait dû lire cela à l'époque dans les articles de Brichot) évoquent à tout moment, inchangée, la retraite de Xénophon. Et pour aller du Tigre à l'Euphrate, le commandement anglais s'est servi de bellones, bateaux longs et étroits, gondoles de ce pays, et dont se servaient déjà les plus antiques Chaldéens ». Ces paroles me donnaient bien le sentiment de cette stagnation du passé qui dans certains lieux, par une sorte de pesanteur spécifique, s'immobilise indéfiniment si bien qu'on peut le retrouver tel quel. Et j'avoue, que pensant aux lectures que j'avais faites à Balbec, non loin de Robert, j'étais très impressionné — comme dans la campagne de France de retrouver la tranchée de Mme de Sévigné, — en Orient à propos du siège de Kout-el-Amara (Kout l'émir, comme nous disons Vaux-le-Vicomte et Boilleau-l'Évêque, aurait dit le curé de Combray, s'il avait étendu sa soif d'étymologie aux langues orientales) de voir revenir auprès de Bagdad ce nom de Bassorah dont il est tant question dans les *Mille et une Nuits* et que gagne chaque fois après avoir quitté Bagdad ou avant d'y rentrer, pour s'embarquer ou débarquer, bien avant le général Townsend aux temps des Khalifes, Simbad le Marin.

« Il y a un côté de la guerre qu'il commençait à apercevoir, dis-je, c'est qu'elle est humaine, se vit comme un amour ou comme une haine, pourrait être racontée comme un roman, et que par conséquent, si tel ou tel va répétant que la stratégie

est une science, cela ne l'aide en rien à comprendre
la guerre, parce que la guerre n'est pas stratégique.
L'ennemi ne connaît pas plus nos plans que nous
ne savons le but poursuivi par la femme que nous
aimons et ces plans peut-être ne les savons-nous
pas nous-même. Les Allemands dans l'offensive de
mars 1918 avaient-ils pour but de prendre Amiens ?
Nous n'en savons rien. Peut-être ne le savaient-ils
pas eux-mêmes et est-ce l'événement de leur pro-
gression à l'ouest vers Amiens qui détermina leur
projet. A supposer que la guerre soit scientifique,
encore faudrait-il la peindre comme Elstir peignait
la mer, par l'autre sens, et partir des illusions,
des croyances qu'on rectifie peu à peu, comme
Dostoïevski raconterait une vie. D'ailleurs il est
trop certain que la guerre n'est point stratégique,
mais plutôt médicale, comportant des accidents
imprévus que le clinicien pouvait espérer éviter,
comme la Révolution russe ».

Dans toute cette conversation, Gilberte m'avait
parlé de Robert avec une déférence qui semblait
plus s'adresser à mon ancien ami qu'à son époux
défunt. Elle avait l'air de me dire : « Je sais combien
vous l'admiriez. Croyez bien que j'ai su comprendre
l'être supérieur qu'il était ». Et pourtant l'amour
que certainement elle n'avait plus pour son souvenir était peut-être encore la cause lointaine de
particularités de sa vie actuelle. Ainsi Gilberte
avait maintenant pour amie inséparable Andrée.
Quoique celle-ci commençât, surtout à la faveur
du talent de son mari et de sa propre intelligence,
à pénétrer non pas certes dans le milieu des Guermantes, mais dans un monde infiniment plus élégant que celui qu'elle fréquentait jadis, on fut

étonné que la marquise de Saint-Loup condescen-
dît à devenir sa meilleure amie. Le fait sembla
être un signe, chez Gilberte, de son penchant pour
ce qu'elle croyait une existence artistique, et pour
une véritable déchéance sociale. Cette explication
peut être la vraie. Une autre pourtant vint à mon
esprit toujours fort pénétré que les images que nous
voyons assemblées quelque part, sont généralement
le reflet, ou d'une façon quelconque l'effet, d'un
premier groupement assez différent quoique symé-
trique d'autres images extrêmement éloigné du
second. Je pensais que si on voyait tous les soirs
ensemble Andrée, son mari et Gilberte, c'était
peut-être parce que tant d'années auparavant on
avait pu voir le futur mari d'Andrée vivant avec
Rachel, puis la quittant pour Andrée. Il est probable
que Gilberte alors dans le monde trop distant,
trop élevé, où elle vivait n'en avait rien su. Mais
elle avait dû l'apprendre plus tard, quand Andrée
avait monté et qu'elle-même avait descendu assez
pour qu'elles pussent s'apercevoir. Alors avait dû
exercer sur elle un grand prestige la femme pour
laquelle Rachel avait été quittée par l'homme pourtant séduisant sans doute qu'elle avait préféré
à Robert.

Ainsi peut-être la vue d'Andrée rappelait à Gilberte le roman de jeunesse qu'avait été son amour
pour Robert, et lui inspirait aussi un grand respect
pour Andrée de laquelle était toujours amoureux
un homme, tant aimé par cette Rachel que Gilberte
sentait avoir été plus aimée de Saint-Loup qu'elle
ne l'avait été elle-même. Peut-être au contraire
ces souvenirs ne jouaient-ils aucun rôle dans la
prédilection de Gilberte pour ce ménage artiste et

fallait-il y voir simplement — comme chez beaucoup — l'épanouissement des goûts habituellement inséparables chez les femmes du monde de s'instruire et de s'encanailler. Peut-être Gilberte avait-elle oublié Robert autant que moi Albertine et si même elle savait que c'était Rachel que l'artiste avait quittée pour Andrée, ne pensait-elle jamais quand elle les voyait à ce fait qui n'avait jamais joué aucun rôle dans son goût pour eux. On n'aurait pu décider si mon explication première n'était pas seulement possible mais était vraie que grâce au témoignage des intéressés, seul recours qui reste en pareil cas, s'ils pouvaient apporter dans leurs confidence de la clairvoyance et de la sincérité. Or la première s'y rencontre rarement et la seconde jamais.

« Mais comment venez-vous dans des matinées si nombreuses ? » me demanda Gilberte. « Vous retrouver dans une grande tuerie comme cela, ce n'est pas ainsi que je vous schématisais. Certes, je m'attendais à vous voir partout ailleurs qu'à un des grands tralalas de ma tante, puisque tante il y a », ajouta-t-elle d'un air fin, car étant Mme de Saint-Loup depuis un peu plus longtemps que Mme Verdurin n'était entrée dans la famille, elle se considérait comme une Guermantes de tout temps et atteinte par la mésalliance que son oncle avait faite en épousant Mme Verdurin, qu'il est vrai elle avait entendu railler mille fois devant elle, dans la famille, tandis que naturellement ce n'était qu'hors de sa présence qu'on avait parlé de la mésalliance qu'avait faite Saint-Loup en l'épousant. Elle affectait d'ailleurs d'autant plus de dédain pour cette tante mauvais teint que la princesse

de Guermantes, par l'espèce de perversion qui
pousse les gens intelligents à s'évader du chic
habituel, par le besoin aussi de souvenirs qu'ont
les gens âgés, pour tâcher de donner un passé à
son élégance nouvelle, aimait à dire en parlant de
Gilberte : « Je vous dirai que ce n'est pas pour moi
une relation nouvelle, j'ai énormément connu la
mère de cette petite, tenez, c'était une grande amie
à ma cousine Marsantes. C'est chez moi qu'elle
a connu le père de Gilberte. Quant au pauvre Saint-
Loup, je connaissais d'avance toute sa famille, son
propre oncle était mon intime autrefois à La Raspelière. » Vous voyez que les Verdurin n'étaient pas
du tout des bohêmes me disaient les gens qui entendaient parler ainsi la princesse Guermantes,
c'étaient des amis de tout temps de la famille de
Mme de Saint-Loup. J'étais peut-être seul à savoir
par mon grand-père qu'en effet les Verdurin n'étaient
pas des bohêmes. Mais ce n'était pas précisément
parce qu'ils avaient connu Odette. Mais on arrange
aisément les récits du passé que personne ne connaît
plus, comme ceux des voyages dans les pays où
personne n'est jamais allé. « Enfin, conclut Gilberte,
puisque vous sortez quelquefois de votre Tour
d'Ivoire, des petites réunions intimes chez moi
où j'inviterais des esprits sympathiques, ne vous
conviendraient-elles pas mieux ? Ces grandes machines comme ici sont bien peu faites pour vous.
Je vous voyais causer avec ma tante Oriane qui
a toutes les qualités qu'on voudra, mais à qui
nous ne ferons pas tort n'est-ce pas en déclarant
qu'elle n'appartient pas à l'élite pensante. » Je ne
pouvais mettre Gilberte au courant des pensées
que j'avais depuis une heure, mais je crus que sur

un point de pure distraction elle pourrait servir mes plaisirs, lesquels en effet ne me semblaient pas devoir être de parler littérature avec la duchesse de Guermantes plus qu'avec Mme de Saint-Loup. Certes, j'avais l'intention de recommencer dès demain, bien qu'avec un but cette fois, à vivre dans la solitude. Même chez moi je ne laisserais pas les gens venir me voir dans mes instants de travail car le devoir de faire mon œuvre primait celui d'être poli ou même bon. Ils insisteraient sans doute, ceux qui ne m'avaient pas vu depuis si longtemps, venaient de me retrouver et me jugeaient guéri. Ils insisteraient, venant quand le labeur de leur journée, de leur vie, serait fini ou interrompu et ayant alors le même besoin de moi que j'avais eu autrefois de Saint-Loup et cela parce que, comme je m'en étais déjà aperçu à Combray quand mes parents me faisaient des reproches au moment où je venais de prendre à leur insu les plus louables résolutions, les cadrans intérieurs qui sont départis aux hommes ne sont pas tous réglés à la même heure, l'un sonne celle du repos en même temps que l'autre celle du travail, l'un celle du châtiment par le juge quand chez le coupable celle du repentir et du perfectionnement intérieur est sonnée depuis longtemps. Mais j'aurais le courage de répondre à ceux qui viendraient me voir ou me feraient chercher, que j'avais pour des choses essentielles au courant desquelles il fallait que je fusse mis sans retard, un rendez-vous urgent, capital, avec moi-même. Et pourtant, bien qu'il y ait peu de rapport entre notre moi véritable et l'autre, à cause de l'homonymat et du corps commun aux deux, l'abnégation qui vous fait faire le sacrifice des devoirs plus faciles, même des plaisirs, paraît aux autres de l'égoïsme. Et d'ailleurs n'était-ce pas pour m'occuper d'eux que je vivrais loin de ceux qui se plaindraient de ne pas me voir, pour m'occuper d'eux plus à fond que je n'aurais pu le faire avec eux, pour chercher à les révéler à eux-mêmes, à les réaliser. A quoi eut servi que pendant des années encore, j'eusse perdu des soirées à faire glisser sur l'écho à peine expiré de leurs paroles, le son tout aussi vain des miennes, pour le stérile plaisir d'un contact mondain qui exclut toute pénétration. Ne valait-il pas mieux que ces gestes qu'ils faisaient, ces paroles qu'ils disaient, leur vie, leur nature, j'essayasse d'en décrire la courbe et d'en dégager la loi ? Malheureusement, j'aurais à lutter contre cette habitude de se mettre à la place des autres qui, si elle favorise la conception d'une œuvre, en retarde l'exécution. Car par une politesse supérieure, elle pousse à sacrifier aux autres non seulement son plaisir, mais son devoir, quand se mettant à la place des autres, le devoir quel qu'il soit, fût-ce pour quelqu'un qui ne peut rendre aucun service au front de rester à l'arrière s'il est utile, paraîtra comme, ce qu'il n'est pas en réalité, notre plaisir. Et bien loin de me croire malheureux de cette vie sans amis, sans causerie, comme il est arrivé aux plus grands de le croire, je me rendais compte que les forces d'exaltation qui se dépensent dans l'amitié sont une sorte de porte à faux visant une amitié particulière qui ne mène à rien et se détournent d'une vérité vers laquelle elles étaient capables de nous conduire. Mais enfin quand des intervalles de repos et de société me seraient nécessaires, je sentais que plutôt que les conversations intellectuelles que les gens du monde croient utiles aux écrivains, de légères amours avec des jeunes filles en fleurs seraient un aliment choisi que je pourrais à la rigueur permettre à mon imagination semblable au cheval fameux qu'on ne nourrissait que de roses ! Ce que tout d'un coup je souhaitais de nouveau, c'est ce dont j'avais rêvé à Balbec, quand sans les connaître encore, j'avais vu passer devant la mer Albertine, Andrée et leurs amies. Mais hélas ! je ne pouvais plus chercher à retrouver celles que justement en ce moment je désirais si fort. L'action des années qui avait transformé tous les êtres que j'avais vus aujourd'hui, et Gilberte elle-même, avait certainement fait de toutes celles qui survivaient, comme elle eût fait d'Albertine si elle n'avait pas péri, des femmes trop différentes de ce que je me rappelais. Je souffrais d'être obligé de moi-même à atteindre celles-là, car le temps qui change les êtres ne modifie pas l'image que nous avons gardée d'eux. Rien n'est plus douloureux que cette opposition entre l'altération des êtres et la fixité du souvenir, quand nous comprenons que ce qui a gardé tant de fraîcheur dans notre mémoire n'en peut plus avoir dans la vie, que nous ne pouvons, au dehors, nous rapprocher de ce qui nous paraît si beau au-dedans de nous, de ce qui excite en nous un désir pourtant si individuel de le revoir. Ce violent désir que la mémoire excitait en moi pour ces jeunes filles vues jadis, je sentais que je ne pourrais espérer l'assouvir qu'à condition de le chercher dans un être du même âge, c'est-à-dire dans un autre être. J'avais pu souvent soupçonner que ce qui semble unique dans une personne qu'on désire, ne lui appartient pas. Mais le temps écoulé m'en donnait une preuve plus complète, puisque après vingt ans, spontanément, je voulais chercher au lieu des filles que j'avais connues celles possédant maintenant la jeunesse que les autres avaient alors. D'ailleurs, ce n'est pas seulement le réveil de nos désirs charnels qui ne correspond à aucune réalité parce qu'il ne tient pas compte du temps perdu. Il m'arrivait parfois de souhaiter que par un miracle entrassent auprès de moi, restées vivantes contrairement à ce que j'avais cru, ma grand'mère, Albertine. Je croyais les voir, mon cœur s'élançait vers elles. J'oubliais seulement une chose c'est que si elles vivaient en effet Albertine aurait à peu près maintenant l'aspect que m'avait présenté à Balbec Mᵐᵉ Cottard et que ma grand'mère ayant plus de quatre-vingt-quinze ans, ne me montrerait rien du beau visage calme et souriant avec laquelle je l'imaginais encore maintenant, aussi arbitrairement qu'on donne une barbe à Dieu le Père, ou qu'on représentait au xviiᵉ siècle les héros d'Homère avec un accoutrement de gentilshommes et sans tenir compte de leur antiquité. Je regardai Gilberte et je ne pensai pas : « je voudrais la revoir », mais je lui dis qu'elle me ferait toujours plaisir en m'invitant avec des jeunes filles, sans que j'eusse d'ailleurs à leur rien demander que de faire renaître en moi les rêveries, les tristesses d'autrefois, peut-être un jour improbable, un chaste baiser. Comme Elstir aimait à voir incarnée devant lui, dans sa femme, la beauté vénitienne, qu'il avait si souvent peinte dans ses œuvres, je me donnais l'excuse d'être attiré par un certain égoïsme esthétique vers les belles femmes qui pouvaient me causer de la souffrance, et j'avais un certain sentiment d'ido-

lâtrie pour les futures Gilberte, les futures duchesses
de Guermantes, les futures Albertine que je pourrais
rencontrer, et qui, me semblait-il, pourraient m'ins-
pirer, comme un sculpteur qui se promène au milieu
de beaux marbres antiques. J'aurais dû pourtant
penser qu'antérieur à chacune était mon sentiment
du mystère où elles baignaient et qu'ainsi plutôt
que de demander à Gilberte de me faire connaître
des jeunes filles, j'aurais mieux fait d'aller dans
ces lieux où rien ne nous rattache à elles, où entre
elles et soi on sent quelque chose d'infranchissable,
où à deux pas sur la plage, allant au bain, on se
sent séparé d'elles par l'impossible. C'est ainsi
que mon sentiment de mystère avait pu s'appliquer
successivement à Gilberte, à la duchesse de Guermantes, à Albertine, à tant d'autres. Sans doute
l'inconnu et presque l'inconnaissable était devenu
le commun, le familier, indifférent ou douloureux,
mais retenant de ce qu'il avait été un certain charme.
Et à vrai dire, comme dans ces calendriers que le
facteur nous apporte pour avoir ses étrennes, il
n'était pas une de mes années qui n'ait eu à son
frontispice ou intercalée dans ses jours, l'image
d'une femme que j'y avais désirée ; image souvent
d'autant plus arbitraire que parfois je n'avais vu
cette femme, quand c'était par exemple la femme
de chambre de Mme Putbus, Mlle d'Orgeville, ou
telle jeune fille dont j'avais vu le nom, dans le
compte rendu mondain d'un journal, parmi l'essaim
des charmantes valseuses. Je la devinais belle,
m'éprenais d'elle, et lui composais un corps idéal
dominant de toute sa hauteur un paysage de la
province où j'avais lu, dans l'*Annuaire des Châteaux*,
que se trouvaient les propriétés de sa famille. Pour

les femmes que j'avais connues, ce paysage était
au moins double. Chacune s'élevait, à un point
différent de ma vie, dressée comme une divinité
protectrice et locale, d'abord au milieu d'un de
ces paysages rêvés dont la juxtaposition quadril-
lait ma vie et où je m'étais attaché à l'imaginer,
ensuite, vue du côté du souvenir, entourée des sites
où je l'avais connue et qu'elle me rappelait y restant
attachée car si notre vie est vagabonde, notre
mémoire est sédentaire, et nous avons beau nous
élancer sans trêve, nos souvenirs, eux, rivés aux
lieux dont nous nous détachons continuent à y
continuer leur vie casanière, comme ces amis mo-
mentanés que le voyageur s'était faits dans une ville
et qu'il est obligé d'abandonner quand il la quitte
parce que c'est là qu'eux, qui ne partent pas, finiront leur journée et leur vie, comme s'il était là
encore, au pied de l'église, devant la porte et sous
les arbres du cours. Si bien que l'ombre de Gilberte
s'allongeait, non seulement devant une église de
l'Ile-de-France où je l'avais imaginée, mais aussi
sur l'allée d'un parc, du côté de Méséglise, celle de
Mme de Guermantes dans un chemin humide où
montaient en quenouilles des grappes violettes et
rougeâtres, ou sur l'or matinal d'un trottoir parisien.
Et cette seconde personne, celle née non du désir,
mais du souvenir, n'était pour chacune de ces
femmes, unique. Car chacune, je l'avais connue
à diverses reprises, en des temps différents, où elle
était une autre pour moi, où moi-même j'étais
autre, baignant dans des rêves d'une autre couleur.
Or la loi qui avait gouverné les rêves de chaque
année, maintenant assemblés autour d'eux les
souvenirs d'une femme que j'y avais connue, tout

ce qui se rapportait par exemple à la duchesse de
Guermantes au temps de mon enfance, était concen-
tré, par une force attractive, autour de Combray,
et tout ce qui avait trait à la duchesse de Guermantes
qui allait tout à l'heure m'inviter à déjeuner, autour
d'un sensitif tout différent ; il y avait plusieurs
duchesses de Guermantes, comme il y avait eu
depuis la dame en rose plusieurs Mmes Swann,
séparées par l'éther incolore des années, et de l'une
à l'autre desquelles je ne pouvais pas plus sauter
que si j'avais eu à quitter une planète pour aller
dans une autre planète que l'éther en sépare. Non
seulement séparée, mais différente, parée des rêves
que j'avais eus dans des temps si différents, comme
d'une flore particulière, qu'on ne retrouvera pas
dans une autre planète ; au point qu'après avoir
pensé que je n'irais déjeuner ni chez Mme de Forcheville, ni chez Mme de Guermantes, je ne pouvais
me dire, tant cela m'eût transporté dans un monde
autre, que l'une n'était pas une personne différente
de la duchesse de Guermantes qui descendait de
Geneviève de Brabant, et l'autre de la Dame en
rose, que parce qu'en moi un homme instruit me
l'affirmait avec la même autorité qu'un savant
qui m'eût affirmé qu'une voie lactée de nébuleuses
était due à la segmentation d'une seule et même
étoile. Telle Gilberte à qui je demandais pourtant
sans m'en rendre compte de me permettre d'avoir
des amies comme elle avait été autrefois, n'était
plus pour moi que Mme de Saint-Loup. Je ne songeais plus en la voyant au rôle qu'avait eu jadis
dans mon amour, oublié lui aussi par elle, mon
admiration pour Bergotte, pour Bergotte redevenu
pour moi simplement l'auteur de ses livres, sans

que je me rappelasse (que dans des souvenirs rares
et entièrement séparés) l'émoi d'avoir été présenté
à l'homme, la déception, l'étonnement de sa conversation, dans le salon aux fourrures blanches, plein
de violettes, où on apportait si tôt, sur tant de con-
soles différentes, tant de lampes. Tous les souvenirs
qui composaient la première mademoiselle Swann
étaient en effet retranchés de la Gilberte actuelle,
retenus bien loin par les forces d'attraction d'un
autre univers, autour d'une phrase de Bergotte avec
laquelle ils faisaient corps et baignés d'un parfum
d'aubépine. La fragmentaire Gilberte d'aujourd'hui
écouta ma requête en souriant. Puis, en se mettant
à y réfléchir, elle prit un air sérieux en ayant l'air
de chercher dans sa tête. Et j'en fus heureux car
cela l'empêcha de faire attention à un groupe qui
se trouvait non loin de nous et dont la vue n'eût
pu certes lui être agréable. On y remarquait la
duchesse de Guermantes en grande conversation
avec une affreuse vieille femme que je regardais
sans pouvoir du tout deviner qui elle était : je n'en
savais absolument rien. « Comme c'est drôle de
voir ici Rachel », me dit à l'oreille Bloch qui passait
à ce moment. Ce nom magique rompit aussitôt
l'enchantement qui avait donné à la maîtresse de
Saint-Loup la forme inconnue de cette immonde
vieille et je la reconnus alors parfaitement. De même,
j'ai dit ailleurs que dès qu'on me nommait les
hommes dont je ne pouvais reconnaître les visages,
l'enchantement cessait et que je les reconnaissais.
Pourtant il y en eut un que même nommé je ne
pus reconnaître et je crus à un homonyme car il
n'avait aucune espèce de rapport avec celui que non
seulement j'avais connu autrefois mais que j'avais

retrouvé il y a quelques années. C'était pourtant lui, blanchi seulement et engraissé mais il avait rasé ses moustaches et cela avait suffi pour lui faire perdre sa personnalité. Pour en revenir à Rachel, c'était bien avec elle, devenue une actrice célèbre et qui allait au cours de cette matinée réciter des vers de Musset et de La Fontaine que la tante de Gilberte, la duchesse de Guermantes causait en ce moment. Or la vue de Rachel ne pouvait en tous cas être bien agréable à Gilberte et je fus d'autant plus ennuyé d'apprendre qu'elle allait réciter des vers et de constater son intimité avec la duchesse. Celle-ci, consciente depuis trop longtemps d'occuper la première situation de Paris (ne se rendant pas compte qu'une telle situation n'existe que dans les esprits qui y croient et que beaucoup de nouvelles personnes si elles ne la voyaient nulle part, si elles ne lisaient son nom dans le compte rendu d'aucune fête élégante, croiraient en effet qu'elle n'occupait aucune situation) ne voyait plus, qu'en visites aussi rares et aussi espacées qu'elle pouvait, le faubourg Saint-Germain qui, disait-elle, « l'ennuyait à mourir » et en revanche se passait la fantaisie de déjeuner avec telle ou telle actrice qu'elle trouvait délicieuse.

La duchesse hésitait encore par peur d'une scène de M. de Guermantes, devant Balthy et Mistinguett, qu'elle trouvait adorables mais avait décidément Rachel pour amie. Les nouvelles générations en concluaient que la duchesse de Guermantes malgré son nom devait être quelque demi castor qui n'avait jamais été tout à fait du gratin. Il est vrai que pour quelques souverains dont l'intimité lui était disputée par deux autres grandes dames, Mme de Guermantes se donnait encore la peine de les avoir à déjeuner. Mais d'une part ils viennent rarement, connaissent des gens de peu, et la duchesse par la superstition des Guermantes à l'égard du vieux protocole (car à la fois les gens bien élevés l'assommaient, et elle tenait à la bonne éducation) faisait mettre : Sa Majesté a ordonné à la duchesse de Guermantes, a daigné, etc. Et les nouvelles couches ignorantes de ces formules en concluaient que la position de la duchesse était d'autant plus basse. Au point de vue de Mme de Guermantes, cette intimité avec Rachel pouvait signifier que nous nous étions trompés quand nous croyions Mme de Guermantes hypocrite et menteuse dans ses condamnations de l'élégance, quand nous croyions qu'au moment où elle refusait d'aller chez Mme de Sainte-Euverte, ce n'était pas au nom de l'intelligence mais du snobisme qu'elle agissait ainsi, ne la trouvant bête que parce que la marquise laissait voir qu'elle était snob, n'ayant pas encore atteint son but. Mais cette intimité avec Rachel pouvait signifier aussi que l'intelligence était en réalité chez la duchesse médiocre, insatisfaite et désireuse sur le tard, quand elle était fatiguée du monde, de réalisations, par ignorance totale des véritables réalités intellectuelles et une pointe de cet esprit de fantaisie qui fait à des dames très bien qui se disent : « comme ce sera amusant », finir leur soirée d'une façon à vrai dire assommante, en puisant la force d'aller réveiller quelqu'un, à qui finalement on ne sait que dire, près du lit de qui on reste un moment dans son manteau de soirée, après quoi, ayant constaté qu'il est fort tard, on finit par aller se coucher

Il faut ajouter qu'une vive antipathie qu'avait depuis peu pour Gilberte la versatile duchesse pouvait

lui faire prendre un certain plaisir à recevoir Rachel,
ce qui lui permettait en plus de proclamer une des
maximes des Guermantes à savoir qu'ils étaient
trop nombreux pour épouser les querelles (presque
pour prendre le deuil) les uns des autres, indépen-
dance de « je n'ai pas à » qu'avait renforcée la politique qu'on avait dû adopter à l'égard de M. de
Charlus lequel, si on l'avait suivi, vous eût brouillé
avec tout le monde. Quant à Rachel, si elle s'était
en réalité donné une grande peine pour se lier avec
la duchesse de Guermantes (peine que la duchesse
n'avait pas su démêler sous des dédains affectés,
des impolitesses voulues, qui l'avaient piquée au
jeu et lui avaient donné grande idée d'une actrice
si peu snob), sans doute cela tenait d'une façon
générale à la fascination que les gens du monde
exercent à partir d'un certain moment sur les
bohêmes les plus endurcis, parallèle à celle que ces
bohêmes exercent eux-mêmes sur les gens du monde,
double reflux qui correspond à ce qu'est dans l'ordre
politique la curiosité réciproque et le désir de faire
alliance entre peuples qui se sont combattus. Mais
le désir de Rachel pouvait avoir une raison plus
particulière. C'est chez Mme de Guermantes, c'est
de Mme de Guermantes, qu'elle avait reçu jadis sa
plus terrible avanie. Rachel l'avait peu à peu non
pas oubliée mais pardonnée, mais le prestige singulier qu'en avait reçu à ses yeux la duchesse ne
devait s'effacer jamais. L'entretien de l'attention
duquel je désirais détourner Gilberte, fut du reste
interrompu, car la maîtresse de maison vint chercher Rachel dont c'était le moment de réciter et
qui bientôt ayant quitté la duchesse, parut sur
l'estrade.

LE TEMPS RETROUVÉ

* *
* *

Or, pendant ce temps, avait lieu à l'autre bout de Paris un spectacle bien différent. La Berma avait convié quelques personnes à venir prendre le thé pour fêter son fils et sa belle-fille. Mais les invités ne se pressaient pas d'arriver. Ayant appris que Rachel récitait des vers chez la princesse de Guermantes (ce qui scandalisait fort la Berma, grande artiste pour laquelle Rachel était restée une grue qu'on laissait figurer dans les pièces où elle-même, la Berma, jouait le premier rôle — parce que Saint-Loup lui payait ses toilettes pour la scène —, scandale d'autant plus grand que la nouvelle avait couru dans Paris que les invitations étaient au nom de la princesse de Guermantes mais que c'était Rachel qui en réalité recevait chez la princesse) la Berma avait récrit avec insistance à quelques fidèles pour qu'ils ne manquassent pas à son goûter, car elle les savait aussi amis de la princesse de Guermantes qu'ils avaient connue Verdurin. Or, les heures passaient et personne n'arrivait chez la Berma. Bloch à qui on avait demandé s'il voulait y venir avait répondu naïvement : « Non, j'aime mieux aller chez la princesse de Guermantes ». Hélas ! c'est ce qu'au fond de soi chacun avait décidé. La Berma atteinte d'une maladie mortelle qui la forçait à fréquenter peu de monde, avait vu son état s'aggraver quand, pour subvenir aux besoins de luxe de sa fille, besoins que son gendre souffrant et paresseux ne pouvait satisfaire, elle s'était remise à jouer. Elle savait qu'elle abrégeait ses jours mais voulait faire plaisir à sa fille à qui elle rapportait de gros cachets, à son gendre qu'elle détestait mais flattait, car, le sachant adoré par sa fille, elle craignait si elle le mécontentait qu'il la privât, par méchanceté, de voir celle-ci. La fille de la Berma, qui n'était cependant pas positivement cruelle et était aimée en secret par le médecin qui soignait sa mère, s'était laissée persuader que ces représentations de *Phèdre* n'étaient pas bien dangereuses pour la malade. Elle avait en quelque sorte forcé le médecin à le lui dire, n'ayant retenu que cela de ce qu'il lui avait répondu, et parmi des objections dont elle ne tenait pas compte ; en effet, le médecin avait dit ne pas voir grand inconvénient aux représentations de la Berma ; il l'avait dit parce qu'il sentait qu'il ferait ainsi plaisir à la jeune femme qu'il aimait, peut-être aussi par ignorance, parce qu'aussi il savait de toutes façons la maladie inguérissable, et qu'on se résigne volontiers à abréger le martyre des malades quand ce qui est destiné à l'abréger nous profite à nous-même, peut-être aussi par la bête conception que cela faisait plaisir à la Berma et devait donc lui faire du bien, bête conception qui lui parut justifiée quand ayant reçu une loge des enfants de la Berma et ayant pour cela lâché tous ses malades, il l'avait trouvée aussi extraordinaire de vie sur la scène qu'elle semblait moribonde à la ville. Et en effet nos habitudes nous permettent dans une large mesure, permettent même à nos organismes, de s'accommoder d'une existence qui semblerait au premier abord ne pas être possible. Qui n'a vu un vieux maître de manège cardiaque faire toutes les acrobaties auquel on n'aurait pu croire que son cœur résisterait une minute. La Berma n'était pas une moins vieille habituée de la scène aux exigences de laquelle ses organes étaient si parfaitement adaptés, qu'elle pouvait donner, en se dépensant avec une prudence indiscernable pour le public l'illusion d'une bonne santé troublée seulement par un mal purement nerveux et imaginaire. Après la scène de la déclaration à Hippolyte, la Berma avait beau sentir l'épouvantable nuit qu'elle allait passer, ses admirateurs l'applaudissaient à toute force, la déclarant plus belle que jamais. Elle rentrait dans d'horribles souffrances mais heureuse d'apporter à sa fille les billets bleus, que par une gaminerie de vieille enfant de la balle elle avait l'habitude de serrer dans ses bas, d'où elle les sortait avec fierté, espérant un sourire, un baiser. Malheureusement, ces billets ne faisaient que permettre au gendre et à la fille de nouveaux embellissements de leur hôtel contigu à celui de leur mère, d'où d'incessants coups de marteau qui interrrompaient le sommeil dont la grande tragédienne aurait eu tant besoin. Selon les variations de la mode, et pour se conformer au goût de M. de X. ou de Y. qu'ils espéraient recevoir, ils modifiaient chaque pièce. Et la Berma sentant que le sommeil qui seul aurait calmé sa souffrance, s'était enfui, se résignait à ne pas se rendormir, non sans un secret mépris pour ces élégances qui avançaient sa mort, rendaient atroces ses derniers jours. C'est sans doute un peu à cause de cela qu'elle les méprisait, vengeance naturelle contre ce qui nous fait mal et que nous sommes impuissants à empêcher. Mais c'est aussi parce qu'ayant conscience du génie qui était en elle, ayant appris dès son plus jeune âge l'insignifiance de tous ces décrets de la mode, elle était quant à elle restée fidèle à la tradition qu'elle avait toujours respectée, dont elle était l'incarnation, qui lui faisait juger les choses et les gens comme trente ans auparavant, et par exemple juger Rachel non comme l'actrice à la mode qu'elle était devenue, mais comme la petite grue qu'elle avait connue. La Berma n'était pas du reste meilleure que sa fille, c'est en elle que sa fille avait puisé, par l'hérédité et par la contagion de l'exemple, qu'une admiration trop naturelle rendait plus efficace, son égoïsme, son impitoyable raillerie, son inconsciente cruauté. Seulement, tout cela la Berma l'avait immolé à sa fille et s'en était ainsi délivré. D'ailleurs la fille de la Berma n'eût-elle pas eu sans cesse des ouvriers chez elle, qu'elle eût fatigué sa mère, comme les forces attractives féroces et légères de la jeunesse fatiguent la vieillesse, la maladie qui se surmènent à vouloir les suivre. Tous les jours c'était un déjeuner nouveau et on eût trouvé la Berma égoïste d'en priver sa fille, même de ne pas assister au déjeuner où on comptait pour attirer bien difficilément quelques relations récentes et qui se faisaient tirer l'oreille, sur la présence prestigieuse de la mère illustre. On la « promettait » à ces mêmes relations, pour une fête au dehors, afin de leur faire « une politesse ». Et la pauvre mère, gravement occupée dans son tête-à-tête avec la mort installée en elle, était obligée de se lever de bonne heure, de sortir. Bien plus, comme à la même époque Réjane, dans tout l'éblouissement de son talent donna à l'étranger des représentations qui eurent un succès énorme, le gendre trouva que la Berma ne devait pas se laisser éclipser, voulut que la famille ramassât la même profusion de gloire et força la Berma à des tournées où on était obligé de la piquer à la mor-

phine, ce qui pouvait la faire mourir à cause de
l'état de ses reins. Ce même attrait de l'élégance,
du prestige social, de la vie, avait le jour de la fête
chez la princesse de Guermantes, fait pompe aspi-
rante et avait amené là-bas, avec la force d'une
machine pneumatique même les plus fidèles habitués de la Berma, où par contre et en conséquence,
il y avait vide absolu et mort. Un seul jeune homme
qui n'était pas certain que la fête chez la Berma
ne fut, elle aussi, brillante, était venu. Quand la
Berma vit l'heure passer et comprit que tout le
monde la lâchait elle fit servir le goûter et on s'assit
autour de la table mais comme pour un repas funéraire. Rien dans la figure de la Berma ne rappelait
plus celle dont la photographie, m'avait, un soir
de mi-carême, tant troublé. La Berma avait comme
dit le peuple la mort sur le visage. Cette fois c'était
bien d'un marbre de l'Erechthéon qu'elle avait l'air.
Ses artères durcies étant déjà à demi pétrifiées, on
voyait de longs rubans sculpturaux parcourir les
joues, avec une rigidité minérale. Les yeux mourants
vivaient relativement par contraste avec ce terrible
masque ossifié et brillaient faiblement comme un
serpent endormi au milieu des pierres. Cependant
le jeune homme qui s'était mis à la table par politesse regardait sans cesse l'heure, attiré qu'il était
par la brillante fête chez les Guermantes. La Berma
n'avait pas un mot de reproche à l'adresse des amis
qui l'avaient lâchée et qui espéraient naïvement
qu'elle ignorerait qu'ils étaient allés chez les Guermantes. Elle murmura seulement : « Une Rachel
donnant une fête chez la princesse de Guermantes,
il faut venir à Paris pour voir de ces choses-là. »
Et elle mangeait silencieusement et avec une lenteur

solennelle, des gâteaux défendus, ayant l'air d'obéir
à des rites funèbres. Le « goûter » était d'autant plus
triste que le gendre était furieux que Rachel, que
lui et sa femme connaissaient très bien, ne les eût
pas invités. Son crève-cœur fut d'autant plus grand
que le jeune homme invité lui avait dit connaître
assez bien Rachel pour que s'il partait tout de suite
chez les Guermantes, il pût lui demander d'inviter
ainsi à la dernière heure, le couple frivole. Mais la
fille de la Berma savait trop à quel niveau infime
sa mère situait Rachel et qu'elle l'eût tuée de désespoir en sollicitant de l'ancienne grue une invitation.
Aussi avait-elle dit au jeune homme et à son mari
que c'était chose impossible. Mais elle se vengeait
en prenant pendant ce goûter des petites mines
exprimant le désir des plaisirs, l'ennui d'être privée
d'eux par cette gêneuse qu'était sa mère. Celle-ci
faisait semblant de ne pas voir les moues de sa
fille et adressait de temps en temps d'une voix
mourante une parole aimable au jeune homme,
le seul invité qui fût venu. Mais bientôt la chasse
d'air qui emportait tout vers les Guermantes, et
qui m'y avait entraîné moi-même, fut la plus forte,
il se leva et partit, laissant Phèdre ou la mort,
on ne savait trop laquelle des deux c'était, achever
de manger avec sa fille et son gendre, les gâteaux
funéraires.

*
* *

La conversation que nous tenions Gilberte et moi
fut interrompue par la voix de Rachel qui venait de
s'élever. Le jeu de celle-ci était intelligent car il
présupposait la poésie que l'actrice était en train

de dire comme un tout existant avant cette récitation et dont nous n'entendions qu'un fragment, comme si l'artiste, passant sur un chemin, s'était trouvée pendant quelques instants à portée de notre oreille. Néanmoins les auditeurs avaient été stupéfaits en voyant cette femme avant d'avoir émis un seul son, plier les genoux, tendre les bras, en berçant quelque être invisible, devenir cagneuse, et tout d'un coup pour dire des vers fort connus, prendre un ton suppliant.

L'annonce d'une poésie que presque tout le monde connaissait avait fait plaisir. Mais quand on avait vu Rachel avant de commencer chercher partout des yeux d'un air égaré, lever les mains d'un air suppliant et pousser comme un gémissement à chaque mot, chacun se sentit gêné, presque choqué de cette exhibition de sentiments. Personne ne s'était dit que réciter des vers pouvait être quelque chose comme cela. Peu à peu on s'habitue, c'est-à-dire qu'on oublie la première sensation de malaise, on dégage ce qui est bien, on compare dans son esprit diverses manières de réciter, pour se dire ceci c'est mieux, ceci moins bien. La première fois de même, dans une cause simple, lorsqu'on voit un avocat s'avancer, lever en l'air un bras d'où retombe la toge, commencer d'un ton menaçant, on n'ose pas regarder les voisins. Car on se figure que c'est grotesque, mais après tout c'est peut-être magnifique et on attend d'être fixé. Tout le monde se regardait ne sachant trop quelle tête faire ; quelques jeunesses mal élevées étouffèrent un fou rire ; chacun jetait à la dérobée sur son voisin le regard furtif que dans les repas élégants, quand on a auprès de soi un instrument nouveau, fourchette à homard, râpe à sucre, etc., dont on ne connaît pas le but et le maniement, on attache sur un convive plus autorisé qui, espère-t-on, s'en servira avant vous et vous donnera ainsi la possibilité de l'imiter. Ainsi fait-on encore quand quelqu'un cite, un vers qu'on ignore mais qu'on veut avoir l'air de connaître et à qui, comme en cédant le pas devant une porte on laisse à un plus instruit, comme une faveur, le plaisir de dire de qui il est. Tels en entendant l'actrice, chacun attendait la tête baissée et l'œil investigateur que d'autres prissent l'initiative de rire ou de critiquer, ou de pleurer ou d'applaudir. Mᵐᵉ de Forcheville, revenue exprès de Guermantes d'où la duchesse, comme nous le verrons, était à peu près expulsée, avait pris une mine, attentive, tendue, presque carrément désagréable, soit **pour** montrer qu'elle était connaisseuse et ne venait pas en mondaine, soit par hostilité pour les gens moins versés dans la littérature qui eussent pu lui parler d'autre chose, soit par contention de toute sa personne afin de savoir si elle « aimait » ou si elle n'aimait pas, ou peut-être parce que tout en trouvant cela « intéressant », elle n' « aimait » pas, du moins, la manière de dire certains vers. Cette attitude eut dû être plutôt adoptée, semble-t-il, par la princesse de Guermantes. Mais comme c'était chez elle, et que devenue aussi avare que riche elle était décidée à ne donner que cinq roses à Rachel, elle faisait la claque. Elle provoquait l'enthousiasme et faisait la presse en poussant à tous moments des exclamations ravies. Là seulement elle se retrouvait Verdurin, car elle avait l'air d'écouter les vers pour son propre plaisir, d'avoir eu l'envie qu'on vînt les lui dire, à elle toute seule, et qu'il y eût par hasard là cinq cents personnes, à qui elle avait permis de venir comme en cachette assister à son propre plaisir. Cependant, je remarquai sans aucune satisfaction d'amour-propre car elle était devenue vieille et laide, que Rachel me faisait de l'œil, avec une certaine réserve d'ailleurs. Pendant toute la récitation, elle laissa palpiter dans ses yeux un sourire réprimé et pénétrant qui semblait l'amorce d'un acquiescement qu'elle eût souhaité venir de moi. Cependant, quelques vieilles dames peu habituées aux récitations poétiques, disaient à un voisin : « vous avez vu ? » faisant allusion à la mimique solennelle, tragique, de l'actrice, et qu'elles ne savaient comment qualifier. La duchesse de Guermantes sentit le léger flottement et décida de la victoire en s'écriant : « c'est admirable ! » au beau milieu du poème qu'elle crut peut-être terminé. Plus d'un invité tint alors à souligner cette exclamation d'un regard approbateur et d'une inclinaison de tête pour montrer moins peut-être leur compréhension de la récitante que leurs relations avec la duchesse. Quand le poème fut fini, comme nous étions à côté de Rachel, j'entendis celle-ci remercier Mᵐᵉ de Guermantes et en même temps, profitant de ce que j'étais à côté de la duchesse, elle se tourna vers moi et m'adressa un gracieux bonjour. Je compris alors qu'au contraire des regards passionnés du fils de M. de Vaugoubert que j'avais pris pour le bonjour de quelqu'un qui se trompait, ce que j'avais pris chez Rachel pour un regard de désir n'était qu'une provocation contenue à se faire reconnaître et saluer par moi. Je répondis par un salut souriant au sien. « Je suis sûre qu'il ne me reconnaît pas », dit en minaudant la récitante à la duchesse. « Mais si, dis-je avec assurance, je vous ai reconnue tout de suite. »

Si pendant les plus beaux vers de La Fontaine cette femme qui les récitait avec tant d'assurance n'avait pensé, soit par bonté, ou bêtise, ou gêne, qu'à la difficulté de me dire bonjour, pendant les mêmes beaux vers Bloch n'avait songé qu'à faire ses préparatifs pour pouvoir dès la fin de la poésie bondir comme un assiégé qui tente une sortie, et passant sinon sur le corps du moins sur les pieds de ses voisins, venir féliciter la récitante, soit par une conception erronée du devoir, soit par désir d'ostentation.

« C'était bien beau », dit-il à Rachel, et ayant dit ces simples mots, son désir étant satisfait, il repartit et fit tant de bruit pour regagner sa place que Rachel dut attendre plus de cinq minutes avant de réciter la seconde poésie. Quand elle eut fini celle-ci, les *Deux Pigeons*, Mme de Monrieuval s'approcha de Mme de Saint-Loup qu'elle savait fort lettrée sans se rappeler assez qu'elle avait l'esprit subtil et sarcastique de son père, et lui demanda : « C'est bien la fable de La Fontaine, n'est-ce pas ? » croyant bien l'avoir reconnue mais n'étant pas absolument certaine, car elle connaissait fort mal les fables de La Fontaine et de plus croyait que c'était des choses d'enfants qu'on ne récitait pas dans le monde. Pour avoir un tel succès l'artiste avait sans doute pastiché des fables de La Fontaine pensait la bonne dame. Or, Gilberte, jusque-là impassible, l'enfonça sans le vouloir dans cette idée, car n'aimant pas Rachel et voulant dire qu'il ne restait rien des fables avec une diction pareille, elle le dit de cette nuance trop subtile qui était celle de son père et qui laissait

les personnes naïves dans le doute sur ce qu'il voulait dire. Généralement plus moderne, quoique fille de
Swann, — comme un canard couvé par une poule —
elle était assez lakiste et se contentait de dire :
« Je trouve d'un touchant, c'est d'une sensibilité
charmante. » Mais à Mme de Monrieuval, Gilberte
répondit sous cette forme fantaisiste de Swann
à laquelle se trompaient les gens qui prennent tout
au pied de la lettre : « Un quart est de l'invention
de l'interprête, un quart de la folie, un quart n'a
aucun sens, le reste est de La Fontaine », ce qui
permit à Mme de Monrieuval de soutenir que ce
qu'on venait d'entendre n'était pas les *Deux Pigeons*
de La Fontaine mais un arrangement où tout au
plus un quart était de La Fontaine, ce qui n'étonna
personne vu l'extraordinaire ignorance de ce public.

Mais un des amis de Bloch étant arrivé en retard,
celui-ci eut la joie de lui demander s'il n'avait jamais
entendu Rachel, de lui faire une peinture extraordinaire de sa diction, en exagérant et en trouvant
tout d'un coup à raconter, à révéler à autrui cette
diction moderniste, un plaisir étrange qu'il n'avait
nullement éprouvé à l'entendre. Puis Bloch, avec
une émotion exagérée, félicita de nouveau Rachel
sur un ton de fausset et de proclamer son génie,
présenta son ami qui déclara n'admirer personne
autant qu'elle, et Rachel qui connaissait maintenant des dames de la haute société et sans s'en rendre
compte les copiait, répondit : « Oh ! je suis très
flattée, très honorée par votre appréciation. »
L'ami de Bloch lui demanda ce qu'elle pensait de
la Berma. « Pauvre femme, il paraît qu'elle est
dans la dernière misère. Elle n'a pas été, je ne
dirai pas sans talent car ce n'était pas au fond du vrai

talent, elle n'aimait que des horreurs, mais enfin
elle a été utile, certainement ; elle jouait d'une façon
assez vivante, et puis c'était une brave personne,
généreuse, qui s'est ruinée pour les autres. Voilà
bien longtemps qu'elle ne fait plus un sou, parce
que le public n'aime pas du tout ce qu'elle fait.
Du reste » ajouta-t-elle en riant, « je vous dirai
que mon âge ne m'a permis de l'entendre naturellement que tout à fait dans les derniers temps et
quand j'étais moi-même trop jeune pour me rendre
compte. » — « Elle ne disait pas très bien les vers ? »
hasarda l'ami de Bloch pour flatter Rachel qui
répondit : « Oh ça, elle n'a jamais su en dire un ;
c'était de la prose, du chinois, du volapuk, tout,
excepté un vers. D'ailleurs je vous dirai que bien
entendu je ne l'ai entendue que très peu, sur sa fin »,
ajouta-t-elle pour se rajeunir, « mais on m'a dit
qu'autrefois ce n'était pas mieux, au contraire. »
Je me rendais compte que le temps qui passe
n'amène pas forcément le progrès dans les arts.
Et de même que tel auteur du xviie siècle qui n'a
connu ni la Révolution française, ni les découvertes
scientifiques, ni la guerre, peut être supérieur à tel
écrivain d'aujourd'hui et que peut-être même Fagon
était un aussi grand médecin que du Boulbon (la
supériorité du génie compensant ici l'infériorité
du savoir) de même la Berma était comme on dit
à cent pics au-dessus de Rachel et le temps en la
mettant en vedette en même temps qu'Elstir avait
consacré son génie.
Il ne faut pas s'étonner que l'ancienne maîtresse
de Saint-Loup débinât la Berma. Elle l'eût fait
quand elle était jeune. Ne l'eût-elle pas fait alors
qu'elle l'eût fait maintenant. Qu'une femme du

monde de la plus haute intelligence, de la plus
grande bonté se fasse actrice, déploie dans ce métier
nouveau pour elle de grands talents, n'y rencontre
que des succès, on s'étonnera si on se trouve auprès
d'elle après longtemps d'entendre non son langage
à elle, mais celui des comédiennes, leur rosserie
spéciale envers les camarades, tout ce qu'ajoutent
à l'être humain quand ils ont passé sur lui « trente
ans de théâtre ». Rachel se comportait de même
tout en ne sortant pas du monde.

Madame de Guermantes au déclin de sa vie,
avait senti s'éveiller en soi des curiosités nouvelles.
Le monde n'avait plus rien à lui apprendre. L'idée
qu'elle y avait la première place était, nous l'avons
vu, aussi évidente pour elle que la hauteur du ciel
bleu par-dessus la terre. Elle ne croyait pas avoir
à affermir une position qu'elle jugeait inébranlable.
En revanche lisant, allant au théâtre, elle eût souhaité
avoir un prolongement de ces lectures, de ces
spectacles ; comme jadis dans l'étroit petit jardin
où on prenait de l'orangeade, tout ce qu'il y avait
de plus exquis, dans le grand monde, venait fami-
lièrement parmi les brises parfumées du soir et les
nuages de pollen entretenir en elle le goût du grand
monde, de même maintenant un autre appétit lui
faisait souhaiter savoir les raisons de telle polé-
mique littéraire, connaître ses auteurs, voir des
actrices. Son esprit fatigué réclamait une nouvelle
alimentation. Elle se rapprocha pour connaître les
uns et les autres de femmes avec qui jadis elle
n'eût pas voulu échanger de cartes et qui faisaient
valoir leur intimité avec le directeur de telle revue
dans l'espoir d'avoir la duchesse. La première
actrice invitée crut être la seule dans un milieu

extraordinaire, lequel parut plus médiocre à la seconde quand elle vit celle qui l'y avait précédée. La duchesse, parce qu'à certains soirs elle recevait des souverains, croyait que rien n'était changé à sa situation. En réalité, elle la seule d'un sang vraiment sans alliage, elle qui étant née Guermantes pouvait signer Guermantes — Guermantes quand elle ne signait pas la duchesse de Guermantes, elle qui à ses belles-sœurs même semblait quelque chose de plus précieux que tout, comme un Moïse sauvé des eaux, un Christ échappé en Égypte, un Louis XVII enfui du Temple, le pur du pur, maintenant sacrifiant sans doute par ce besoin héréditaire de nourriture spirituelle qui avait fait la décadence sociale de Mme de Villeparisis, elle était devenue elle-même une Mme de Villeparisis chez qui les femmes snobs redoutaient de rencontrer telle ou tel, et de laquelle les jeunes gens constatant le fait accompli sans savoir ce qui l'a précédé croyaient que c'était une Guermantes d'une moins bonne cuvée, d'une moins bonne année, une Guermantes déclassée. Dans les milieux nouveaux qu'elle fréquentait, restée bien plus la même qu'elle ne croyait, elle continuait à croire que s'ennuyer facilement était une supériorité intellectuelle mais elle l'exprimait avec une sorte de violence qui donnait à sa voix quelque chose de rauque. Comme je lui parlais de Brichot : « Il m'a assez embêtée pendant vingt ans », et comme Mme de Cambremer disait : « Relisez ce que Schopenhauer dit de la musique », elle nous fit remarquer cette phrase en disant avec violence : « Relisez est un chef-d'œuvre ! Ah ! non ça par exemple, il ne faut pas nous la faire ». Alors le vieux d'Albon sourit en reconnaissant une des formes de l'esprit Guermantes.

« On peut dire ce qu'on veut, c'est admirable, cela a de la ligne, du caractère, c'est intelligent, personne n'a jamais dit les vers comme ça », dit la duchesse en parlant de Rachel, craignant que Gilberte ne débinât. Celle-ci s'éloigna vers un autre groupe pour éviter un conflit avec sa tante laquelle, d'ailleurs, ne dit sur Rachel que des choses fort ordinaires. Mais puisque les meilleurs écrivains cessent souvent aux approches de la vieillesse, ou après un excès de production, d'avoir du talent, on peut bien excuser les femmes du monde, de cesser à partir d'un certain moment d'avoir de l'esprit. Swann ne retrouvait plus dans l'esprit dur de la duchesse de Guermantes, le « fondu » de la jeune princesse des Laumes. Sur le tard, fatiguée au moindre effort, Mme de Guermantes disait énormément de bêtises. Certes, à tout moment et bien des fois au cours même de cette matinée, elle redevenait la femme que j'avais connue et parlait des choses mondaines avec esprit. Mais à côté de cela, bien souvent il arrivait que cette parole pétillante sous un beau regard et qui pendant tant d'années avait tenu sous son sceptre spirituel les hommes les plus éminents de Paris, scintillât encore mais pour ainsi dire à vide. Quand le moment de placer un mot venait, elle s'interrompait pendant le même nombre de secondes qu'autrefois, elle avait l'air d'hésiter, de produire, mais le mot qu'elle lançait alors ne valait rien. Combien peu de personnes d'ailleurs s'en apercevaient, la continuité du procédé leur faisait croire à la survivance de l'esprit, comme il arrive à ces gens qui, superstitieusement attachés à une marque de pâtisserie, continuent à faire venir leurs petits fours d'une même maison sans s'apercevoir qu'ils sont devenus détestables. Déjà, pendant la guerre, la duchesse avait donné des marques de cet affaiblissement. Si quelqu'un disait le mot culture, elle l'arrêtait, souriait, allumait son beau regard, et lançait : « la KKKKultur », ce qui faisait rire les amis qui croyaient retrouver là l'esprit des Guermantes. Et certes, c'était le même moule, la même intonation, le même sourire qui avaient jadis ravi Bergotte, lequel du reste, s'il avait vécu, eût aussi gardé ses coupes de phrase, ses interjections, ses points suspensifs, ses épithètes, mais pour ne rien dire. Mais les nouveaux venus s'étonnaient et parfois disaient, s'ils n'étaient pas tombés un jour où elle était drôle et en pleine possession de ses moyens : « Comme elle est bête ! » La duchesse, d'ailleurs, s'arrangeait pour canaliser son encanaillement et ne pas le laisser s'étendre à celles des personnes de sa famille desquelles elle tirait une gloire aristocratique. Si au théâtre elle avait pour remplir son rôle de protectrice des arts, invité un ministre ou un peintre et que celui-ci ou celui-là lui demandât naïvement si sa belle-sœur ou son mari n'étaient pas dans la salle, la duchesse timorée, avec les apparences superbes de l'audace, répondait insolemment : « Je n'en sais rien. Dès que je sors de chez moi, je ne sais plus ce que fait ma famille. Pour tous les hommes politiques, pour tous les artistes, je suis veuve. » Ainsi s'évitait-elle que le parvenu trop empressé s'attirât des rebuffades — et lui attirât à elle-même des réprimandes — de M. de Marsantes et de Basin.

Je dis à Mme de Guermantes que j'avais rencontré M. de Charlus. Elle le trouvait encore plus « baissé » qu'il n'était, les gens du monde faisant des différences en ce qui concerne l'intelligence, non seulement entre divers gens du monde chez lesquels elle est à peu près semblable, mais même chez une même personne à différents moments de sa vie. Puis elle ajouta : « Il a toujours été le portrait de ma belle-mère ; c'est encore plus frappant maintenant ». Cette ressemblance n'avait rien d'extraordinaire. On sait en effet que certaines femmes se projettent en quelque sorte elles-mêmes en un autre être avec la plus grande exactitude, la seule erreur est dans le sexe. Erreur dont on ne peut pas dire : *felix culpa*, car le sexe réagit sur la personnalité et chez un homme le féminisme devient afféterie, la réserve, suscep-tibilité, etc. N'importe, dans la figure fût-elle bar-bue, dans les joues même congestionnées sous les favoris, il y a certaines lignes superposables à quelque portrait maternel. Il n'est guère de vieux Charlus qui ne soit une ruine où l'on ne reconnaisse avec étonnement sous tous les empâtements de la graisse et de la poudre de riz quelques fragments d'une belle femme, en sa jeunesse éternelle.

« Je ne peux pas vous dire comme ça me fait plaisir de vous voir », reprit la duchesse. « Mon Dieu, quand est-ce que je vous avais vu la dernière fois... » — « En visite chez Mme d'Agrigente où je vous trouvais souvent ». — « Naturellement, j'y allais souvent mon pauvre petit, comme Basin l'aimait à ce moment-là. C'est toujours chez sa bonne amie du moment qu'on me rencontrait le plus parce qu'il me disait : « Ne manquez pas d'aller lui faire une visite ». Au fond cela me paraissait un peu inconvenant cette espèce de « visite de digestion » qu'il m'envoyait faire une fois qu'il avait consommé. J'avais fini assez vite par m'y habituer, mais ce qu'il y avait de plus ennuyeux c'est que j'étais obligée de garder des relations après qu'il avait rompu les siennes. Ça me faisait toujours penser aux vers de Victor Hugo : « Emporte le bonheur et laisse-moi l'ennui ». Comme dans la poésie j'entrais tout de même avec un sourire mais vraiment ce n'était pas juste, il aurait dû me laisser à l'égard de ses maîtresses le droit d'être volage, car en accumulant tous ses laissés pour compte, j'avais fini par ne plus avoir une après-midi à moi. D'ailleurs ce temps me semble doux relativement au présent. Mon Dieu qu'il se soit remis à me tromper, ça ne pourrait que me flatter parce que ça me rajeunit. Mais je préférais son ancienne manière. Dame, il y avait trop longtemps qu'il ne m'avait trompée, il ne se rappelait plus la manière de s'y prendre ! Ah ! mais nous ne sommes pas mal ensemble tout de même, nous nous parlons, nous nous aimons même assez, me dit la duchesse, craignant que je n'eusse compris qu'ils étaient tout à fait séparés et comme on dit de quelqu'un qui est très malade : « mais il parle encore très bien, je lui ai fait la lecture ce matin pendant une heure », elle ajouta : « Je vais lui dire que vous êtes là, il voudra vous voir ». Et elle alla près du duc qui assis sur un canapé auprès d'une dame causait avec elle. Mais en voyant sa femme venir lui parler, il prit un air si furieux qu'elle ne put que se retirer. « Il est occupé, je ne sais pas ce qu'il fait, nous verrons tout à l'heure, me dit Mᵐᵉ de Guermantes préférant me laisser me débrouiller. Bloch s'étant approché de nous et ayant demandé de la part de son américaine qui était une jeune duchesse qui était là, je répondis que c'était la nièce de M. de Bréauté, nom sur lequel Bloch

à qui il ne disait rien demanda des explications. »
« Ah ! Bréauté, s'écria Mme de Guermantes, en s'adressant à moi, vous vous rappelez, mon Dieu, que tout cela est loin », puis, se tournant vers Bloch : « Hé bien, c'était un snob. C'étaient des gens qui habitaient près de chez ma belle-mère. Cela ne vous intéresserait pas, c'est amusant pour ce petit, ajouta-t-elle en me désignant, qui a connu tout ça autrefois en même temps que moi », ajouta Mme de Guermantes me montrant par ces paroles, de bien des manières, le longtemps qui s'était écoulé. Les amitiés, les opinions de Mme de Guermantes s'étaient tant renouvelées depuis ce moment-là qu'elle considérait son charmant Babel comme un snob. D'autre part, il ne se trouvait pas seulement reculé dans le temps, mais chose dont je ne m'étais pas rendu compte quand à mes débuts dans le monde, je l'avais cru une des notabilités essentielles de Paris qui resterait toujours associé à son histoire mondaine comme celui de Colbert à celle du règne de Louis XIV, il avait lui aussi sa marque provinciale, il était un voisin de campagne de la vieille duchesse avec lequel la princesse des Laumes s'était liée comme tel. Pourtant ce Bréauté dépouillé de son esprit, relégué dans ses années si lointaines qu'il datait, ce qui prouvait qu'il avait été entièrement oublié depuis par la duchesse, et dans les environs de Guermantes, était entre la duchesse et moi, ce que je n'eusse jamais cru le premier soir à l'Opéra-Comique quand il m'avait paru un Dieu nautique habitant son antre marin, un lien. parce qu'elle se rappelait que je l'avais connu, donc que j'étais son ami à elle, sinon sorti du même monde qu'elle, du moins vivant dans le même monde qu'elle depuis bien plus long-

temps que bien des personnes présentes, qu'elle se le rappelait, et assez imparfaitement cependant pour avoir oublié certains détails qui m'avaient à moi semblé alors essentiels, que je n'allais pas à Guermantes et n'étais qu'un petit bourgeois de Combray, au temps où elle venait à la messe de mariage de Mlle Percepied, qu'elle ne m'invitait pas, malgré toutes les prières de St-Loup, dans l'année qui suivit son apparition à l'Opéra-Comique. A moi cela me semblait capital, car c'est justement à ce moment là que la vie de la duchesse de Guermantes m'apparaissait comme un Paradis où je n'entrerais pas, mais pour elle, elle lui apparaissait comme sa même vie médiocre de toujours, et puisque j'avais, à partir d'un certain moment, dîné souvent chez elle, que j'avais d'ailleurs été, avant cela même, un ami de sa tante et de son neveu, elle ne savait plus exactement à quelle époque notre intimité avait commencé et ne se rendait pas compte du formidable anachronisme qu'elle faisait en faisant commencer cette amitié quelques années trop tôt. Car cela faisait que j'eusse connu la Mme de Guermantes du nom de Guermantes impossible à connaître, que j'eusse été reçu dans le nom aux syllabes dorées, dans le faubourg St-Germain, alors que tout simplement j'étais allé dîner chez une dame qui n'était déjà plus pour moi qu'une dame comme une autre, et qui m'avait fait quelquefois inviter non à descendre dans le royaume sous-marin des néréides mais à passer la soirée dans la baignoire de sa cousine. « Si vous voulez des détails sur Bréauté, qui n'en valait guère la peine, ajouta-t-elle en s'adressant à Bloch, demandez-en à ce petit qui le vaut cent fois : il a dîné cinquante fois avec lui chez moi. N'est-ce pas que c'est chez moi que vous l'avez connu. En tous cas c'est chez moi que vous avez connu Swann ». Et j'étais aussi surpris qu'elle pût croire que j'avais peut-être connu M. Bréauté ailleurs que chez elle, donc que j'allasse dans ce monde-là avant de la connaître, que de voir qu'elle croyait que c'était chez elle que j'avais connu Swann. Moins mensongèrement que Gilberte quand elle disait de Bréauté : « C'est un vieux voisin de campagne, j'ai plaisir à parler avec lui de Tansonville », alors qu'autrefois à Tansonville, il ne les fréquentait pas, j'aurais pu dire : « C'est un voisin de campagne qui venait souvent nous voir le soir », de Swann qui en effet me rappelait tout autre chose que les Guermantes. « Je ne saurais pas vous dire », reprit-elle ! « C'était un homme qui avait tout dit quand il parlait d'Altesses. Il avait un lot d'histoires assez drôles sur des gens de Guermantes, sur ma belle-mère, sur Madame de Varambon avant qu'elle fût auprès de la princesse de Parme. Mais qui sait aujourd'hui qui était Madame de Varambon ? Ce petit-là, oui, il a connu tout ça, mais tout ça c'est fini, ce sont des gens dont le nom même n'existe plus et qui d'ailleurs ne mériteraient pas de survivre ». Et je me rendais compte, malgré cette chose une que semble le monde, et où en effet les rapports sociaux arrivent à leur maximum de concentration et où tout communique, comme il y reste des provinces, ou du moins comme le Temps en fait qui changent de nom, qui ne sont plus compréhensibles pour ceux qui y arrivent seulement quand la configuration a changé. « C'était une bonne dame qui disait des choses d'une bêtise inouie », reprit en parlant de Mme de Varambon la duchesse qui insensible à cette poésie de l'incompréhensible, qui est un effet du temps, dégageait en toute chose l'élément drôle, assimilable à la littérature genre Meilhac, à l'esprit des Guermantes. « A un moment, elle avait la manie d'avaler tout le temps des pastilles qu'on donnait dans ce temps-là contre la toux et qui s'appelaient, » ajouta-t-elle, en riant elle-même d'un nom si spécial, si connu autrefois, si inconnu aujourd'hui des gens à qui elle parlait, « des pastilles Géraudel. « Madame de Varambon lui disait ma belle-mère, en avalant tout le temps comme cela des pastilles Géraudel, vous vous ferez mal à l'estomac ». « Mais Madame la Duchesse, répondit Mme de Varambon, comment voulez-vous que cela fasse mal à l'estomac puisque cela va dans les bronches ». Et puis c'est elle qui disait : « La duchesse a une vache si belle qu'on la prend toujours pour étalon. » Et Mme de Guermantes eût volontiers continué à raconter des histoires de Mme de Varambon dont nous connaissions des centaines, mais nous sentions bien que ce nom n'éveillait dans la mémoire ignorante de Bloch aucune des images qui se levaient pour nous aussitôt qu'il était question de Mme de Varambon, de M. de Bréauté, du prince d'Agrigente et à cause de cela même excitait peut-être chez lui un prestige que je savais exagéré mais que je trouvais compréhensible, non pas parce que je l'avais moi-même subi, nos propres erreurs et nos propres ridicules ayant rarement pour effet de nous rendre, même quand nous les avons percés à jour, plus indulgents à ceux des autres.

Le passé s'était tellement tranformé dans l'esprit de la duchesse ou bien les démarcations qui existaient dans le mien avaient été toujours si absentes du sien que ce qui avait été événement pour moi avait passé inaperçu d'elle, qu'elle pouvait supposer non seulement que j'avais connu Swann chez elle et M. de Bréauté ailleurs, me faisant ainsi un passé d'homme du monde qu'elle reculait même trop loin. Car cette notion du temps écoulé que je venais d'acquérir, la duchesse l'avait aussi et même avec une illusion inverse de celle qui avait été la mienne de le croire plus court qu'il n'était, elle au contraire exagérait, elle le faisait remonter trop haut, notamment sans tenir compte de cette infinie ligne de démarcation entre le moment où elle était pour moi un nom, puis l'objet de mon amour — et le moment où elle n'avait été pour moi qu'une femme du monde quelconque. Or, je n'étais allé chez elle que dans cette seconde période où elle était pour moi une autre personne. Mais à ses propres yeux ces différences échappaient et elle n'eût pas trouvé plus singulier que j'eusse été chez elle deux ans plus tôt, ne sachant pas qu'elle était alors pour moi une autre personne, sa personne n'offrant pas pour elle-même, comme pour moi, de discontinuité.

Je dis à la duchesse de Guermantes, en lui racontant que Bloch avait cru que c'était l'ancienne princesse de Guermantes qui recevait : « Cela me rappelle la première soirée où je suis allé chez la princesse de Guermantes, où je croyais ne pas être invité et qu'on allait me mettre à la porte et où vous aviez une robe toute rouge et des souliers rouges ». « Mon Dieu, que c'est vieux, tout cela, me répondit la duchesse, accentuant pour moi l'impression du temps écoulé ». Elle regardait dans le lointain avec mélancolie et pourtant insista particulièrement sur la robe rouge. Je lui demandai de me la décrire, ce qu'elle fit complaisamment. « Main-

tenant cela ne se porterait plus du tout. C'étaient des
robes qui se portaient dans ce temps-là. » « Mais est-ce
que ce n'était pas joli, lui dis-je ». Elle avait toujours
peur de donner un avantage contre elle par ses
paroles, de dire quelque chose qui la diminuât.
« Mais si, moi je trouvais cela très joli. On n'en porte
pas, parce que cela ne se fait plus en ce moment.
Mais cela se reportera, toutes les modes reviennent,
en robes, en musique, en peinture », ajouta-t-elle
avec force car elle croyait une certaine originalité
à cette philosophie. Cependant la tristesse de vieillir
lui rendit sa lassitude qu'un sourire lui disputa :
« Vous êtes sûr que c'étaient des souliers rouges, je
croyais que c'était des souliers d'or ». J'assurai que
cela m'était infiniment présent à l'esprit, sans dire
la circonstance qui me permettait de l'affirmer.
« Vous êtes gentil de vous rappeler cela, me dit-elle
d'un air tendre », car les femmes appellent gentillesse se souvenir de leur beauté comme les artistes
admirer leurs œuvres. D'ailleurs, si lointain que soit
le passé, quand on est une femme de tête comme la
duchesse, il peut ne pas être oublié. « Vous rappelez-
vous, » me dit-elle en remerciement de mon souvenir pour sa robe et ses souliers, « que nous vous
avons ramené Basin et moi. Vous aviez une jeune
fille qui devait venir vous voir après minuit. Basin
riait de tout son cœur en pensant qu'on vous faisait
des visites à cette heure-là. » Je me rappelais en effet
que ce soir-là Albertine était venue me voir après
la soirée de la princesse de Guermantes, je me le
rappelais aussi bien que la duchesse, moi à qui Albertine était maintenant aussi indifférente qu'elle l'eût
été à Mme de Guermantes, si Mme de Guermantes
eût su que la jeune fille à cause de qui je n'avais

pas pu entrer chez eux était Albertine. C'est que longtemps après que les pauvres morts sont sortis de nos cœurs, leur poussière indifférente continue à être mêlée, à servir d'alliage, aux circonstances du passé. Et sans plus les aimer il arrive qu'en évoquant une chambre, une allée, un chemin, où ils furent à une certaine heure, nous sommes obligés, pour que la place qu'ils occupaient soit remplie, de faire allusion à eux, même sans les regretter, même sans les nommer, même sans permettre qu'on les identifie. (Mme de Guermantes n'identifiait guère la jeune fille qui devait venir ce soir-là, n'avait jamais su son nom et n'en parlait qu'à cause de la bizarrerie de l'heure et de la circonstance). Telles sont les formes dernières et peu enviables de la survivance.

Si les jugements que la duchesse porta ensuite sur Rachel furent en eux-mêmes médiocres, ils m'intéressèrent en ce que, eux aussi, marquaient une heure nouvelle sur le cadran. Car la duchesse n'avait pas plus complètement que Rachel perdu le souvenir de la soirée que celle-ci avait passé chez elle, mais ce souvenir n'y avait pas subi une moindre transformation. « Je vous dirai, me dit-elle, que cela m'intéresse d'autant plus de l'entendre et de l'entendre acclamée, que je l'ai dénichée, appréciée, prônée, imposée à une époque où personne ne la connaissait et où tout le monde se moquait d'elle. Oui, mon petit, cela va vous étonner, mais la première maison où elle s'est fait entendre en public, c'est chez moi ! Oui, pendant que tous les gens prétendus d'avant-garde comme ma nouvelle cousine », dit-elle en montrant ironiquement la princesse de Guermantes qui pour Oriane restait Mme Verdurin, « l'auraient laissé crever de faim sans daigner l'entendre, je l'avais trouvée intéressante et je lui avais fait offrir un cachet pour venir jouer chez moi devant tout ce que nous faisions de mieux comme gratin. Je peux dire d'un mot un peu bête et prétentieux, car au fond le talent n'a besoin de personne, que je l'ai lancée. Bien entendu elle n'avait pas besoin de moi ». J'esquissai un geste de protestation et je vis que Mme de Guermantes était toute prête à accueillir la thèse opposée : « Si ? Vous croyez que le talent a besoin d'un appui ? Au fond vous avez peut-être raison. C'est curieux, vous dites justement ce que Dumas me disait autrefois. Dans ce cas je suis extrêmement flattée si je suis pour quelque chose, pour si peu que ce soit, non pas évidemment dans le talent, mais dans la renommée d'une telle artiste ». Mme de Guermantes préférait abandonner son idée que le talent perce tout seul comme un abcès, parce que c'était plus flatteur pour elle, mais aussi parce que depuis quelque temps recevant des nouveaux venus, et étant du reste fatiguée, elle s'était faite assez humble, interrogeant les autres, leur demandant leur opinion pour s'en former une. « Je n'ai pas besoin de vous dire reprit-elle, que cet intelligent public, qui s'appelle le monde, ne comprenait absolument rien à cela. On protestait, on riait. J'avais beau leur dire : « c'est curieux. c'est intéressant, c'est quelque chose qui n'a encore jamais été fait, on ne me croyait pas, comme on ne m'a jamais cru pour rien. C'est comme la chose qu'elle jouait, c'était une chose de Maeterlinck, maintenant c'est très connu, mais à ce moment-là tout le monde s'en moquait, eh bien moi je trouvais ça admirable. Ça m'étonne même quand j'y pense qu'une paysanne comme moi qui n'ai que l'éducation des filles de province, ait aimé du pre-

mier coup ces choses-là. Naturellement, je n'aurais
pas pu dire pourquoi, mais ça me plaisait, ça me
remuait, tenez, Basin qui n'a rien d'un sensible avait
été frappé de l'effet que ça me produisait. Il m'avait
dit : « Je ne veux plus que vous entendiez ces absurdités, ça vous rend malade ». Et c'était vrai parce
qu'on me prend pour une femme sèche et que je
suis au fond un paquet de nerfs ».

*
* *

A ce moment se produisit un incident inattendu.
Un valet de pied vint dire à Rachel que la fille de la
Berma et son gendre demandaient à lui parler.
On a vu que la fille de la Berma avait résisté au désir
qu'avait son mari de faire demander une invitation
à Rachel. Mais après le départ du jeune homme
invité, l'ennui du jeune couple auprès de leur mère
s'était accru, la pensée que d'autres s'amusaient,
les tourmentait, bref, profitant d'un moment où
la Berma s'était retirée dans sa chambre, crachant
un peu de sang, ils avaient quatre à quatre revêtu
des vêtements plus élégants, fait appeler une voiture
et étaient venus chez la princesse de Guermantes sans
être invités. Rachel se doutant de la chose et secrète-
ment flattée prit un ton arrogant et dit au valet de
pied qu'elle ne pouvait pas se déranger, qu'ils écri-
vissent un mot pour dire l'objet de leur démarche
insolite. Le valet de pied revint portant une carte
où la fille de la Berma avait griffonné qu'elle et son
mari n'avaient pu résister au désir d'entendre Rachel
et lui demandaient de les laisser entrer. Rachel sourit
de la niaiserie de leur prétexte et de son propre
triomphe. Elle fit répondre qu'elle était désolée mais

213

qu'elle avait terminé ses récitations. Déjà dans l'anti-chambre où l'attente du couple s'était prolongée, les valets de pieds commençaient à se gausser des deux solliciteurs éconduits. La honte d'une avanie, le souvenir du rien qu'était Rachel auprès de sa mère, poussèrent la fille de la Berma à poursuivre à fond une démarche que lui avait fait risquer d'abord le simple besoin du plaisir. Elle fit demander comme un service à Rachel, dût-elle ne pas avoir à l'entendre, la permission de lui serrer la main. Rachel était en train de causer avec un prince italien qu'on disait séduit par l'attrait de sa grande fortune dont quel-ques relations mondaines dissimulaient un peu l'ori-gine ; elle mesura le renversement des situations qui mettait maintenant les enfants de l'illustre Berma à ses pieds. Après avoir narré à tout le monde d'une façon plaisante cet incident, elle fit dire au jeune couple d'entrer, ce qu'il fit sans se faire prier, ruinant d'un seul coup la situation sociale de la Berma comme il avait détruit sa santé. Rachel l'avait compris, et que son amabilité condescendante don-nerait la réputation, à elle de plus de bonté, au jeune couple de plus de bassesse que n'eût fait son refus. Aussi les reçut-elle à bras ouverts avec affecta-tion ; disant d'un air de protectrice en vue et qui sait oublier sa grandeur : « Mais je crois bien ! c'est une joie. La princesse sera ravie ». Ne sachant pas qu'on croyait au Théâtre que c'était elle qui invitait, peut-être avait-elle craint qu'en refusant l'entrée aux enfants de la Berma ceux-ci doutassent, au lieu de sa bonne volonté, ce qui lui eût été bien égal, de son influence. La duchesse de Guermantes s'éloi-gna instinctivement, car au fur et à mesure que quel-qu'un avait l'air de rechercher le monde, il baissait dans l'estime de la duchesse. Elle n'en avait plus en ce moment que pour la bonté de Rachel et eût tourné le dos aux enfants de la Berma si on les lui avait présentés. Rachel cependant composait déjà dans sa tête la phrase gracieuse dont elle accablerait le lendemain la Berma dans les coulisses : « J'ai été navrée, désolée, que votre fille fasse antichambre. Si j'avais compris ! Elle m'envoyait bien cartes sur cartes ». Elle était ravie de porter ce coup à la Berma. Peut-être eût-elle reculé si elle eût su que ce serait un coup mortel. On aime à faire des victimes, mais sans se mettre précisément dans son tort, et en les laissant vivre. D'ailleurs où était son tort ? Elle devait dire en riant quelques jours plus tard : « c'est un peu fort, j'ai voulu être plus aimable pour ses enfants qu'elle n'a jamais été pour moi, et pour un peu on m'accuserait de l'avoir assassinée. Je prends la duchesse à témoin ». Il semble pour les grands artistes que tous les mauvais sentiments et tout le factice de la vie de théâtre passent en leurs enfants sans que chez eux le travail obstiné soit un dérivatif comme chez la mère ; les grandes tragédiennes meurent souvent victimes de complots domestiques noués autour d'elles, comme il leur arrivait tant de fois à la fin des pièces qu'elles jouaient.

* *
*

Gilberte, nous l'avons vu, avait voulu éviter un conflit avec sa tante au sujet de Rachel. Elle avait bienfait : il n'était déjà pas facile de prendre devant Mme de Guermantes la défense de la fille d'Odette, tant son animosité était grande, et cela parce que la manière nouvelle dont la duchesse m'avait dit être trompée, était la manière dont le duc la trompait, si extraordinaire que cela pût paraître à qui savait l'âge d'Odette, avec Mme de Forcheville.

Quand on pensait à l'âge que devait avoir maintenant Mme de Forcheville, cela semblait en effet, extraordinaire. Mais peut-être Odette avait-elle commencé la vie de femme galante très jeune. Et puis il y a des femmes qu'à chaque décade on retrouve, en une nouvelle incarnation, ayant de nouvelles amours, parfois alors qu'on les croyait mortes, faisant le désespoir d'une jeune femme, que pour elles abandonne son mari.

La vie de la duchesse ne laissait pas d'ailleurs d'être très malheureuse et pour une raison qui par ailleurs avait pour effet de déclasser parallèlement la société que fréquentait M. de Guermantes. Celui-ci qui depuis longtemps calmé par son âge avancé, et quoique il fût encore robuste, avait cessé de tromper Mme de Guermantes, s'était épris de Mme de Forcheville sans qu'on sût bien les débuts de cette liaison.

Mais celle-ci avait pris des proportions telles que le vieillard, imitant dans ce dernier amour, la manière de ceux qu'il avait eus autrefois, séquestrait sa maîtresse au point que si mon amour pour Albertine avait répété avec de grandes variations, l'amour de Swann pour Odette, l'amour de M. de Guermantes rappelait celui que j'avais eu pour Albertine. Il fallait qu'elle déjeûnât, qu'elle dinât avec lui, il était toujours chez elle ; elle s'en parait auprès d'amis qui sans elle n'eussent jamais été en relation avec le duc de Guermantes et qui venaient là pour le connaître, un peu comme on va chez une cocotte pour connaître un souverain son amant. Certes,

Mme de Forcheville était depuis longtemps devenue une femme du monde. Mais recommençant à être entretenue sur le tard, et par un si orgueilleux vieillard qui était tout de même chez elle le personnage important, elle se diminuait à chercher seulement à avoir les peignoirs qui lui plussent, la cuisine qu'il aimait, à flatter ses amis en leur disant qu'elle lui avait parlé d'eux, comme elle disait à mon grand oncle qu'elle avait parlé de lui au Grand-Duc qui lui envoyait des cigarettes, en un mot elle tendait, malgré tout l'acquis de sa situation mondaine, et par la force de circonstances nouvelles à redevenir, telle qu'elle était apparue à mon enfance, la dame en rose. Certes, il y avait bien des années que mon oncle Adolphe était mort. Mais la substitution autour de nous d'autres personnes aux anciennes, nous empêche-t-elle de recommencer la même vie ? Ces circonstances nouvelles, elle s'y était prêtée sans doute par cupidité, mais aussi parce que assez recherchée dans le monde quand elle avait une fille à marier, laissée de côté dès que Gilberte eut épousé St-Loup, elle sentit que le duc de Guermantes qui eût tout fait pour elle, lui amènerait nombre de duchesses peut-être enchantées de jouer un tour à leur amie Oriane, et peut-être enfin piquée au jeu par le mécontentement de la duchesse sur laquelle un sentiment féminin de rivalité la rendait heureuse de prévaloir. Des neveux fort difficiles du duc de Guermantes, les Courvoisier, Mme de Marsantes, la princesse de Trania, allaient chez Mme de Forcheville dans un espoir d'héritage, sans s'occuper de la peine que cela pouvait faire à Mme de Guermantes, dont Odette, piquée par ses dédains disait tout le mal possible. Cette liaison avec Mme de Forcheville, liaison qui n'était qu'une imitation de ses liaisons plus anciennes, venait de faire perdre au duc de Guermantes pour la deuxième fois, la possibilité de la Présidence du Jockey et un siège de membre libre à l'Académie des Beaux-Arts, comme la vie de M. de Charlus, publiquement associée à celle de Jupien lui avait fait manquer la présidence de l'Union et celle aussi de la Société des amis du vieux Paris. Ainsi les deux frères si différents dans leurs goûts étaient arrivés à la déconsidération à cause d'une même paresse, d'un même manque de volonté, lequel était sensible mais agréablement chez le duc de Guermantes leur grand-père, membre de l'Académie française mais qui chez les deux petits fils, avait permis à un goût naturel et à un autre qui passe pour ne l'être pas, de les désocialiser.

Le vieux duc ne sortait plus, car il passait ses journées et ses soirées chez Odette. Mais aujourd'hui, comme elle-même s'était rendue à la matinée de la princesse de Guermantes, il était venu un instant pour la voir, malgré l'ennui de rencontrer sa femme. Je ne l'eusse sans doute pas reconnu, si la duchesse quelques instants plus tôt ne me l'eût clairement désigné en allant jusqu'à lui. Il n'était plus qu'une ruine, mais superbe, et plus encore qu'une ruine, cette belle chose romantique que peut être un rocher dans la tempête. Fouettée de toutes parts par les vagues de souffrance, de colère de souffrir, d'avancée montante de la mer qui la circonvenaient, sa figure effritée comme un bloc gardait le style, la cambrure que j'avais toujours admirés ; elle était rongée comme une de ces belles têtes antiques trop abîmées mais dont nous sommes trop heureux d'orner un cabinet de travail. Elle paraissait seulement appartenir à

une époque plus ancienne qu'autrefois, non seulement
à cause de ce qu'elle avait pris de rude et de rompu
dans sa matière jadis plus brillante, mais parce que
à l'expression de finesse et d'enjouement, avait
succédé une involontaire, une inconsciente expression, bâtie par la maladie, de lutte contre la mort,
de résistance, de difficulté à vivre. Les artères ayant
perdu toute souplesse avaient donné au visage jadis
épanoui une dureté sculpturale. Et sans que le duc
s'en doutât, il découvrait des aspects de nuque,
de joue, de front, où l'être comme obligé de se rac-
crocher avec acharnement à chaque minute semblait
bousculé dans une tragique rafale, pendant que
les mèches blanches de sa chevelure moins épaisse,
venaient souffleter de leur écume, le promontoire
envahi du visage. Et comme ces reflets étranges,
uniques, que seule l'approche de la tempête où tout
va sombrer, donnent aux roches qui avaient été jusque
là d'une autre couleur, je compris que le gris plombé
des joues raides et usées, le gris presque blanc et
moutonnant des mèches soulevées, la faible lumière
encore départie aux yeux qui voyaient à peine,
étaient des teintes non pas irréelles, trop réelles au
contraire, mais fantastiques et empruntées à la
palette, de l'éclairage, inimitable dans ses noirceurs
effrayantes et prophétiques, de la vieillesse, de la
proximité de la mort. — Le duc ne resta que quelques
instants, assez pour que je comprisse qu'Odette,
toute à des soupirants plus jeunes, se moquait de
lui. Mais, chose curieuse, lui qui jadis était presque
ridicule quand il prenait l'allure d'un roi de théâtre
avait pris un aspect véritablement grand, un peu
comme son frère, à qui la vieillesse en le désemcom-
brant de tout l'accessoire le faisait ressembler.

Et comme son frère, lui jadis orgueilleux, bien que d'une autre manière, semblait presque respectueux, quoique aussi d'une autre façon. Car il n'avait pas subi la déchéance de M. de Charlus, réduit à saluer avec une politesse de malade oublieux ceux qu'il eût jadis dédaignés, mais il était très vieux, et quand il voulut passer la porte et descendre l'escalier pour sortir, la vieillesse qui est tout de même l'état le plus misérable pour les hommes et qui les précipite de leur faîte le plus semblablement aux rois des tragédies grecques, la vieillesse en le forçant à s'arrêter, dans le chemin de croix que devient la vie des impotents menacés, à essuyer son front ruisselant, à tâtonner, en cherchant des yeux une marche qui se dérobait parce qu'il aurait eu besoin pour ses pas mal assurés, pour ses yeux ennuagés. d'un appui, lui donnait à son insu l'air de l'implorer doucement et timidement des autres, la vieillesse l'avait fait encore plus qu'auguste, suppliant.

Ainsi, dans le faubourg St-Germain, ces positions en apparence imprenables du duc et de la duchesse de Guermantes, du baron de Charlus avaient perdu leur inviolabilité, comme toutes choses changent en ce monde, par l'action d'un principe intérieur auquel on n'avait pas pensé, chez M. de Charlus l'amour de Charlie qui l'avait rendu esclave des Verdurin, puis le ramollissement, chez Mme de Guermantes, un goût de nouveauté et d'art, chez M. de Guermantes un amour exclusif comme il en avait déjà eu de pareils dans sa vie que la faiblesse de l'âge rendait plus tyrannique et aux faiblesses duquel, la sévérité de salon de la duchesse où le duc ne paraissait plus et qui d'ailleurs ne fonctionnait plus guère, n'opposait plus son démenti, son rachat mondain. Ainsi change la figure des choses de ce monde, ainsi le centre des empires et le cadastre des fortunes, et la charte des situations, tout ce qui semblait définitif est-il perpétuellement remanié et les yeux d'un homme qui a vécu peuvent-ils contempler le changement le plus complet là où justement il lui paraissait le plus impossible.

Ne pouvant se passer d'Odette, toujours installé chez elle dans le même fauteuil d'où la vieillesse et la goutte le faisait difficilement lever, M. de Guermantes la laissait recevoir des amis qui étaient trop contents d'être présentés au duc, de lui laisser la parole, de l'entendre parler de la vieille société, de la marquise de Villeparisis, du duc de Chartres.

Par moments, sous le regard des tableaux anciens réunis par Swann dans un arrangement de « collectionneur » qui achevait le caractère démodé de cette scène avec ce duc si « Restauration » et cette cocotte tellement « Second Empire », dans un des peignoirs qu'il aimait, la dame en rose l'interrompait d'une jacasserie : il s'arrêtait net, plantait sur elle un regard féroce. Peut-être s'était-il aperçu qu'elle aussi comme la duchesse disait quelquefois des bêtises ; peut-être dans une hallucination de vieillard croyait-il que c'était un trait d'esprit intempestif de Mme de Guermantes qui lui coupait la parole et se croyait-il à l'hôtel de Guermantes, comme ces fauves enchaînés qui se figurent un instant être encore libres dans les déserts de l'Afrique. Levant brusquement la tête, de ses petits yeux jaunes qui avaient l'éclat d'yeux de fauves, il fixait sur elle un de ces regards qui quelquefois chez Mme de Guermantes, quand celle-ci parlait trop, m'avaient fait trembler. Ainsi le duc regardait-il un instant l'audacieuse dame en rose.

Mais celle-ci lui tenait tête, ne le quittait pas des yeux, et au bout de quelques instants qui semblaient longs aux spectateurs, le vieux fauve dompté se rappelant qu'il était non pas libre chez la duchesse, dans ce Sahara dont le paillasson du palier marquait l'entrée, mais chez Mme de Forcheville, dans la cage du jardin des plantes, rentrait dans ses épaules sa tête d'où pendait encore une épaisse crinière dont on n'aurait pu dire si elle était blonde ou blanche, et reprenait son récit. Il semblait n'avoir pas compris ce que Mme de Forcheville avait voulu dire et qui d'ailleurs généralement n'avait pas grand sens. Il lui permettait d'avoir des amis à dîner avec lui. Par une manie empruntée à ses anciennes amours, qui n'était pas pour étonner Odette habituée à avoir eu la même de Swann, et qui me touchait moi, en me rappelant ma vie avec Albertine, il exigeait que ces personnes se retirassent de bonne heure afin qu'il pût dire bonsoir à Odette le dernier. Inutile de dire qu'à peine était-il parti, elle allait en rejoindre d'autres. Mais le duc ne s'en doutait pas ou préférait ne pas avoir l'air de s'en douter ; la vue des vieillards baisse comme leur oreille devient plus dure, leur clairvoyance s'obscurcit, la fatigue même fait faire relâche à leur vigilance. Et à un certain âge c'est en un personnage de Molière — non pas même en l'Olympien amant d'Alcmène mais en un risible Géronte — que se change inévitablement Jupiter. D'ailleurs Odette trompait M. de Guermantes, et aussi le soignait, sans charme, sans grandeur. Elle était médiocre dans ce rôle comme dans tous les autres. Non pas que la vie ne lui en eût souvent donné de beaux, mais elle ne savait pas les jouer. En attendant elle jouait celui de recluse. De fait, chaque fois

que je voulus la voir dans la suite je n'y pus réussir,
car M. de Guermantes voulant à la fois concilier
les exigences de son hygiène et de sa jalousie, ne
lui permettait que les fêtes de jour à condition encore
que ce ne fussent pas des bals. Cette réclusion où
elle était tenue, elle me l'avoua avec franchise pour
diverses raisons, La principale est qu'elle s'imaginait,
bien que je n'eusse écrit que des articles ou publié
que des études, que j'étais un auteur connu, ce
qui lui faisait même naïvement dire, se rappelant
le temps où j'allais avenue des Acacias, pour la voir
passer et plus tard chez elle : « Ah ! si j'avais pu
deviner que ce petit serait un jour un grand écrivain ! » Or, ayant entendu dire que les écrivains
se plaisent auprès des femmes pour se documenter,
se faire raconter des histoires d'amour, elle redevenait
maintenant avec moi simple cocotte pour m'intéresser : « Tenez, une fois il y avait un homme qui
s'était toqué de moi et que j'aimais éperdument
aussi. Nous vivions d'une vie divine. Il avait un
voyage à faire en Amérique, je devais y aller avec lui.
La veille du départ, je trouvai que c'était plus beau
de ne pas laisser diminuer un amour qui ne pourrait pas toujours rester à ce point. Nous eûmes une
dernière soirée où il était persuadé que je partais,
ce fut une nuit folle, j'avais près de lui des joies
infinies et le désespoir de sentir que je ne le reverrais
pas. Le matin j'étais allé donner mon billet à un
voyageur que je ne connaissais pas. Il voulait au
moins l'acheter. Je lui répondis : non, vous me rendez
un tel service en me le prenant, je ne veux pas d'argent ». Puis c'était une autre histoire. « Un jour j'étais
dans les Champs-Elysées, M. de Bréauté que je n'avais
vu qu'une fois se mit à me regarder avec une telle

insistance que je m'arrêtai et lui demandai pourquoi il se permettait de me regarder comme ça. Il me répondit, « je vous regarde parce que vous avez un chapeau ridicule ». C'était vrai. C'était un petit chapeau avec des pensées, les modes de ce temps-là étaient affreuses. Mais j'étais en fureur, je lui dis, « Je ne vous permets pas de me parler ainsi ». Il se mit à pleuvoir. Je lui dis : « Je ne vous pardonnerais que si vous aviez une voiture ». « Hé bien, justement j'en ai une et je vais vous accompagner ». « Non, je veux bien de votre voiture, mais pas de vous ». Je montai dans la voiture, il partit sous la pluie. Mais le soir il arriva chez moi. Nous eûmes deux années d'un amour fou ». Elle reprit : « Venez prendre une fois le thé avec moi, je vous raconterai comment j'ai fait la connaissance de M. de Forcheville. Au fond dit-elle d'un air mélancolique, j'ai passé ma vie cloîtrée parce que je n'ai eu de grands amours que pour des hommes qui étaient terriblement jaloux de moi. Je ne parle pas de M. de Forcheville, car au fond, c'était un médiocre et je n'ai jamais pu aimer véritablement que des gens intelligents. Mais voyez-vous, M. Swann était aussi jaloux que l'est ce pauvre duc ; pour celui-ci je me prive de tout parce que je sais qu'il n'est pas heureux chez lui. Pour M. Swann c'était parce que je l'aimais follement, et je trouve qu'on peut bien sacrifier la danse, et le monde, et tout le reste à ce qui peut faire plaisir ou seulement éviter des soucis à un homme qu'on aime. Pauvre Charles, il était si intelligent, si séduisant, exactement le genre d'hommes que j'aimais ». Et c'était peut-être vrai. Il y avait eu un temps où Swann lui avait plu, justement celui où elle n'était pas « son genre ». A vrai dire, « son genre » même plus tard, elle ne l'avait jamais été. Il l'avait pourtant alors tant et si douloureusement aimé. Il était surpris plus tard de cette contradiction. Elle ne doit pas en être une si nous songeons combien est forte dans la vie des hommes la proportion des souffrances par des femmes « qui n'étaient pas leur genre ». Peut-être cela tient-il à bien des causes ; d'abord parce qu'elles ne sont pas votre genre, on se laisse d'abord aimer sans aimer, par là on laisse prendre sur sa vie une habitude qui n'aurait pas eu lieu avec une femme qui eût été votre genre et qui se sentant désirée, se fût disputée, ne nous aurait accordé que de rares rendez-vous, n'eût pas pris dans notre vie cette installation dans toutes nos heures qui plus tard si l'amour vient et qu'elle vienne à nous manquer, pour une brouille, pour un voyage où on nous laisse sans nouvelles, ne nous arrache pas un seul lien mais mille. Ensuite cette habitude est sentimentale parce qu'il n'y a pas grand désir physique à la base, et si l'amour naît, le cerveau travaille bien davantage : il y a un roman au lieu d'un besoin. Nous ne nous méfions pas des femmes qui ne sont pas notre genre, nous les laissons nous aimer et si nous les aimons ensuite nous les aimons cent fois plus que les autres, sans avoir même près d'elles la satisfaction du désir assouvi. Pour ces raisons et bien d'autres, le fait que nous ayons nos plus gros chagrins avec les femmes qui ne sont pas notre genre, ne tient pas seulement à cette dérision du destin qui ne réalise notre bonheur que sous la forme qui nous plaît le moins. Une femme qui est notre genre est rarement dangereuse, car elle ne veut pas de nous, nous contente, nous quitte vite, ne s'installe pas dans notre vie, et ce qui est dangereux et procréateur de souffrances dans l'amour, ce n'est pas la femme elle-même, c'est sa présence de tous les jours, la curiosité de ce qu'elle fait à tous moments, ce n'est pas la femme, c'est l'habitude. J'eus la lâcheté d'ajouter que ce qu'elle disait de Swann était gentil et noble de sa part, mais je savais combien c'était faux et que sa franchise se mêlait de mensonges. Je pensais avec effroi au fur et à mesure qu'elle me racontait ses aventures, à tout ce que Swann avait ignoré, dont il aurait tant souffert parce qu'il avait fixé sa sensibilité sur cet être là, et qu'il devinait à en être sûr, rien qu'à ses regards, quand elle voyait un homme ou une femme, inconnus et qui lui plaisaient. Au fond elle le faisait seulement pour me donner, ce qu'elle croyait des sujets de nouvelles ! Elle se trompait, non qu'elle n'eût de tout temps abondamment fourni les réserves de mon imagination, mais d'une façon bien plus involontaire et par un acte émané de moi-même qui dégageait d'elle à son insu les lois de sa vie.

M. de Guermantes ne gardait ses foudres que pour la duchesse sur les libres fréquentations de laquelle Mᵐᵉ de Forcheville ne manquait pas d'attirer l'attention irritée du duc. Aussi la duchesse était-elle fort malheureuse. Il est vrai que M. de Charlus à qui j'en avais parlé une fois prétendait que les premiers torts n'avaient pas été du côté de son frère, que la légende de pureté de la duchesse était faite en réalité d'un nombre incalculable d'aventures habilement dissimulées. Je n'avais jamais entendu parler de cela. Pour presque tout le monde Mᵐᵉ de Guermantes était une femme toute différente. L'idée qu'elle avait été toujours irréprochable gouvernait les esprits. Entre ces deux idées je ne pouvais décider laquelle était conforme à la vérité, cette vérité

que presque toujours les trois quarts des gens ignorent. Je me rappelais bien certains regards bleus et
vagabonds de la duchesse de Guermantes dans
la nef de Combray, mais vraiment aucune des
deux idées n'était réfutée par eux et l'une et l'autre
pouvait leur donner un sens différent et aussi accep-
table. Dans ma folie, enfant, je les avais pris un
instant pour des regards d'amour, adressés à moi.
Depuis j'avais compris qu'ils n'étaient que des regards
bienveillants d'une suzeraine pareille à celle des
vitraux de l'église pour ses vassaux. Fallait-il maintenant croire que c'était ma première idée qui avait
été la vraie, et que si plus tard jamais la duchesse
ne m'avait parlé d'amour, c'est parce qu'elle avait
craint de se compromettre avec un ami de sa tante
et de son neveu plus qu'avec un enfant inconnu rencontré par hasard à Saint-Hilaire de Combray ?

*
* *

La duchesse avait pu un instant être heureuse
de sentir son passé plus consistant parce qu'il était
partagé par moi, mais à quelques questions que je
lui posai à nouveau sur le provincialisme de M. de
Bréauté, que j'avais à l'époque peu distingué de
M. de Sagan, ou de M. de Guermantes, elle reprit
son point de vue de femme du monde, c'est-à-dire
de contemptrice de la mondanité. Tout en me parlant la duchesse me faisait visiter l'Hôtel. Dans des
salons plus petits on trouvait des intimes qui pour
écouter la musique avaient préféré s'isoler. Dans
un petit salon empire où quelques rares habits noirs
écoutaient assis sur un canapé, on voyait à côté
d'une Psyché supportée par une Minerve, une chaise

longue, placée de façon rectiligne, mais à l'intérieur
incurvée comme un berceau et où une jeune femme
était étendue. La mollesse de sa pose que l'entrée de
la duchesse ne lui fit même pas déranger, contras-
tait avec l'éclat merveilleux de sa robe empire en
une soierie nacarat devant laquelle les plus rouges
fuchsias eussent pâli et sur le tissu nacré de laquelle
des insignes et des fleurs semblaient avoir été enfon-
cés longtemps car leur trace y restait en creux.
Pour saluer la duchesse elle inclina légèrement sa
belle tête brune. Bien qu'il fît grand jour, comme elle
avait demandé qu'on fermât les grands rideaux,
en vue de plus de recueillement pour la musique,
on avait, pour ne pas se tordre les pieds, allumé sur
un trépied une urne où s'irisait une faible lueur.
En réponse à ma demande, la duchesse de Guermantes me dit que c'était Mme de St-Euverte.
Alors je voulus savoir ce qu'elle était à la madame de
St-Euverte que j'avais connue. Mme de Guermantes
me dit que c'était la femme d'un de ses petits neveux,
parut supporter l'idée qu'elle était née La Rochefoucauld, mais nia avoir elle-même connu des
St-Euverte. Je lui rappelai la soirée que je n'avais
sue il est vrai que par ouï dire, où princesse des Laumes
elle avait retrouvé Swann. Mme de Guermantes m'af-
firma n'avoir jamais été à cette soirée. La duchesse
avait toujours été un peu menteuse et l'était devenue
davantage. Mme de St-Euverte était pour elle un
salon — d'ailleurs assez tombé avec le temps —
qu'elle aimait à renier. Je n'insistai pas. « Non,
qui vous avez pu entrevoir chez moi parce qu'il
avait de l'esprit, c'est le mari de celle dont vous
parlez et avec qui je n'étais pas en relations ». « Mais
elle n'avait pas de mari ». « Vous vous l'êtes figuré

parce qu'ils étaient séparés, mais il était bien plus agréable qu'elle. » Je finis par comprendre qu'un homme énorme, extrêmement grand, extrêmement fort, avec des cheveux tout blancs, que je rencontrais un peu partout et dont je n'avais jamais su le nom était le mari de Mme de St-Euverte. Il était mort l'an passé. Quant à la nièce j'ignore si c'est à cause d'une maladie d'estomac, de nerfs, d'une phlébite, d'un accouchement prochain, récent ou manqué, qu'elle écoutait la musique étendue sans se bouger pour personne. Le plus probable est que fière de ses belles soies rouges, elle pensait faire sur sa chaise longue un effet genre Récamier. Elle ne se rendait pas compte qu'elle donnait pour moi la naissance à un nouvel épanouissement de ce nom St-Euverte, qui à tant d'intervalle marquait la distance et la continuité du Temps. C'est le Temps qu'elle berçait dans cette nacelle où fleurissaient le nom de St-Euverte et le style Empire en soie de fuchsias rouges. Ce style empire Mme de Guermantes déclarait l'avoir toujours détesté ; cela voulait dire qu'elle le détestait maintenant, ce qui était vrai car elle suivait la mode bien qu'avec quelque retard. Sans compliquer en parlant de David qu'elle connaissait peu, toute jeune fille elle avait cru M. Ingres le plus ennuyeux des poncifs, puis brusquement le plus savoureux des maîtres de l'Art nouveau, jusqu'à détester Delacroix. Par quels degrés elle était revenue de ce culte à la réprobation importe peu, puisque ce sont là des nuances des goûts que le critique d'art reflète dix ans avant la conversation des femmes supérieures. Après avoir critiqué le style empire, elle s'excusa de m'avoir parlé de gens aussi insignifiants que les St-Euverte et de niaiseries comme le, côté provincial de Bréauté car elle était aussi loin de penser pourquoi cela m'intéressait que Mme de St-Euverte de La Rochefoucauld, cherchant le bien de son estomac ou un effet ingresque, était loin de soupçonner que son nom m'avait ravi, celui de son mari, non celui plus glorieux de ses parents, et que je lui voyais comme une fonction dans cette pièce pleine d'attributs de bercer le temps. « Mais comment puis-je vous parler de ces sottises, comment cela peut-il vous intéresser » s'écria la duchesse. Elle avait dit cette phrase à mi-voix et personne n'avait pu entendre ce qu'elle disait. Mais un jeune homme (qui devait m'intéresser dans la suite par un nom bien plus familier de moi autrefois que celui de St-Euverte) se leva d'un air exaspéré et alla plus loin pour écouter avec plus de recueillement. Car c'était la sonate à Kreutzer qu'on jouait, mais s'étant trompé sur le programme, il croyait que c'était un morceau de Ravel qu'on lui avait déclaré être beau comme du Palestrina, mais difficile à comprendre. Dans sa violence à changer de place, il heurta, à cause de la demi obscurité, un bonheur du jour ce qui n'alla pas sans faire tourner la tête à beaucoup de personnes pour qui cet exercice si simple de regarder derrière soi interrompait un peu le supplice d'écouter « religieusement » la sonate à Kreutzer. Et Mme de Guermantes et moi, cause de ce petit scandale, nous nous hâtâmes de changer de pièce. « Oui, comment ces riens là peuvent-ils intéresser un homme de votre mérite ?. C'est comme tout à l'heure quand je vous voyais causer avec Gilberte de St-Loup. Ce n'est pas digne de vous. Pour moi c'est exactement rien, cette femme là, ce n'est même pas une femme, c'est ce que je connais de plus factice et de plus bourgeois au

monde car, même à sa défense de l'actualité, la
duchesse mêlait ses préjugés d'aristocrate. D'ailleurs devriez-vous venir dans des maisons comme ici.
Aujourd'hui encore je comprends parce qu'il y avait
cette récitation de Rachel, ça peut vous intéresser.
Mais si belle qu'elle ait été elle ne donne pas devant
ce public là. Je vous ferai déjeuner seule avec elle.
Alors vous verrez l'être que c'est. Mais elle est cent
fois supérieur à tout ce qui est ici. Et après déjeuner elle vous dira du Verlaine. Vous m'en direz des
nouvelles. » Elle me vanta surtout ses après-déjeuners
où il y avait tous les jours X et Y. Car elle en était
arrivée à cette conception des femmes à « salons »
qu'elle méprisait autrefois (bien qu'elle le niât aujour-
d'hui) et dont la grande supériorité, le signe d'élection selon elle, étaient d'avoir chez elle « tous les
hommes ». Si je lui disais que telle grande dame à
« salons » ne disait pas du bien, quand elle vivait,
de Mme Howland, la duchesse éclatait de rire devant
ma naïveté « naturellement l'autre avait chez elle
tous les hommes et celle-ci cherchait à les attirer. »
Elle reprit : « Mais dans de grandes machines comme
ici, non, ça me passe que vous veniez. A moins que
ce ne soit pour faire des études... » ajouta-t-elle d'un
air de doute, de méfiance, et sans trop s'aventurer car
elle ne savait pas très exactement en quoi consistait
le genre d'opérations improbables auquel elle faisait
allusion.

« Est-ce que vous ne croyez pas, dis-je à la duchesse,
que ce soit pénible à Mme de Saint-Loup d'entendre
ainsi comme elle vient de le faire l'ancienne maîtresse de son mari ? » Je vis se former dans le visage
de Mme de Guermantes cette barre oblique qui relie
par des raisonnements ce qu'on vient d'entendre

à des pensées peu agréables. Raisonnements inexprimés il est vrai mais toutes les choses graves que nous disons ne reçoivent jamais de réponse ni verbale, ni écrite. Les sots seuls sollicitent en vain deux fois de suite une réponse à une lettre qu'ils ont eu le tort d'écrire et qui était une gaffe ; car à ces lettres là il n'est jamais répondu que par des actes, et la correspondante qu'on croit inexacte vous dit Monsieur quand elle vous rencontre au lieu de vous appeler par votre prénom. Mon allusion à la liaison de Saint-Loup avec Rachel n'avait rien de si grave et ne put mécontenter qu'une seconde Mme de Guermates en lui rappelant que j'avais été l'ami de Robert et peut-être, son confident au sujet des déboires qu'avait procurés à Rachel sa soirée chez la duchesse. Mais celle-ci ne persista pas dans ses pensées, la barre orageuse se dissipa, et Mme de Guermantes me répondit à ma question relative à Mme de Saint-Loup : « Je vous dirai que je crois que ça lui est d'autant plus égal, que Gilberte n'a jamais aimé son mari. C'est une petite horreur, Elle a aimé la situation, le nom, être ma nièce, sortir de sa fange après quoi elle n'a pas eu d'autre idée que d'y rentrer. Je vous dirai que ça me faisait beaucoup de peine à cause du pauvre Robert parce qu'il avait beau ne pas être un aigle, il s'en apercevait très bien, et d'un tas de choses. Il ne faut pas le dire parce qu'elle est malgré tout ma nièce, je n'ai pas la preuve positive qu'elle le trompait, mais il y a eu un tas d'histoires. Mais si je vous dis, que je le sais, avec un officier de Méséglise, Robert a voulu se battre. Mais c'est pour tout ça que Robert s'est engagé. La guerre lui est apparue comme une délivrance de ses chagrins de famille, si vous voulez ma pensée, il n'a pas été tué, il s'est fait tuer. Elle n'a eu aucune espèce de chagrin, elle m'a même étonné par un rare cynisme dans l'affectation de son indifférence, ce qui m'a fait beaucoup de chagrin, parce que j'aimais bien le pauvre Robert. Ça vous étonnera peut-être parce qu'on me connaît mal, mais il m'arrive encore de penser à lui. Je n'oublie personne. Il ne m'a jamais rien dit, mais il avait bien compris que je devinais tout. Mais voyons, si elle avait aimé tant soit peu son mari, pourrait-elle supporter avec ce flegme de se trouver dans le même salon que la femme dont il a été l'amant éperdu pendant tant d'années, on peut dire toujours, car j'ai la certitude que ça n'a jamais cessé, même pendant la guerre. Mais elle lui sauterait à la gorge », s'écria la duchesse, oubliant qu'elle-même en faisant inviter Rachel et en rendant possible la scène qu'elle jugeait inévitable si Gilberte eût aimé Robert agissait cruellement. « Non, voyez-vous, conclut-elle, c'est une cochonne ». Une telle expression était rendue possible à Mme de Guermantes par la pente agréable qu'elle descendait du milieu des Guermantes à la société des comédiennes, et aussi parce qu'elle greffait cela sur un genre xviiie siècle qu'elle jugeait plein de verdeur, enfin parce qu'elle se croyait tout permis. Mais cette expression lui était aussi dictée par la haine qu'elle éprouvait pour Gilberte, par un besoin, de la frapper, à défaut de matériellement, en effigie. Et en même temps la duchesse pensait justifier par là toute la conduite qu'elle tenait à l'égard de Gilberte ou plutôt contre elle, dans le monde, dans la famille, au point de vue même des intérêts et de la succession de Robert. Mais parfois les jugements qu'on porte reçoivent des faits qu'on ignore et

qu'on n'eût pu supposer une justification apparente.
Gilberte qui tenait sans doute un peu de l'ascen-
dance de sa mère (et c'est bien cette facilité que
j'avais sans m'en rendre compte escomptée, en lui
demandant de me faire connaître de très jeunes
filles) tira après réflexion de la demande que j'avais
faite, et sans doute pour que le profit ne sortît pas
de la famille, une conclusion plus hardie que toutes
celles que j'avais pu supposer, et revenant vers moi
me dit : « Si vous le permettez, je vais aller chercher
ma fille pour vous la présenter. Elle est là-bas qui
cause avec le petit Mortemart et d'autres bambins
sans intérêt. Je suis sûre qu'elle sera une gentille
amie pour vous ». Je lui demandai si Robert avait
été content d'avoir une fille : « Oh ! il était tout fier
d'elle. Mais naturellement je crois tout de même
qu'étant donné ses goûts, dit naïvement Gilberte,
il aurait préféré un garçon. » Cette fille, dont le nom
et la fortune pouvaient faire espérer à sa mère
qu'elle épouserait un prince royal et couronnerait
toute l'œuvre ascendante de Swann et de sa femme,
choisit plus tard comme mari, un homme de lettres
obscur, car elle n'avait aucun snobisme et fit redescendre cette famille plus bas que le niveau d'où elle
était partie. Il fut alors extrêmement difficile de
faire croire aux générations nouvelles que les parents
de cet obscur ménage avaient eu une grande situation.

L'étonnement que me causèrent les paroles de
Gilberte et le plaisir qu'elles me firent furent bien
vite remplacés, tandis que Mme de Saint-Loup s'éloignait vers un autre salon, par cette idée du Temps
passé, qu'elle aussi à sa manière me rendait et sans
même que je l'eusse vue, Mlle de Saint-Loup. Comme

la plupart des êtres d'ailleurs, n'était-elle pas comme
sont dans les forêts les « étoiles » des carrefours où
viennent converger des routes venues, pour notre
vie aussi, des points les plus différents. Elles étaient
nombreuses pour moi, celles qui aboutissaient à
Mlle de Saint-Loup et qui rayonnaient autour d'elle.
Et avant tout venaient aboutir à elle les deux
grands « côtés » où j'avais fait tant de promenades
et de rêves — par son père Robert de Saint-Loup
le côté de Guermantes, par Gilberte sa mère, le
côté de Méséglise qui était le côté de chez Swann.
L'un, par la mère de la jeune fille et les Champs-
Elysées, me menait jusqu'à Swann, à mes soirs de
Combray, au côté de Méséglise, l'autre par son père
à mes après-midis de Balbec où je le revoyais près
de la mer ensoleillée. Déjà entre ces deux routes
des transversales s'établissaient. Car ce Balbec réel
où j'avais connu Saint-Loup, c'était en grande partie
à cause de ce que Swann m'avait dit sur les églises,
sur l'église persane surtout que j'avais tant voulu
y aller et d'autre part, par Robert de Saint-Loup,
neveu de la duchesse de Guermantes, je rejoignais
à Combray encore, le côté de Guermantes. Mais à
bien d'autres points de ma vie encore conduisait
Mlle de Saint-Loup, à la Dame en rose qui était
sa grand-mère et que j'avais vue chez mon grand
oncle. Nouvelle transversale ici car le valet de chambre de ce grand oncle et qui m'avait introduit ce
jour-là et qui plus tard m'avait par le don d'une
photographie permis d'identifier la dame en rose,
était l'oncle du jeune homme que non seulement
M. de Charlus, mais le père même de Mlle de Saint-
Loup avait aimé, pour qui il avait rendu sa mère
malheureuse. Et n'était-ce pas le grand-père de Mlle de

235

Saint-Loup Swann qui m'avait le premier parlé de la musique de Vinteuil de même que Gilberte m'avait la première parlé d'Albertine. Or, c'est en parlant de la musique de Vinteuil à Albertine que j'avais découvert qui était sa grande amie et commencé avec elle cette vie qui l'avait conduite à la mort et m'avait causé tant de chagrins. C'était du reste aussi le père de Mlle de Saint-Loup qui était parti tâcher de faire revenir Albertine. Et même je revoyais toute ma vie mondaine, soit à Paris dans le salon des Swann ou des Guermantes, soit tout à l'opposé à Balbec chez les Verdurin faisant ainsi s'aligner à côté des deux côtés de Combray, les Champs-Elysées, et la belle terrasse de la Raspelière. D'ailleurs quels êtres avons-nous connus qui pour raconter notre amitié avec eux, ne nous obligent à les placer nécessairement dans tous les sites les plus différents de notre vie ? Une vie de Saint-Loup peinte par moi se déroulerait dans tous les décors et intéresserait toute ma vie, même les parties de cette vie où il fut étranger, comme ma grand'mère ou comme Albertine. D'ailleurs si à l'opposé qu'ils fussent les Verdurin tenaient à Odette par le passé de celle-ci, à Robert de Saint-Loup par Charlie, et chez eux quel rôle n'avait pas joué la musique de Vinteuil. Enfin Swann avait aimé la sœur de Legrandin, lequel avait connu M. de Charlus, dont le jeune Cambremer avait épousé la pupille. Certes s'il s'agit uniquement de nos cœurs le poète a eu raison de parler des fils mystérieux que la vie brise. Mais il est encore plus vrai qu'elle en tisse sans cesse entre les êtres, entre les événements, qu'elle entrecroise ces fils, qu'elle les redouble pour épaissir la trame si bien qu'entre le moindre point de notre passé et tous les autres, un riche réseau de souvenirs ne laisse que le choix des communications. On peut dire qu'il n'y avait pas si je cherchais à ne pas en user inconsciemment, mais à me rappeler ce qu'elle avait été, une seule des choses qui nous servaient en ce moment qui n'avait été une chose vivante et vivant d'une vie personnelle pour nous, transformée ensuite à notre usage en simple matière industrielle. Et ma présentation à Mlle de Saint-Loup allait avoir lieu chez Mme Verdurin devenue princesse de Guermantes ! Avec quel charme je repensais à tous nos voyages avec Albertine dont j'allais demander à Mlle de Saint-Loup d'être un succédané — dans le petit tram, ver Doville, pour aller chez Mme Verdurin, cette même Mme Verdurin qui avait noué et rompu avant mon amour pour Albertine, celui du grand-père et de la grand-mère de Mlle de Saint-Loup. Tout autour de nous étaient des tableaux de cet Elstir qui m'avait présenté à Albertine. Et pour mieux fondre tous mes passés, Mme Verdurin tout comme Gilberte avait épousé un Guermantes.

Nous ne pourrions pas raconter nos rapports avec un être que nous avons même peu connu sans faire se succéder les sites les plus différents de notre vie. Ainsi chaque individu — et j'étais moi-même un de ces individus, — mesurait pour moi la durée par la révolution qu'il avait accomplie non seulement autour de soi-même, mais autour des autres et notamment par les positions qu'il avait occupé successivement par rapport à moi.

Et sans doute tous ces plans différents suivant lesquels le Temps depuis que je venais de le ressaisir, dans cette fête, disposait ma vie, en me faisant songer que dans un livre qui voudrait en raconter une, il faudrait user par opposition à la psychologie plane dont on use d'ordinaire, d'une sorte de psychologie dans l'espace, ajoutaient une beauté nouvelle à ces résurrections, que ma mémoire opérait tant que je songeais seul dans la bibliothèque, puisque la mémoire, en introduisant le passé dans le présent sans le modifier, tel qu'il était au moment où il était le présent, supprime précisément cette grande dimension du Temps suivant laquelle la vie se réalise.

Je vis Gilberte s'avancer. Moi, pour qui le mariage de Saint-Loup, les pensées qui m'occupaient alors et qui étaient les mêmes ce matin, était d'hier, je fus étonné de voir à côté d'elle une jeune fille d'environ seize ans, dont la taille élevée mesurait cette distance que je n'avais pas voulu voir.

Le temps incolore et insaisissable s'était, afin que, pour ainsi dire, je puisse le voir et le toucher, matérialisé en elle et l'avait pétri comme un chef-d'œuvre, tandis que parallèlement sur moi, hélas ! il n'avait fait que son œuvre. Cependant Mlle de Saint-Loup était devant moi. Elle avait les yeux profonds, nets, forés et perçants. Je fus frappé que son nez, fait comme sur le patron de celui de sa mère et de sa grand'mère, s'arrêtât juste par cette ligne tout à fait horizontale sous le nez, sublime quoique pas assez courte. Un trait aussi particulier eût fait reconnaître une statue entre des milliers, n'eût-on vu que ce trait-là, et j'admirais que la nature fut revenue à point nommé pour la petite fille, comme pour la mère, comme pour la grand' mère, donner en grand et original sculpteur ce puissant et décisif coup de ciseau. Ce nez charmant, légèrement avancé en forme de bec, avait la courbe, non point de celui de Swann mais de celui de Saint-Loup. L'âme de ce Guermantes s'était évanouie ; mais la charmante tête aux yeux perçants de l'oiseau envolé, était venue se poser sur les épaules de Mlle de Saint-Loup, ce qui faisait longuement rêver ceux qui avaient connu son père. Je la trouvais bien belle : pleine encore d'espérances. Riante, formée des années mêmes que j'avais perdues, elle ressemblait à ma jeunesse.

Enfin cette idée de temps, avait un dernier prix pour moi, elle était un aiguillon, elle me disait qu'il était temps de commencer si je voulais atteindre ce que j'avais quelquefois senti au cours de ma vie, dans de brefs éclairs, du côté de Guermantes, dans mes promenades en voiture avec Mme de Villeparisis et qui m'avaient fait considérer la vie comme digne d'être vécue. Combien me le semblait-elle davantage, maintenant qu'elle me semblait pouvoir être éclaircie, elle qu'on vit dans les ténèbres, ramenée au vrai de ce qu'elle était, elle qu'on fausse sans cesse, en somme réalisée dans un livre. Que celui qui pourrait écrire un tel livre serait heureux, pensais-je ; quel labeur devant lui. Pour en donner une idée, c'est aux arts les plus élevés et les plus différents qu'il faudrait emprunter des comparaisons ; car cet écrivain qui d'ailleurs pour chaque caractère aurait à en faire apparaître les faces les plus opposées, pour faire sentir son volume comme celui d'un solide, devrait préparer son livre, minutieusement, avec de perpétuels regroupements de forces, comme pour une offensive, le supporter comme une fatigue, l'accepter comme une règle, le construire comme une église, le suivre comme un régime, le vaincre comme un obstacle, le con-

quérir comme une amitié, le suralimenter comme
un enfant, le créer comme un monde, sans laisser
de côté ces mystères qui n'ont probablement leur
explication que dans d'autres mondes et dont le
pressentiment est ce qui nous émeut le plus dans
la vie et dans l'art. Et dans ces grands livres-là,
il y a des parties qui n'ont eu le temps que d'être
esquissées, et qui ne seront sans doute jamais finies,
à cause de l'ampleur même du plan de l'architecte.
Combien de grandes cathédrales restent inachevées.
Longtemps, un tel livre, on le nourrit, on fortifie
ses parties faibles, on le préserve, mais ensuite
c'est lui qui grandit, qui désigne notre tombe, la
protège contre les rumeurs et quelque peu contre
l'oubli. Mais pour en revenir à moi-même, je pensais
plus modestement à mon livre et ce serait même
inexact que de dire en pensant à ceux qui le liraient,
à mes lecteurs. Car ils ne seraient pas, comme je l'ai
déjà montré, mes lecteurs, mais les propres lecteurs
d'eux-mêmes, mon livre n'étant qu'une sorte de ces
verres grossissants comme ceux que tendait à un
acheteur l'opticien de Combray, mon livre grâce
auquel je leur fournirais le moyen de lire en eux-
mêmes. De sorte que je ne leur demanderais pas de me
louer ou de me dénigrer, mais seulement de me dire
si c'est bien cela, si les mots qu'ils lisent en eux-
mêmes sont bien ceux que j'ai écrits (les divergences
possibles à cet égard ne devant pas du reste prove-
nir toujours de ce que je me serais trompé mais
quelquefois de ce que les yeux du lecteur ne seraient
pas de ceux à qui mon livre conviendrait pour bien
lire en soi-même). Et changeant à chaque instant
de comparaison, selon que je me représentais mieux,
et plus matériellement la besogne à laquelle je me

livrerais, je pensais que sur ma grande table de
bois blanc, je travaillerais à mon œuvre, regardé
par Françoise. Comme tous les êtres sans préten-
tion qui vivent à côté de nous ont une certaine
intuition de nos tâches et comme j'avais assez
oublié Albertine pour avoir pardonné à Françoise
ce qu'elle avait pu faire contre elle, je travaillerais
auprès d'elle, et presque comme elle (du moins
comme elle faisait autrefois : si vieille maintenant
elle n'y voyait plus goutte) car épinglant de ci de là
un feuillet supplémentaire, je bâtirais mon livre,
je n'ose pas dire ambitieusement comme une cathé-
drale, mais tout simplement comme une robe. Quand
je n'aurais pas auprès de moi tous mes papiers toutes
mes paperoles, comme disait Françoise, et que me
manquerait juste celui dont j'aurais eu besoin, Françoise comprendrait bien mon énervement, elle qui
disait toujours qu'elle ne pouvait pas coudre si elle
n'avait pas le numéro du fil et les boutons qu'il
fallait, et puis, parce que à force de vivre ma vie, elle
s'était faite du travail littéraire une sorte de compréhension instinctive, plus juste que celle de bien des
gens intelligents, à plus forte raison que celle des
gens bêtes. Ainsi quand j'avais autrefois fait mon
article pour le *Figaro*, pendant que le vieux maître
d'hôtel, avec une figure de commisération qui
exagère toujours un peu ce qu'a de pénible un
labeur qu'on ne pratique pas, qu'on ne conçoit
même pas et même une habitude qu'on n'a pas
comme les gens qui vous disent : « comme ça doit
vous fatiguer d'éternuer comme ça », plaignait
sincèrement les écrivains en disant : « quel casse-
tête ça doit être », Françoise, au contraire, devinait
mon bonheur et respectait mon travail. Elle se

fâchait seulement que je contasse d'avance mes
articles à Bloch, craignant qu'il me devançât et
disant : « Tous ces gens-là, vous n'avez pas assez
de méfiance, c'est des copiateurs ». Et Bloch se
donnait en effet un alibi rétrospectif en me disant
chaque fois que je lui avais esquissé quelque chose
qu'il trouvait bien : « Tiens, c'est curieux, j'ai fait
quelque chose de presque pareil, il faudra que je te
lise cela. » (Il n'aurait pas pu me le lire encore,
mais allait l'écrire le soir même).

A force de coller les uns aux autres ces papiers
que Françoise appelait mes paperoles, ils se déchi-
raient çà et là. Au besoin Françoise pourrait m'aider
à les consolider de la même façon qu'elle mettait
des pièces aux parties usées de ses robes ou qu'à
la fenêtre de la cuisine, en attendant le vitrier
comme moi l'imprimeur, elle collait un morceau
de journal à la place d'un carreau cassé.

Elle me disait en me montrant mes cahiers rongés
comme le bois où l'insecte s'est mis : « C'est tout
mité, regardez, c'est malheureux, voilà un bout de
page qui n'est plus qu'une dentelle, et l'examinant
comme un tailleur, je ne crois pas que je pourrai
la refaire, c'est perdu. C'est dommage, c'est peut-
être vos plus belles idées. Comme on dit à Combray,
il n'y a pas de fourreurs qui s'y connaissent aussi
bien comme les mites. Elles se mettent toujours
dans les meilleures étoffes. »

D'ailleurs, comme les individualités (humaines
ou non) seraient dans ce livre faites d'impressions
nombreuses, qui prises de bien des jeunes filles,
de bien des églises, de bien des sonates, serviraient
à faire une seule sonate, une seule église, une seule
jeune fille, ne ferais-je pas mon livre de la façon

que Françoise faisait ce bœuf mode, apprécié par
M. de Norpois et dont tant de morceaux de viande
ajoutés et choisis enrichissaient la gelée. Et je réa-
liserais ce que j'avais tant désiré dans mes promenades du côté de Guermantes et cru impossible,
comme j'avais cru impossible en rentrant de m'habituer jamais à me coucher sans embrasser ma
mère ou plus tard à l'idée qu'Albertine aimât les
femmes, idée avec laquelle j'avais fini par vivre
sans même m'apercevoir de sa présence, car nos
plus grandes craintes, comme nos plus grandes
espérances, ne sont pas au-dessus de nos forces et
nous pouvons finir par dominer les unes et réaliser
les autres. — Oui, à cette œuvre, cette idée du temps
que je venais de former disait qu'il était temps de
me mettre. Il était grand temps, cela justifiait
l'anxiété qui s'était emparée de moi dès mon entrée
dans le salon quand les visages grimés m'avaient
donné la notion du temps perdu ; mais était-il
temps encore ? L'esprit a ses paysages dont la contemplation ne lui est laissée qu'un temps. J'avais
vécu comme un peintre montant un chemin qui
surplombe un lac dont un rideau de rochers et
d'arbres lui cache la vue. Par une brèche il l'aper-
çoit, il l'a tout entier devant lui, il prend ses pinceaux. Mais déjà vient la nuit où l'on ne peut plus
peindre et sur laquelle le jour ne se relèvera plus !
Une condition de mon œuvre telle que je l'avais
conçue tout à l'heure dans la bibliothèque était
l'approfondissement d'impressions qu'il fallait
d'abord recréer par la mémoire. Or celle-ci était
usée. Puis, du moment que rien n'était commencé,
je pouvais être inquiet, même si je croyais avoir
encore devant moi, à cause de mon âge, quelques

années, car mon heure pouvait sonner dans quelques minutes. Il fallait partir en effet de ceci que j'avais un corps, c'est-à-dire que j'étais perpétuellement menacé d'un double danger extérieur, intérieur. Encore ne parlè-je ainsi que pour la commodité du langage. Car le danger intérieur, comme celui d'une hémorragie cérébrale est extérieur aussi, étant du corps. Et avoir un corps c'est la grande menace pour l'esprit. La vie humaine et pensante, dont il faut sans doute moins dire qu'elle est un miraculeux perfectionnement de la vie animale et physique, mais plutôt qu'elle est une imperfection encore aussi rudimentaire qu'est l'existence commune des protozoaires en polypiers, que le corps de la baleine, etc., dans l'organisation de la vie spirituelle, est telle que le corps enferme l'esprit dans une forteresse ; bientôt la forteresse est assiégée de toutes parts et il faut à la fin que l'esprit se rende. Mais pour me contenter de distinguer les deux sortes de danger menaçant l'esprit et pour commencer par l'extérieur, je me rappelais que souvent déjà dans ma vie, il m'était arrivé dans les moments d'excitation intellectuelle où quelque circonstance avait suspendu chez moi toute activité physique, par exemple quand je quittais en voiture à demi gris, le restaurant de Rivebelle pour aller à quelque casino voisin, de sentir très nettement en moi l'objet présent de ma pensée, et de comprendre qu'il dépendait d'un hasard non seulement que cet objet n'y fût pas encore entré, mais qu'il fût avec mon corps même anéanti. Je m'en souciais peu alors. Mon allégresse n'était pas prudente, pas inquiète. Que cette joie fût dans une seconde et entrât dans le néant peu m'importait. Il n'en était plus de même maintenant ; c'est que le bonheur que j'éprouvais ne tenait pas d'une tension purement subjective des nerfs qui nous isole du passé, mais au contraire d'un élargissement de mon esprit en qui se reformait, s'actualisait le passé et me donnait, mais hélas ! momentanément, une valeur d'éternité. J'aurais voulu léguer celle-ci à ceux que j'aurais pu enrichir de mon trésor. Certes, ce que j'avais éprouvé dans la bibliothèque et que je cherchais à protéger, c'était plaisir encore, mais non plus égoïste, ou du moins d'un égoïsme (car tous les altruismes féconds de la nature se développent selon un mode égoïste, l'altruisme humain qui n'est pas égoïste est stérile, c'est celui de l'écrivain qui s'interrompt de travailler pour recevoir un ami malheureux, pour accepter une fonction publique, pour écrire des articles de propagande) utilisable pour autrui.

Je n'avais plus mon indifférence des retours de Rivebelle, je me sentais accru de cette œuvre que je portais en moi (comme de quelque chose de précieux et de fragile qui m'eût été confié et que j'aurais voulu remettre intact aux mains auxquelles il était destiné et qui n'étaient pas les miennes). Et dire que tout à l'heure, quand je rentrerais chez moi, il suffirait d'un choc accidentel pour que mon corps fût détruit, et que mon esprit, d'où la vie se retirerait fût obligé de lâcher à jamais les idées qu'en ce moment il enserrait, protégeait anxieusement de sa pulpe frémissante et qu'il n'avait pas eu le temps de mettre en sûreté dans un livre. Maintenant, me sentir porteur d'une œuvre, rendait pour moi un accident où j'aurais trouvé la mort plus redoutable, même (dans la mesure où cette œuvre me semblait nécessaire et durable) absurde, en contradiction avec mon désir, avec l'élan de ma pensée, mais pas moins possible pour cela puisque les accidents étant produits par des causes matérielles peuvent parfaitement avoir lieu au moment où des volontés fort différentes, qu'ils détruisent sans les connaître, les rendent détestables, comme il arrive chaque jour dans les incidents les plus simples de la vie où pendant qu'on désire de tout son cœur ne pas faire de bruit à un ami qui dort, une carafe placée trop au bord de la table tombe et le réveille.

Je savais très bien que mon cerveau était un riche bassin minier, où il y avait une étendue immense et fort diverse de gisements précieux. Mais aurais-je le temps de les exploiter ? J'étais la seule personne capable de le faire. Pour deux raisons : avec ma mort eût disparu non seulement le seul ouvrier mineur capable d'extraire les minerais, mais encore le gisement lui-même ; or, tout à l'heure, quand je rentrerais chez moi, il suffirait de la rencontre de l'auto que je prendrais avec un autre pour que mon corps fût détruit et que mon esprit fût forcé d'abandonner à tout jamais mes idées nouvelles. Or, par une bizarre coïncidence, cette crainte raisonnée du danger naissait en moi à un moment où, depuis peu, l'idée de la mort m'était devenue indifférente. La crainte de n'être plus moi m'avait fait jadis horreur et à chaque nouvel amour que j'éprouvais — pour Gilberte, pour Albertine —, parce que je ne pouvais supporter l'idée qu'un jour l'être qui les aimait n'existerait plus, ce qui serait comme une espèce de mort. Mais à force de se renouveler cette crainte s'était naturellement changée en un calme confiant.

LE TEMPS RETROUVÉ

Si l'idée de la mort dans ce temps-là m'avait, ainsi, assombri l'amour, depuis longtemps déjà le souvenir de l'amour m'aidait à ne pas craindre la mort. Car je comprenais que mourir n'était pas quelque chose de nouveau, mais qu'au contraire depuis mon enfance j'étais déjà mort bien des fois. Pour prendre la période la moins ancienne, n'avais-je pas tenu à Albertine plus qu'à ma vie ? Pouvais-je alors concevoir ma personne sans qu'y continuât mon amour pour elle ? Or je ne l'aimais plus, j'étais, non plus l'être qui l'aimait, mais un être différent qui ne l'aimait pas, j'avais cessé de l'aimer quand j'étais devenu un autre. Or je ne souffrais pas d'être devenu cet autre, de ne plus aimer Albertine ; et certes, ne plus avoir un jour mon corps ne pouvait me paraître en aucune façon quelque chose d'aussi triste que m'avait paru jadis de ne plus aimer un jour Albertine. Et pourtant combien cela m'était égal maintenant de ne plus l'aimer. Ces morts successives, si redoutées du moi qu'elles devaient anéantir, si indifférentes, si douces, une fois accomplies, et quand celui qui les craignait n'était plus là pour les sentir, m'avaient fait depuis quelque temps comprendre combien il serait peu sage de m'effrayer de la mort. Or c'était maintenant qu'elle m'était devenue depuis peu indifférente, que je recommençais de nouveau à la craindre, sous une autre forme il est vrai, non pas pour moi, mais pour mon livre, à l'éclosion duquel, était au moins pendant quelque temps indispensable cette vie que tant de dangers menaçaient. Victor Hugo dit : « Il faut que l'herbe pousse et que les enfants meurent ». Moi je dis que la loi cruelle de l'art est que les êtres meurent et que nous-mêmes mourions en

épuisant toutes les souffrances pour que pousse
l'herbe non de l'oubli mais de la vie éternelle,
l'herbe drue des œuvres fécondes, sur laquelle les
générations viendront faire gaiement sans souci de
ceux qui dorment en-dessous, leur « déjeuner sur
l'herbe ». J'ai dit des dangers extérieurs ; des dangers intérieurs aussi. Si j'étais préservé d'un accident venu du dehors, qui sait si je ne serais pas
empêché de profiter de cette grâce par un accident
survenu au-dedans de moi par quelque catastrophe
interne, quelque accident cérébral, avant que fussent
écoulés les mois nécessaires pour écrire ce livre.

L'accident cérébral n'était même pas nécessaire.
Des symptômes, sensibles pour moi par un certain
vide dans la tête, et par un oubli de toutes choses
que je ne retrouvais plus que par hasard, comme
quand en rangeant des affaires, on en trouve une
qu'on avait oubliée, qu'on n'avait même pas pensé
à chercher, faisaient de moi un thésauriseur dont le
coffre-fort crevé eût laissé fuir au fur et à mesure
ses richesses.

Quand tout à l'heure je reviendrais chez moi
par les Champs-Élysées, qui me disait que je ne
serais pas frappé par le même mal que ma grand'
mère, un après-midi où elle était venue y faire avec
moi une promenade qui devait être pour elle la
dernière, sans qu'elle s'en doutât, dans cette ignorance qui est la nôtre, que l'aiguille est arrivée sur
le point précis où le ressort déclanché de l'horlogerie
va sonner l'heure. Peut-être la crainte d'avoir
déjà parcouru presque toute entière la minute qui
précède le premier coup de l'heure, quand déjà
celui-ci se prépare, peut-être cette crainte du coup
qui serait en train de s'ébranler dans mon cerveau,

était-elle comme une obscure connaissance de ce
qui allait être, comme un reflet dans la conscience
de l'état précaire du cerveau dont les artères vont
céder, ce qui n'est pas plus impossible que cette
soudaine acceptation de la mort qu'ont des blessés,
qui, quoiqu'ils aient gardé leur lucidité, que le
médecin et le désir de vivre cherchent à les tromper disent, voyant ce qui va être : je vais mourir,
je suis prêt et écrivent leurs adieux à leur femme.

Cette obscure connaissance de ce qui devait être
me fut donnée par la chose singulière qui arriva
avant que j'eusse commencé mon livre, et qui
m'arriva sous une forme dont je ne me serais jamais
douté. On me trouva un soir où je sortis, meilleure
mine qu'autrefois, on s'étonna que j'eusse gardé
tous mes cheveux noirs. Mais je manquai trois fois
de tomber en descendant l'escalier. Ce n'avait été
qu'une sortie de deux heures, mais quand je fus
rentré, je sentis que je n'avais plus ni mémoire
ni pensée, ni force, ni aucune existence. On serait
venu pour me voir, pour me nommer roi, pour me
saisir, pour m'arrêter, que je me serais laissé faire
sans dire un mot, sans rouvrir les yeux, comme ces
gens atteints au plus haut degré du mal de mer
et qui, traversant sur un bateau la mer Caspienne,
n'esquissent même une résistance si on leur dit
qu'on va les jeter à la mer. Je n'avais à proprement
parler aucune maladie, mais je sentais que je n'étais
plus capable de rien comme il arrive à des vieillards
alertes la veille et qui, s'étant fracturé la cuisse,
ou ayant eu une indigestion, peuvent mener encore
quelque temps dans leur lit une existence qui n'est
plus qu'une préparation plus ou moins longue
à une mort désormais inéluctable. Un des moi,

celui qui jadis allait dans un de ces festins de barbares qu'on appelle dîners en ville et où pour les hommes en blanc, pour les femmes à demi nues et emplumées, les valeurs sont si renversées que quelqu'un qui ne vient pas dîner après avoir accepté, ou seulement n'arrive qu'au rôti, commet un acte plus coupable que les actions immorales dont on parle légèrement pendant ce dîner, ainsi que des morts récentes, et où la mort ou une grave maladie sont les seules excuses à ne pas venir, à condition qu'on ait fait prévenir à temps pour l'invitation du quatorzième, qu'on était mourant, ce moi-là en moi avait gardé ses scrupules et perdu sa mémoire. L'autre moi, celui qui avait conçu son œuvre, en revanche se souvenait. J'avais reçu une invitation de M⁰ Molé et appris que le fils de Mme Sazerat était mort. J'étais résolu à employer une de ces heures après lesquelles je ne pourrais plus prononcer un mot, la langue liée comme ma grand'mère pendant son agonie ou avaler du lait, à adresser mes excuses à M⁰ Molé et mes condoléances à Mme Sazerat. Mais au bout de quelques instants j'avais oublié que j'avais à le faire. Heureux oubli car la mémoire de mon œuvre veillait et allait employer à poser mes premières fondations l'heure de survivance qui m'était dévolue. Malheureusement en prenant un cahier pour écrire, la carte d'invitation de Mme Molé glissait près de moi. Aussitôt le moi oublieux mais qui avait la prééminence sur l'autre, comme il arrive chez tous les barbares scrupuleux qui ont dîné en ville, repoussait le cahier, écrivait à Mme Molé (laquelle d'ailleurs m'eût sans doute fort estimé si elle l'eût appris, d'avoir fait passer ma réponse à son invitation avant mes travaux

d'architecte). Brusquement un mot de ma réponse
me rappelait que Mme Sazerat avait perdu son fils,
je lui écrivais aussi, puis ayant ainsi sacrifié un
devoir réel à l'obligation factice de me montrer
poli et sensible, je tombais sans forces, je fermais les
yeux, ne devant plus que végéter pour huit jours.
Pourtant, si tous mes devoirs inutiles auxquels
j'étais prêt à sacrifier le vrai, sortaient au bout de
quelques minutes de ma tête, l'idée de ma construction ne me quittait pas un instant. Je ne savais pas
si ce serait une église où des fidèles sauraient peu
à peu apprendre des vérités et découvrir des har-
monies, le grand plan d'ensemble, ou si cela resterait
comme un monument druidique au sommet d'une
île, quelque chose d'infréquenté à jamais. Mais
j'étais décidé à y consacrer mes forces qui s'en
allaient, comme à regret et comme pour pouvoir
me laisser le temps d'avoir, tout le pourtour terminé, fermé « la porte funéraire ». Bientôt je pus
montrer quelques esquisses. Personne n'y comprit
rien. Même ceux qui furent favorables à ma perception des vérités que je voulais ensuite graver
dans le temple, me félicitèrent de les avoir découvertes au « microscope » quand je m'étais au contraire servi d'un télescope pour apercevoir des
choses très petites en effet, mais parce qu'elles étaient
situées à une grande distance et qui étaient chacune
un monde. Là où je cherchais les grandes lois, on
m'appelait fouilleur de détails. D'ailleurs à quoi
bon faisais-je cela, j'avais eu de la facilité jeune et
Bergotte avait trouvé mes pages de collégien « par-
faites »[1], mais au lieu de travailler, j'avais vécu

1. « Allusion au 1er livre de l'auteur *Les Plaisirs et les Jours*. »

dans la paresse, dans la dissipation des plaisirs dans la maladie, les soins, les manies, et j'entre prenais mon ouvrage à la veille de mourir, sans rien savoir de mon métier. Je ne me sentais plus la force de faire face à mes obligations avec les êtres, ni à mes devoirs envers ma pensée et mon œuvre, encore moins envers tous les deux. Pour les premiers l'oubli des lettres à écrire simplifiait un peu ma tâche. La perte de la mémoire m'aidait un peu en faisant des coupes dans mes obligations, mon œuvre les remplaçait. Mais tout d'un coup, au bout d'un mois, l'association des idées ramenait avec mes remords le souvenir et j'étais accablé du sentiment de mon impuissance. Je fus étonné d'être indifférent aux critiques qui m'étaient faites, mais c'est que depuis le jour où mes jambes avaient tellement tremblé en descendant l'escalier, j'étais devenu indifférent à tout, je n'aspirais plus qu'au repos, en attendant le grand repos qui finirait par venir. Ce n'était pas parce que je reportais après ma mort l'admiration qu'on devait, me semblait-il, avoir pour mon œuvre, que j'étais indifférent aux suffrages de l'élite actuelle. Celle d'après ma mort pourrait penser ce qu'elle voudrait. Cela ne me souciait pas davantage. En réalité, si je pensais à mon œuvre et point aux lettres auxquelles je devais répondre, ce n'était plus que je misse entre les deux choses, comme au temps de ma paresse, et ensuite au temps de mon travail, jusqu'au jour où j'avais dû me retenir à la rampe de l'escalier, une grande différence d'importance. L'organisation de ma mémoire, de mes préoccupations était liée à mon œuvre, peut-être parce que tandis que les lettres reçues étaient oubliées l'instant d'après, l'idée de mon œuvre était

dans ma tête, toujours la même, en perpétuel devenir. Mais elle aussi m'était devenue importune.
Elle était pour moi comme un fils dont la mère
mourante doit encore s'imposer la fatigue de s'occuper sans cesse, entre les piqûres et les ventouses.
Elle l'aime peut-être encore, mais ne le sait plus
que par le devoir excédant qu'elle a de s'occuper
de lui. Chez moi les forces de l'écrivain n'étaient
plus à la hauteur des exigences égoïstes de l'œuvre.
Depuis le jour de l'escalier, rien du monde, aucun
bonheur, qu'il vînt de l'amitié des gens, des progrès
de mon œuvre, de l'espérance de la gloire, ne par-
venaient plus à moi que comme un si pâle soleil,
qu'il n'avait plus la vertu de me réchauffer, de me
faire vivre, de me donner un désir quelconque, et
encore était-il trop brillant, si blême qu'il fût, pour
mes yeux qui préféraient se fermer, et je me retour-
nais du côté du mur. Il me semble pour autant que je
sentais le mouvement de mes lèvres, que je devais avoir
un petit sourire infime d'un coin de la bouche quand
une dame m'écrivait : « J'ai été *surprise* de ne pas
avoir de réponse à ma lettre ». Néanmoins, cela me
rappelait la lettre et je lui répondais. Je voulais
tâcher pour qu'on ne pût me croire ingrat de mettre
ma gentillesse actuelle au niveau de la gentillesse
que les gens avaient pu avoir pour moi. Et j'étais
écrasé d'imposer à mon existence agonisante les
fatigues surhumaines de la vie.

Cette idée de la mort s'installa définitivement en
moi comme fait un amour. Non que j'aimasse la
mort, je la détestais. Mais après y avoir songé
sans doute de temps en temps comme à une femme
qu'on n'aime pas encore, maintenant sa pensée
adhérait à la plus profonde couche de mon cerveau

253

si complètement, que je ne pouvais m'occuper d'une chose sans que cette chose traversât d'abord l'idée de la mort et même si je ne m'occupais de rien et restais dans un repos complet, l'idée de la mort me tenait compagnie aussi incessante que l'idée du moi. Je ne pense pas que le jour où j'étais devenu un demi-mort, c'étaient les accidents qui avaient caractérisé cela, l'impossibilité de descendre un escalier, de me rappeler un nom, de me lever, qui avaient causé par un raisonnement même inconscient l'idée de la mort, que j'étais déjà à peu près mort, mais plutôt que c'était venu ensemble, qu'inévitablement ce grand miroir de l'esprit reflétait une réalité nouvelle. Pourtant je ne voyais pas comment des maux que j'avais on pouvait passer sans être averti à la mort complète. Mais alors je pensais aux autres, à tous ceux qui chaque jour meurent sans que l'hiatus entre leur maladie et leur mort nous semble extraordinaire. Je pensais même que c'était seulement parce que je les voyais de l'intérieur (plus encore que par les tromperies de l'espérance) que certains malaises ne me semblaient pas mortels pris, un à un, bien que je crusse à ma mort, de même que ceux qui sont le plus persuadés que leur terme est venu sont néanmoins persuadés aisément que s'ils ne peuvent pas prononcer certains mots, cela n'a rien à voir avec une attaque, une crise d'aphasie, mais vient d'une fatigue de la langue, d'un état nerveux analogue au bégaiement, de l'épuisement qui a suivi une indigestion.

Moi, c'était autre chose que les adieux d'un mourant à sa femme, que j'avais à écrire, de plus long et à plus d'une personne. Long à écrire. Le jour tout au plus pourrais-je essayer de dormir. Si je travaillais, ce ne serait que la nuit. Mais il me faudrait beaucoup de nuits, peut-être cent, peut-être mille. Et je vivrais dans l'anxiété de ne pas savoir si le Maître de ma destinée, moins indulgent que le sultan Sheriar, le matin quand j'interromprais mon récit, voudrait bien surseoir à mon arrêt de mort et me permettrait de reprendre la suite le prochain soir. Non pas que je prétendisse refaire en quoi que ce fut les *Mille et une Nuits*, pas plus que les *Mémoires* de Saint-Simon écrits eux aussi la nuit, pas plus qu'aucun des livres que j'avais tant aimés et desquels, dans ma naïveté d'enfant, superstitieusement attaché à eux comme à mes amours je ne pouvais sans horreur imaginer une œuvre qui serait différente. Mais comme Elstir Chardin, on ne peut refaire ce qu'on aime qu'en le renonçant. Sans doute mes livres, eux aussi, comme mon être de chair, finiraient un jour par mourir. Mais il faut se résigner à mourir. On accepte la pensée que dans dix ans soi-même, dans cent ans ses livres, ne seront plus. La durée éternelle n'est pas plus promise aux œuvres qu'aux hommes. Ce serait un livre aussi long que les *Mille et une Nuits* peut-être, mais tout autre. Sans doute, quand on est amoureux d'une œuvre, on voudrait faire quelque chose de tout pareil, mais il faut sacrifier son amour du moment, et ne pas penser à son goût mais à une vérité qui ne nous demande pas nos préférences et nous défend d'y songer. Et c'est seulement si on la suit qu'on se trouve parfois rencontrer ce qu'on a abandonné, et avoir écrit en les oubliant les Contes arabes ou les Mémoires de Saint-Simon d'une autre époque. Mais était-il encore temps pour moi, n'était-il pas trop tard ?

En tous cas, si j'avais encore la force d'accomplir mon œuvre, je sentais que la nature des circonstances qui m'avaient aujourd'hui même au cours de cette matinée chez la princesse de Guermantes donné à la fois l'idée de mon œuvre et la crainte de ne pouvoir la réaliser marquerait certainement avant tout dans celle-ci la forme que j'avais pressentie autrefois dans l'église de Combray, au cours de certains jours qui avaient tant influé sur moi et qui nous reste habituellement invisible, la forme du Temps. Cette dimension du Temps que j'avais jadis pressentie dans l'église de Combray, je tâcherais de la rendre continuellement sensible dans une transcription du monde qui serait forcément bien différente de celle que nous donnent nos sens si mensongers. Certes, il est bien d'autres erreurs de nos sens, on a vu que divers épisodes de ce récit me l'avaient prouvé, qui faussent pour nous l'aspect réel de ce monde. Mais enfin je pourrais, à la rigueur, dans la transcription plus exacte que je m'efforcerais de donner, ne pas changer la place des sons, m'abstenir de les détacher de leur cause à côté de laquelle l'intelligence les situe après coup, bien que faire chanter la pluie au milieu de la chambre et tomber en déluge dans la cour l'ébullition de notre tisane, ne doit pas être en somme plus déconcertant que ce qu'ont fait si souvent les peintres quand ils peignent très près ou très loin de nous, selon que les lois de la perspective, l'intensité des couleurs et la première illusion du regard nous les font apparaître, une voile ou un pic que le raisonnement déplacera ensuite de distances quelquefois énormes.

Je pourrais, bien que l'erreur soit plus grave, continuer comme on fait à mettre des traits dans le visage d'une passante, alors qu'à la place du nez, des joues et du menton, il ne devrait y avoir qu'un espace vide sur lequel jouerait tout au plus le reflet de nos désirs. Et même si je n'avais pas le loisir de préparer, chose déjà bien plus importante, les cent masques qu'il convient d'attacher à un même visage, ne fût-ce que selon les yeux qui le voient et le sens où ils en lisent les traits et pour les mêmes yeux selon l'espérance ou la crainte, ou au contraire l'amour et l'habitude qui cachent pendant tant d'années les changements de l'âge, même enfin si je n'entreprenais pas, ce dont ma liaison avec Albertine suffisait pourtant à me montrer que sans cela tout est factice et mensonger, de représenter certaines personnes non pas au dehors mais en dedans de nous où leurs moindres actes peuvent amener des troubles mortels, et de faire varier aussi la lumière du ciel moral, selon les différences de pression de notre sensibilité, ou selon la sérénité de notre certitude sous laquelle un objet est si petit, alors qu'un simple nuage de risque en multiplie en un moment la grandeur, si je ne pouvais apporter ces changements et bien d'autres (dont la nécessité, si on veut peindre le réel a pu apparaître au cours de ce récit) dans la transcription d'un univers qui était à redessiner tout entier, du moins ne manquerais-je pas avant toute chose d'y décrire l'homme comme ayant la longueur non de son corps mais de ses années, comme devant, tâche de plus en plus énorme et qui finit par le vaincre, les traîner avec lui quand il se déplace. D'ailleurs, que nous occupions une place sans cesse accrue dans le Temps, tout le monde le sent, et cette universalité ne pouvait que me réjouir puisque c'est la vérité, la vérité soupçonnée par chacun que je devais chercher à élucider. Non seulement tout le monde sent que nous occupons une place dans le Temps, mais cette place, le plus simple la mesure approximativement comme il mesurerait celle que nous occupons dans l'espace. Sans doute, on se trompe souvent dans cette évaluation, mais qu'on ait cru pouvoir la faire, signifie qu'on concevait l'âge comme quelque chose de mesurable.

Je me disais aussi : « Non seulement est-il encore temps, mais suis-je en état d'accomplir mon œuvre ? » La maladie qui, en me faisant comme un rude directeur de conscience mourir au monde, m'avait rendu service (car si le grain de froment ne meurt après qu'on l'a semé, il restera seul, mais s'il meurt, il portera beaucoup de fruits), la maladie qui, après que la paresse m'avait protégé contre la facilité allait peut-être me garder contre la paresse, la maladie avait usé mes forces et comme je l'avais remarqué depuis longtemps au moment où j'avais cessé d'aimer Albertine, les forces de ma mémoire. Or la recréation par la mémoire d'impressions qu'il fallait ensuite approfondir, éclairer, transformer en équivalents d'intelligence, n'était-elle pas une des conditions, presque l'essence même de l'œuvre d'art telle que je l'avais conçue tout à l'heure dans la bibliothèque ? Ah ! si j'avais encore eu les forces qui étaient intactes dans la soirée que j'avais alors évoquée en apercevant François le Champi. C'était de cette soirée, où ma mère avait abdiqué, que datait avec la mort lente de ma grand'mère, le déclin de ma volonté, de ma santé. Tout s'était décidé au moment où ne pouvant plus supporter d'attendre au lendemain pour poser mes lèvres sur le visage de ma mère, j'avais pris ma résolution, j'avais sauté du lit et étais allé, en chemise de nuit, m'installer à la fenêtre par où entrait le clair de lune jusqu'à ce que j'eusse entendu partir M. Swann. Mes parents l'avaient accompagné, j'avais entendu la porte s'ouvrir, sonner, se refermer. A ce moment même, dans l'hôtel du prince de Guermantes, ce bruit de pas de mes parents reconduisant M. Swann, ce tintement rebondissant, ferrugineux, interminable, criard et frais de la petite sonnette qui m'annonçait qu'enfin M. Swann était parti et que maman allait monter, je les entendais encore, je les entendais eux-mêmes, eux situés pourtant si loin dans le passé. Alors, en pensant à tous les événements qui se plaçaient forcément entre l'instant où je les avais entendus et la matinée Guermantes, je fus effrayé de penser que c'était bien cette sonnette qui tintait encore en moi, sans que je pusse rien changer aux criaillements de son grelot, puisque, ne me rappelant plus bien comment ils s'éteignaient, pour le réapprendre, pour bien l'écouter, je dus m'efforcer de ne plus entendre le son des conversations que les masques tenaient autour de moi. Pour tâcher de l'entendre de plus près, c'est en moi-même que j'étais obligé de redescendre. C'est donc que ce tintement y était toujours et aussi, entre lui et l'instant présent, tout ce passé indéfiniment déroulé que je ne savais pas que je portais. Quand il avait tinté j'existais déjà et depuis, pour que j'entendisse encore ce tintement, il fallait qu'il n'y eût pas eu discontinuité, que je n'eusse pas un instant pris de repos, cessé d'exister, de penser, d'avoir conscience de moi, puisque cet instant ancien tenait encore à moi, que je pouvais encore le retrouver, retourner jusqu'à lui, rien qu'en descendant plus profondément en moi. C'était cette notion du temps incorporé, des années passées non séparées de nous, que j'avais maintenant l'intention de mettre si fort en relief dans mon œuvre. Et c'est parce qu'ils contiennent ainsi les heures du passé que les corps humains peuvent faire tant de mal à ceux qui les aiment, parce qu'ils contiennent tant de souvenirs, de joies et de désirs déjà effacés pour eux, mais si cruels pour celui qui contemple et prolonge dans l'ordre du temps le corps chéri dont il est jaloux, jaloux jusqu'à en souhaiter la destruction. Car après la mort le Temps se retire du corps et les souvenirs — si indifférents, si pâlis — sont effacés de celle qui n'est plus et le seront bientôt de celui qu'ils torturent encore, eux qui finiront par périr quand le désir d'un corps vivant ne les entretiendra plus.

J'éprouvais un sentiment de fatigue profonde à sentir que tout ce temps si long non seulement avait sans une interruption été vécu, pensé, secrété par moi, qu'il était ma vie, qu'il était moi-même, mais encore que j'avais à toute minute à le maintenir attaché à moi, qu'il me supportait, que j'étais juché à son sommet vertigineux, que je ne pouvais me mouvoir, sans le déplacer avec moi.

La date à laquelle j'entendais le bruit de la sonnette du jardin de Combray si distant et pourtant intérieur, était un point de repère dans cette dimension énorme que je ne savais pas avoir. J'avais le vertige de voir au-dessous de moi et en moi pourtant comme si j'avais des lieues de hauteur, tant d'années.

Je venais de comprendre pourquoi le duc de Guermantes, dont j'avais admiré, en le regardant assis sur une chaise, combien il avait peu vieilli bien qu'il eût tellement plus d'années que moi audessous de lui, dès qu'il s'était levé et avait voulu se tenir debout avait vacillé sur des jambes flageolantes comme celles de ces vieux archevêques sur lesquels il n'y a de solide que leur croix métallique et vers lesquels s'empressent les jeunes séminaristes, et ne s'était avancé qu'en tremblant comme une feuille, sur le sommet peu praticable de quatre-vingt-trois années, comme si les hommes étaient juchés sur de vivantes échasses grandissant sans cesse, parfois plus hautes que des clochers, finissant par leur rendre la marche difficile et périlleuse, et d'où tout d'un coup ils tombent. Je m'effrayais que les miennes fussent déjà si hautes sous mes pas, il ne me semblait pas que j'aurais encore la force de maintenir longtemps attaché à moi ce passé qui descendait déjà si loin, et que je portais si douloureusement en moi ! Si du moins il m'était laissé assez de temps pour accomplir mon œuvre, je ne manquerais pas de la marquer au sceau de ce Temps dont l'idée s'imposait à moi avec tant de force aujourd'hui, et j'y décrirais les hommes, cela dût-il les faire ressembler à des êtres monstrueux, comme occupant dans le Temps une place autrement considérable que celle si restreinte qui leur est réservée dans l'espace, une place, au contraire, prolongée sans mesure, puisqu'ils touchent simultanément, comme des géants, plongés dans les années, à des époques vécues par eux, si distantes, — entre lesquelles tant de jours sont venus se placer — dans le Temps.

FIN

ACHEVÉ D'IMPRIMER
LE 12 MARS 1929
PAR F. PAILLART A
ABBEVILLE (SOMME)

www.ingramcontent.com/pod-product-compliance
Lightning Source LLC
Chambersburg PA
CBHW070503030726
47503CB00004B/1151